KYM GROSSO

KADE

Traduzido por Janine Bürger de Assis

1ª Edição

2019

Direção Editorial:	**Modelo:**
Roberta Teixeira	Jase Dean
Gerente Editorial:	**Fotografia:**
Anastacia Cabo	Wander Aguiar
Tradução:	**Arte de Capa:**
Janine Bürger de Assis	Dri KK Design
Revisão:	**Diagramação:**
Fernanda C. F de Jesus	Carol Dias
Marta Fagundes	

Copyright © 2018 by Kym Grosso
Copyright © The Gift Box, 2019
First Published by The Gift Box
Translation rights arranged by The Tobias Agency and Sandra Bruna Agenda Literaria, SL
Todos os direitos reservados.
Nenhuma parte do conteúdo desse livro poderá ser reproduzida em qualquer meio ou forma – impresso, digital, áudio ou visual – sem a expressa autorização da editora sob penas criminais e ações civis.
Esta é uma obra de ficção. Nomes, personagens, lugares e acontecimentos descritos são produtos da imaginação da autora. Qualquer semelhança com nomes, datas ou acontecimentos reais é mera coincidência.

Este livro segue as regras da Nova Ortografia da Língua Portuguesa.

CIP-BRASIL. CATALOGAÇÃO NA PUBLICAÇÃO
SINDICATO NACIONAL DOS EDITORES DE LIVROS, RJ
Meri Gleice Rodrigues de Souza - Bibliotecária CRB-7/6439

G922k
   Grosso, Kym
      Kade / Kym Grosso ; tradução Janine Bürger de Assis. - 1. ed. - Rio de Janeiro : The Gift Box, 2019.
      179 p. (The immortals of New Orleans ; 1)

   Tradução de: Kade's dark embrace
   ISBN 978-85-52923-74-9

   1. Ficção americana. I. Assis, Janine Bürger de. II. Título. III. Série.

19-56666   CDD: 813
                      CDU: 82-3(73)

Este livro é um romance erótico paranormal com cenas de amor e situações maduras. Ele é destinado para leitores adultos, maiores de 18 anos.

CAPÍTULO UM

A tórrida noite de verão estava alvoroçada com mortais procurando por diversão no coração da cidade. Escutando os sons à distância, Kade reconheceu a familiar música de jazz sendo tocada pelos artistas de rua. Após um longo voo para a Filadélfia, ele precisava se alongar e organizar os pensamentos. Incapaz de resistir à atração pela orla, ele se encostou no frio parapeito, observando os barcos que passavam e cintilavam na água corrente. Pressentindo um grande mal no horizonte, respirou fundo, deixando a visão da água o acalmar.

Seu celular apitou; olhando para a mensagem de texto, xingou. Um corpo tinha sido encontrado perto do aeroporto. *Cacete*. Ele estava atrasado. Kade acenou para o motorista da limusine que o aguardava, gesticulando que precisava ir. Virando, notou uma atraente mulher sentada sozinha no final da doca, longe da multidão. Ela parecia confiante, mesmo sozinha, sentada no escuro, com seu longo cabelo loiro brilhando à luz do luar. *Que diabos uma mulher está fazendo sozinha nas docas, a essa hora da noite?*

Olhando para a encantadora estranha, Kade lutou para parar de pensar em sexo. Havia tempo demais desde que ele tinha sentido o toque de uma mulher. Excitado pela possibilidade de um encontro com ela, xingou novamente. *Não agora*. Ele precisava se concentrar no real motivo de estar na cidade. Tristan, um velho amigo e o Alfa da alcateia de lobos da região, o telefonou em Nova Orleans há quase uma semana, solicitando ajuda. Ele tinha planejado ver Tristan mais tarde em sua boate; lá, acharia um doador pronto para brincar. Agora, essa mulher era somente uma agradável distração humana. Uma que era inocente por se sentar sozinha na orla escura. Mas ele não conseguia tirar os olhos dela. Passou pela cabeça a ideia de que talvez deveria ter só um gole de seu doce e jovem sangue antes do trabalho. O cheiro delicioso foi registrado em seu cérebro, e suas presas começaram a se alongar.

Através dos séculos, ele esteve com muitas mulheres, mas nenhuma capturou seu coração. Já para a sua sede, nos dias de hoje, muitas mulheres se oferecem voluntariamente para os vampiros. O que ele achava tão intrigante nessa sedutora estranha? Talvez seja a caçada? Como uma raposa vendo um coelho na floresta, ele não podia resistir à tentação de caçar. Aproximando-se lentamente, admirava o longo e encaracolado cabelo loiro, desejando correr seus dedos por entre as mechas. Ela tinha uma altura normal, por volta de 1.60m, talvez, com um corpo forte e atlético. Quando alongou seus braços tonificados acima de sua cabeça, ele admirou os fartos seios, que forçavam contra sua camiseta branca. A minissaia preta de elastano acentuava suas pernas ágeis e bronzeadas. Ele olhava com curiosidade para ela, que estava olhando o relógio e cruzando os braços, impacientemente. *Ela está esperando por alguém? Um encontro?*

Ela levantou o olhar, procurando pelas docas. Kade se moveu para as sombras e tentou esconder sua presença, mas, mesmo assim, ela olhava diretamente para ele. *Merda! Ela pode me ver? Interessante... seria também sobrenatural?* O celular apitou novamente, lembrando que precisava ir para o local onde o corpo foi encontrado. Com um último olhar, memorizou seu rosto, torcendo para vê-la novamente. Ele retornou para o carro silenciosamente, relutante em deixar a mulher, mas ansioso para resolver o caso e trazer o assassino à justiça.

Na orla do rio, Sydney esperava por sua amiga. Deus, era uma bela noite na cidade. Ela sempre gostou de vir para a orla. Trabalhava por horas tão longas, que raramente tinha as noites livres para aproveitar. Ela amava seu trabalho como policial, prendendo criminosos numa das cidades mais perigosas dos Estados Unidos. Mesmo em um bom dia, trabalhar na Filadélfia podia ser intenso, mas gostava da história e da rica cultura da cidade. Mas hoje à noite, em vez de bater algumas cabeças, tinha feito planos de encontrar uma amiga. Muito trabalho e nenhuma diversão faziam Syd ser uma garota sem graça, e estava planejando se divertir muito nesta noite. Ela precisava de uma bebida forte e uma boa conversa. *Onde está Ada?* A garota estava sempre atrasada. Elas tinham uma reserva às nove no *Vincent's*, e não pretendia perder o jantar. Tinha esperanças de que Adalee não tivesse sido chamada de volta ao trabalho.

Uma brisa gelada veio da direção da água, fazendo um calafrio subir por sua espinha. Ela realmente desejava que fosse a brisa a fazendo ficar alerta, mas tinha muita experiência para não reconhecer perigo quando o sentia por perto. Inspecionando ao redor, viu um inocente par de amantes andando perto dos grandes barcos. Mas sentia olhos nela. À distância, Sydney viu uma silhueta grande e masculina nas sombras. *Criminoso? Não, outra pessoa, outra coisa... Um sobrenatural?* Humano ou não, alguma coisa estava ali. Não que ela fosse inocente sobre sobrenaturais, só que geralmente não os prendia. *Merda. Eu não precisava disso hoje à noite.*

Alcançando embaixo de sua saia, Sydney verificou a faca de prata presa à coxa; estava segura. Indiferentemente, colocou a mão dentro da bolsa, removendo a trava de segurança da sua Sig Sauer de confiança. Então, casualmente, pegou e aplicou seu *gloss* labial favorito rosa e fingiu não vê-lo. Seu corpo tensionou, pronto para entrar em ação. Ela riu e jogou o *gloss* de volta na bolsa. *Uma garota tem sempre que estar no seu melhor quando mata.* Ela olhou por um segundo para o casal na doca, que continuava enfeitiçado um pelo outro. Num instante, seus olhos voltaram para as sombras da noite. Ele tinha sumido. *Onde diabos ele foi?*

Com os sons da banda de jazz preenchendo o ar, se forçou a relaxar. *Talvez ele seja um turista perdido?* Que seja, ele sumiu, somente mais um predador na cidade. A música ao longe a lembrava da última vez em que esteve em Nova Orleans. Ela amava tudo sobre aquela cidade, desde os *beignets* deliciosos até sua singular arquitetura. Sydney balançou a cabeça, desapontada por não ter férias planejadas para o verão. *Merda, estou presa aqui,* pensou ao perceber outro bêbado perdedor sendo algemado pela polícia local. Claro, com certeza, existem bêbados em Nova Orleans, mas isso aqui era a Filadélfia. Idiotas embriagados daqui não pensariam duas vezes antes de vaiar o Papai Noel. Eles arrumam mais confusão do que um cachorro com uma cesta de Páscoa, e como o cachorro, eles normalmente também acabam doentes ou mortos. Ah, sim, outra linda noite em uma cidade grande.

— O que é? Eu deveria estar me divertindo nesta noite, — reclamou, quando seu celular começou a tocar. *The Freaks Come Out at Night* tocava de dentro da sua bolsa. Pelo toque, sabia que era seu parceiro Tony ligando.

— Oi, Tony, o que foi?

— Tiraram um flutuador de dentro do *Delaware*, perto do aeroporto. O capitão disse que parece complicado, e eu estava torcendo para você me acompanhar na festa.

— Okay, mas você fica me devendo essa. Estou em *Penn's Landing*, aguardando a Ada. Parece que nossa noite das garotas não vai acontecer.

— Ah, Syd... Só mais um detalhe...

— Sério?

— A P-CAP nos encontrará lá.

— Nem ferrando, eu não quero lidar com eles hoje. — P-CAP: Polícia Paranormal Alternativa da Cidade. Sydney não era fã de trabalhar em casos paranormais. Na maioria das vezes, ela ficava com os casos simples de mortes humanas. Ela não tinha de trabalhar com sobrenaturais, nem queria. Não era preconceituosa sem razão. Há dois anos, trabalhando no que seria um caso simples de acidente de carro, uma fêmea paranormal se transformou em tigresa e matou dois policiais. No final das contas, ela era parente do motorista que tinha fugido do local, e achou que poderia resolver o problema matando os humanos. Para azar dela, Sydney sempre carrega uma faca de prata. Claro, ela também teve alguns arranhões e quase morreu no CTI, mas Sydney saiu da confusão viva. A tigresa, não.

Sydney suspirou.

— Okay, Tony, mas juro que se tiver algum gato trabalhando nesse caso, irei levá-los diretamente ao veterinário, para serem castrados e terem suas garras removidas. Eu não vou lidar com *shifters* hoje.

— Tá bom, tá bom. Um problema com um gatinho e agora você é alérgica a todos do P-CAP? — ele perguntou, brincando.

— É tudo divertido até eles mostrarem a garras, e a próxima coisa que você vê são as facas voando. Ainda bem que tenho praticado minha pontaria. Te vejo em dez minutos.

Okay. Provavelmente seria perto de uns 20 minutos, considerando o tráfego da cidade a esta hora de uma sexta-feira, mas, pelo menos, ela estava indo. Estava irritada porque sua única noite de folga tinha sido arruinada por um flutuador. Provavelmente era somente outro idiota que pensou ser uma grande ideia nadar no Rio *Delaware,* em uma noite abafada de agosto.

Quando Sydney finalmente chegou à cena, havia, pelo menos, dez carros pretos e brancos, além de uma multidão de espectadores que decidiram aparecer para ver se conseguiriam dar uma olhada no corpo. *O que há de errado com as pessoas?* Ela sabia que a resposta para essa pergunta era "tudo". Não que ela odiasse a população em geral, mas tendia a ver o pior nas pessoas, humanas ou não: usuários de drogas, estupradores, assassinos, e talvez os piores do grupo, abusadores de crianças e pedófilos. Os bastardos doentes nunca paravam de surpreendê-la. Ela tremeu, pensando sobre o que podia esperar atrás da fita amarela desta vez.

Andando pela calçada de cascalho, chegou a um caminho feito de mato molhado e pisoteado. A cena estava cheia de investigadores criminais e policiais. Ela sentiu um calafrio nos ossos e virou a cabeça, procurando a origem. Estava mais de 30 graus do lado de fora. *Algo está estranho, muito estranho.* Sem conseguir achar a causa de imediato, continuou no caminho até o corpo, tentando se manter estável ao descer a encosta de grama escorregadia.

— Sydney! Aqui! — Escutou Tony chamar.

Ao se aproximar do corpo, o cheiro a atingiu antes.

— Meu Deus, que porra de cheiro é esse? Morto misturado com algas? Merda, isso é terrível — reclamou.

— Bela linguagem, Syd. Em breve, você terá que carregar aquela jarra de xingamentos com você no carro — Tony brincou.

— É, bom, me processe. Eu abandonei a porra da jarra de xingamentos. Vou fazer um cheque direto para a sua instituição de caridade favorita. Isso deve me cobrir por um ano. — Ela piscou.

— Tá bom, ficarei esperando. É, eu sei que o cheiro é péssimo, né? Eu acho que esqueci de falar que a mulher que descobriu o corpo desmaiou por causa disso. Aperte o cinto, Syd. Eu comprarei rosas para você depois. — Ele riu.

Tony se achava tão engraçado... Ele era um policial durão, nascido e criado no sul da Filadélfia. Um metro e noventa, uma maravilha italiana dentro de um pacote gostoso e inteligente, não tinha dificuldade para conseguir encontros. Ele tinha a pele morena e os cabelos escuros e curtos. Musculoso, parecia poder prensar um ônibus. Para completar, conhecia a cidade inteira como a palma de sua mão, e não havia outra pessoa em que ela poderia confiar para estar ao seu lado.

Ela o amava... o tanto quanto podia amar alguém. Ele era um bom amigo. Às vezes, pensava nele como um excelente amigo, e, muitas vezes, pensava em mudar as coisas para uma amizade-colorida, mas ela tinha trabalhado duro para chegar onde estava no departamento. Sydney não cederia aos seus instintos primais de foder seu parceiro e depois terminar como a piada do departamento, sendo a "policial que gostava de ficar no topo". Mas não podia deixar de admirar seu físico, o que a lembrava que ainda precisava sair hoje e encontrar alguém para se divertir. Uma rapidinha sem consequências iria lhe dar o que desejava, o que precisava para prevenir a quebra de sua regra de "nada-de-namoro-no-trabalho".

Pensamentos sobre sexo foram empurrados para o fundo da sua mente quando o corpo ficou à vista. Ele pertencia a uma jovem mulher, e sua pele estava quase transparente, depois de ficar na água por tanto tempo. Ela estava vestida com um longo vestido branco, que brilhava com as fortes luzes. Parecia uma das bonecas de porcelana que a mãe de Sydney colecionava: bonita de olhar, mas não era permitido tocar. Sim, essa menina parecia inocente e frágil. Quantos anos ela poderia ter? Talvez vinte e um?

Sydney bufou.

— Que doente fodido. Que merda é essa? O que é essa coisa nos olhos dela, no rosto?

No que ela se abaixou para ver mais de perto, Tony digitava notas no celular.

— Eu sei, Syd. Nós, definitivamente, temos um insano neste caso. É como se o criminoso quisesse que ela estivesse de uma certa maneira, pois se preocupou com a aparência dela... bom, exceto pela porcaria de "costurar os olhos dela fechados, e vesti-la como uma boneca"... e, claro, nós ainda precisamos descobrir a causa da morte. A médica legista já está a caminho. Olhe o rosto dela.

As pálpebras da menina estavam fechadas, costuradas em um formato de X, e ela ainda tinha o que parecia ser maquiagem em seu rosto. Ela esteve na água por, pelo menos, um ou dois dias. Talvez era alguma coisa além de maquiagem? Tatuagem? Sydney tinha uma amiga que tatuava maquiagem definitiva nos olhos de mulheres, para que elas parecessem sempre frescas, seja dia ou noite, sem bagunça, sem confusão. Bom, exceto que tinha um monte de confusão aqui. A pele solta e alagada parecia poder ser retirada da menina como uma luva transparente. Sydney podia ser uma policial, mas as formas incomuns com que os assassinos matam suas vítimas, nunca deixavam de enojá-la.

— Tony, a pele dela parece tão pálida! Mais pálida do que eu esperaria de um flutuador comum. É como se... — Os sentidos de Sydney se aguçaram em reconhecimento. Era a mesma sensação que tivera nas docas. O cara que a observava mais cedo a tinha seguido? Que porra é essa?

— É como se o sangue dela tivesse sido drenado do corpo, e realmente foi. Deixe me apresentar. Eu sou Kade Issacson, da P-CAP, e agora sou oficialmente o responsável por este caso. Vocês são bem-vindos para ficar e ajudar. — Kade andou entre os holofotes, dominando o espaço e terminando suas palavras. Ele falou com confiança, escondendo a excitação. Ele não podia acreditar que a mulher das docas estava aqui, na sua cena do crime. O que ela era? Seu doce odor chamava por ele, excitando todos seus sentidos. Ele lutava para permanecer profissional, determinado a descobrir quem ela era, enquanto controlava a situação.

Sydney bufou. Ela não podia acreditar na audácia desse cara. No que ela se virou para falar com ele, seus olhos travaram na origem dos seus calafrios. O calor começou a subir para o seu rosto, conforme se dava conta de que ele era um ser sobrenatural... perigoso. Adicionando a isso, era mortalmente lindo. Ela mal podia trazer palavras para os lábios, para discutir com ele. Desejo se acumulava em seu ventre. Focando rapidamente seus pensamentos no corpo, deixou a raiva subir para a superfície.

KYM GROSSO

— Meu nome é Willows. Detetive Sydney Willows. — Estava furiosa porque a P-CAP pensou que ele viria aqui para mandar na pequena mulher humana. *Boa tentativa.* — Sério? Vocês finalmente resolvem aparecer e vão logo dizendo "O caso é nosso agora"? Bom, aqui vai uma novidade: a menina é humana. De acordo com as regras, "vítima humana, policiais humanos". Então, você pode ir embora, amigo, ou assista. O que quer que você queira, só fique fora do meu caminho. — É ruim que ela vai deixar um cara gostoso e sobrenatural dizer o que ela deve fazer, e na sua própria cena do crime.

Kade sorriu.

— Senhorita Willows, apesar de você estar correta sobre a vítima ser humana, ela foi assassinada de uma maneira bem sobrenatural. Então, de acordo com o regulamento, isto é oficialmente um caso da P-CAP onde é requerida a sua cooperação mandatória — ele mentiu.

Sydney revirou os olhos e soltou a respiração. *Que bosta.* Ela estava tendo uma boa-noite, até o momento, sendo um dia de folga. E agora isso. Ela não tinha nem ideia de quem ele era.

— Senhor? — ela falou.

— Por favor, me chame de Kade — ele falava com um sotaque levemente britânico.

— Kade, nosso departamento de polícia vai *amar* cooperar com o P-CAP, assim que a médica legista completar o exame — disse, com a voz cheia de sarcasmo.

— Isso seria ótimo, senhorita Willows. Agora, será que posso continuar com o meu trabalho? — perguntou.

— Sim — ela respondeu, bruscamente, saindo do caminho para ele poder passar.

Sydney não podia acreditar no dia que estava tendo. Ela ponderava que poderia trabalhar com Kade, desde que ele não a mordesse, ou arranhasse, ou enfeitiçasse, ou qualquer outra merda sobrenatural que ele fizesse. Mesmo que ela não soubesse qual era a dele, estava convencida de que ele era capaz de fazer coisas das quais ela não gostaria. Ela cruzou os braços, irritada com a noite toda, mas sabia de algo, com certeza: que trabalhar perto de Kade aumentaria exponencialmente à sua frustração sexual.

Ela olhou para ele enquanto conversava com Tony. Sua sensual estrutura era dominante sobre ela. Ele era bem mais alto que um metro e noventa, com cabelo loiro-escuro na altura da gola. Os ângulos duros de sua face extraordinariamente bonita acentuavam seus marcantes olhos azuis-claros. Sydney podia ver que ele era atlético e musculoso, e desejou poder saber o

KADE

que estava escondido por baixo de sua jaqueta de linho azul-marinho. Ele desafiava suas noções de como ela imaginava que os sobrenaturais se vestiam. Ela esperava que ele estivesse vestido com couro e correntes. Em vez disso, achava que ele era clássico, dominante, sensual. Sydney sorriu para si mesma, pensando que Kade parecia ter saído de um anúncio da Ralph Lauren. Suas calças de linho creme estavam baixas em seus quadris estreitos, revelando um vislumbre de seus "bens" sobrenaturais. *Merda, Sydney, você está realmente olhando para a virilha do homem, em uma cena de crime? Você realmente precisa dormir com alguém.*

Quando olhou para cima, ele prendeu seu olhar e sorriu. *Ah, meu Deus... por favor, não o deixe ter me visto olhando para lá.* Ela rapidamente olhou para Tony, que riu.

— Ei, Syd, estava olhando o quê? Realmente tem muita coisa para se observar na cena, hein?

— Cale a boca, Tony. Preciso te lembrar que eu deveria estar de folga hoje? — ela retrucou.

— Folgando ou gozando? — brincou.

— Ha, ha, Tony. Vocês, meninos, continuem o papinho. Eu vou trabalhar. Estarei com a Ada, vendo o que ela descobriu. — Seu rosto ficou vermelho de vergonha. Sydney estava doida para colocar algum espaço entre ela e Kade, porque precisava manter seus hormônios sob controle e se concentrar.

Por que cobrir o corpo com tatuagens? Por que toda a apresentação? Obviamente, o criminoso se excitava com algum tipo de ritual durante o assassinato. Alguns assassinos gostavam de demorar um tempo, de brincar com as vítimas.

A legista caminhou em direção ao corpo. A Dra. Adalee Billings fazia este trabalho há tempos. Sem muitas mulheres na força policial, ela era a amiga mais próxima de Sydney. Ela era bonita, uma afro-americana de pele escura, cor de cacau. Com um metro e setenta, podia ser facilmente confundida com uma modelo. Seus cabelos cor de ébano, na altura dos ombros, geralmente ficavam dentro de uma touca, mas como ela deveria jantar com Sydney hoje, estavam arrumados em um coque do tipo banana. De mente rápida e insanamente inteligente, Adalee podia confrontar qualquer pessoa do departamento, então os homens não mexiam com ela. Sydney amava ter uma amiga inteligente na força, já que geralmente ela trabalhava num mar de homens.

Enquanto Adalee se inclinava para observar o corpo e colocar no chão seu kit de evidências, Sydney se aproximou, ansiosa para saber suas primeiras impressões. O cheiro do corpo era insuportável. Morte, animal ou humana, era um cheiro que penetrava nas suas narinas e podia impregnar suas roupas. E ela tinha acabado de lavar esta blusa a seco.

— Então, o que você achou, Ada? — Sydney indagou.

— Difícil dizer fora do laboratório, mas as tatuagens são interessantes. Talvez algum tipo de ritual? Proteção mágica? — Adalee olhava, com os olhos cerrados, para as mãos e o rosto da menina.

— É, eu estava pensando em ritual. O criminoso demorou com essa menina: o vestido, a maquiagem. Doente fodido. O que te faz pensar em proteção mágica? — Sydney perguntou.

— Antigamente se pensava que tatuagens tinham uma proteção mística, que eram um tipo de talismã usado na pele. Tiraremos foto das tatuagens e pesquisaremos. Porra, esta cidade está ficando estranha nesta noite. O P-CAP está aqui? Honestamente, Syd, eu acho que este caso é para eles, mas, se você quiser processar o corpo, eu farei.

— Sim e sim. O P-CAP deve terminar assumindo o caso, mas eu gostaria que você examinasse o corpo primeiro. Então, se você puder apressar isso, eu agradeceria. Isso poderia ser um humano copiando e brincando com mágica, tentando fazer a morte parecer paranormal, ou é algo que precisa ir para o lado selvagem. — Ela olhou para Kade. — E se isso acontecer, eles podem ficar com o caso. Pessoalmente, eu não me importaria de passar o caso para o fulano… Kade, ali do outro lado, assim eu o tiraria da minha cola.

Adalee olhou para Kade e sorriu.

— Você quer dizer aquela gostosura toda, conversando com o Tony? Eu amaria ter que trabalhar com ele, ou nele. Como queira, mande-o para o laboratório que eu ficarei feliz em rever os resultados juntos. Eu aposto que ele daria alguma alegria para uma garota.

— Com certeza, e se você quiser uma mordida com a sua alegria, tenho certeza de que ele adoraria te alegrar. Não estou certa se ele tem presas ou garras, mas ele tem alguma coisa.

— Garota, você está protestando muito. Por que não aproveitar como uma vantagem do emprego? Deus sabe que não temos muitas. Ou talvez aquele seu parceiro gostoso possa temperar o seu café? — Ela gargalhou.

— Você está certa. Ele está lotado de doçura, mas provar da sua bala não seria bom para a minha carreira. Ada, eu só preciso sair e satisfazer meus desejos com alguém seguro. Infelizmente, isso vai ter que esperar. Dá pra perceber que estou um pouco distraída hoje?

— Bom, garota, você tem cinco horas para satisfazer seus desejos, e depois, vá para o laboratório. Eu vou ensacar o corpo, bater algum as fotos e remover o traço. Olhe essa linha. — Adalee segurou, com sua pinça, uma pequena substância marrom e fibrosa. — Talvez alguma coisa estranha

KADE

sobre isso também? Pode ser uma linha comum, ou alguma outra coisa?

— Está bem, examine isso. Temos que andar rápido. Essa menina foi torturada, e algo me diz que ela não vai ser o último brinquedinho desse criminoso. É como se ele tivesse gostado disso... feito com calma. Está compartilhando o seu trabalho conosco. Querendo nos mostrar o que fez com ela. Deus, isso me deixa doente.

— Eu sei. Nós temos um predador. Não sei se há algo para descobrir sobre as tatuagens ou a linha, mas vou começar a pesquisar. — Adalee sacudiu a cabeça, com desgosto. — Por que você não volta para a sua folga? Bom, pelo menos por algumas horas, enquanto eu colho as evidências. Kade parece tão solitário... Ele certamente parece dar conta de todos os seus desejos.

— Sem chance, Ada... não com ele. Estou caindo fora, te vejo no laboratório. — Ela acenou para Adalee e se virou para ir embora, determinada a aproveitar por algumas horas. Enquanto se preparava para sair, sentiu olhos a observando. Olhou para Kade e viu que ele a estava encarando. Ela acenou com a cabeça e virou rapidamente, para que não pensasse que estava interessada nele.

Algo nele a incomodava, mesmo com toda sua sensualidade sobrenatural. Ele disse que trabalhava com a P-CAP, mas essa história não batia com os seus instintos. Sydney era boa em ler pessoas, e tinha alguma coisa nele que dizia que não era um policial. Ou mesmo um policial sobrenatural. Ele parecia pertencer a um *country club*. Talvez fosse um advogado ou um empresário? Olhando uma última vez, memorizou suas roupas e sapatos. O terno não batia. Não eram as roupas baratas que ela estava acostumada a ver na delegacia. Boss? Cavali? E os sapatos eram Salvatore Ferragamo. As contas não estavam batendo. Ele era muito perfeito para trabalhar como detetive, mesmo não sendo humano.

Ela se apressou para alcançar Tony, que estava indo para o carro.

— Algo não está certo com ele — disse, olhando para Kade. — Quero ver as credenciais dele.

— Já verifiquei. Está tudo certo. E o chefe disse que ele tem acesso total à cena do crime — Tony confirmou.

Sydney perguntava-se que tipo de sobrenatural ele seria. Lobo? Não, ele não parecia ser o tipo que gostava de aventuras na natureza. Kade era refinado, elegante e sensual. Primitivo e perigoso. Vampiro? Ela apostava que sim. Ela ainda ia acabar morta de curiosidade, torcendo para vê-lo novamente. Kade podia manter alguns segredos, e Sydney ia descobrir exatamente quais eram... assim que ela se envolvesse em uns segredos próprios.

CAPÍTULO DOIS

Sydney não estava procurando por amor; sua carreira atual não permitia esse luxo. Quando ela não estava trabalhando, ainda estava pensando sobre trabalho, mas essa não era a única coisa que a mantinha distante de se envolver seriamente com alguém. Ela tinha total noção do risco que corria, todos os dias nas ruas. Na sua profissão, as chances eram maiores do que a média de que ela talvez não voltasse para casa, após um plantão. Para que ter um marido e uma família, se eles terão que viver com a preocupação de que ela pode ser morta no trabalho? Tendo somente vinte e oito anos, ela ainda não sentia a necessidade de ter filhos. Ela amava crianças, mas não queria que eles crescessem sem mãe, porque algo poderia acontecer com ela. Talvez um dia, quando ela tiver mudado para chefia e achado alguém que amasse completamente, poderia considerar ter filhos, mas não agora.

Entrando no Eden, a batida da música e as fortes luzes a atingiram. O cheiro de cigarros e suor dos dançarinos enchia o ambiente. Ao fundo, podia sentir o leve cheiro de cloro; o lugar era limpo, mesmo se as atividades fossem sujas. Eden era uma boate de luxo, feita para solteiros e casais que queriam observar ou serem observados, tanto para humanos quanto sobrenaturais.

As luzes multicoloridas refletiam no teto espelhado. As paredes azuladas pareciam se mover, à dança das luzes. Uma imensa fonte de água dominava a parede oposta ao bar. Se você ficasse perto, podia escutar o quieto som da água, e sentir o espirro em seu rosto. Atrás do bar, uma jiboia de quatro metros e meio chamada Eva deslizava por trás do vidro de um viveiro. Eva se movia dentro do largo espaço, se enroscando em uma árvore. No clube, uma grande escada levava ao segundo andar, para salas privadas, onde os clientes podiam ir para conversar ou se engajar em atividades sexuais, em privado ou público, dependendo do que queriam.

Sydney sabia que ali dentro ela podia se desligar por algumas horas, antes de voltar para a morte; a morte sempre a esperava. Era paciente, mas nunca gentil. Olhando rapidamente pelo salão, ela entrou no banheiro feminino. Trocou sua roupa por um vestido curto, com estampa de tigre, e um sapato de salto combinando; ela estava pronta para caçar. Sua pele bronzeada reluzia embaixo de seu decote drapeado, expondo seu amplo colo. Um fio-dental preto era tudo que usava sob o vestido. Ela jogou suas roupas dentro de sua sacola e guardou tudo dentro do armário provido aos clientes do Eden. Soltando o cabelo, deixou as madeixas loiras escorregarem por suas costas. Com um rápido jato de spray para cabelos, estava pronta. Sydney tinha oficialmente se transformado de policial para mulher, e parecia completamente a isca que pretendia ser.

— Oi, Tristan. Uma Perrier com limão, por favor. — Acenou para o barman.

— Nada de champanhe? O que está acontecendo, *mon chaton*? — Tristan gritou para Sydney. Ele gostava de chamá-la de "minha gatinha". Hoje o apelido fazia jus, já que ela parecia uma gata no cio.

— Nada de álcool hoje para mim, *mon loup*. Tenho somente umas horas para dançar e me divertir. Depois disso, tenho que ir. — Ela tinha todas as intenções de tê-lo como seu lobo. Ela pegou o copo da mão dele, tomou um gole da água efervescente, e então foi para o meio da multidão.

Sydney podia sentir as pessoas a observando dançar, movendo seus quadris enquanto sentia a música. Tinha um motivo para ela vir ao Eden: música, sexo, tudo isso pronto para consumir, confidencial e sem julgamento. Era tudo que ela precisava nesse momento. Enquanto dançava na pista, abriu os olhos vagarosamente, vendo Tristan vir em sua direção. Ela ansiava por liberar sua sexualidade, relaxar, esquecer, e ele podia fazer isso por ela.

Seu lobo Alfa tinha sexo escrito na testa. Sua presença bruta, real, chamava atenção quando ele entrava no ambiente. Ele tinha boa aparência, mas não era exatamente bonito. Com cativantes olhos cor de âmbar e cabelos ondulados platinados, ele parecia ser um surfista californiano. E mesmo que sua pele bronzeada tenha uma luminosidade radiante, seus olhos duros eram um aviso de que ele realmente era um predador. Ele estava vestido com calça jeans azul e uma blusa de linho branco solta. Casual, mas não desarrumado; sério, mas legal. Ele entretinha os convidados com histórias de suas aventuras, e era capaz de desviar o interesse das mulheres de um modo que ainda as fazia se sentirem especiais.

Enquanto dançava, Sydney sentiu mãos fortes em sua cintura. Ela relaxou em seu abraço, reconhecendo o peito musculoso pressionado em suas costas. Ela amava o cheiro amadeirado e limpo de Tristan, e sentiu sua excitação física ao se moverem com a música.

— Oi, Syd. — Tristan a virou, para poder ver seu rosto.

— Sim — ela sussurrou, olhando de seu peito para os intensos olhos dourados.

— Diga-me: como você quer isso, *mon chaton*? — Ele a presenteou com um sorriso malicioso.

— Tris, eu não tenho muito tempo. — Ela se arrepiou, pensando em uma rapidinha com ele. Ele era dominador, forçando-a a contar sua fantasia.

— Nada de jogos hoje. Como você quer? — ele pressionou.

— Rápido, forte, privado — ela provocou.

— Vamos terminar nossa dança? Seu lobo tem tudo o que você precisa.

Sydney sorriu e deixou a excitação tomá-la, sentindo o calor crescer em seu ventre. Ela queria isso... não, ela *precisava* disso hoje. Tanto o estresse da terrível morte quanto Kade aparecendo na sua cena do crime, tentando dominar tudo, a colocaram no limite. Ela queria esquecer, e Tristan podia fazer isso acontecer. Ele a entendia de um modo que mais ninguém podia, era um amante que não julgava. Ela deitou a cabeça em seu peito, aproveitando o calor de seus braços.

A cena do crime tinha perturbado Kade. Matança e violência eram partes do seu mundo, mas a tortura de um inocente era inaceitável. Como líder dos vampiros de Nova Orleans, ele suspeitava de quem tinha cometido o crime, mas teria que investigar melhor para ter certeza. Kade tinha convencido o chefe do P-CAP a deixá-lo entrar na cena do crime, porque ele não confiava nas autoridades locais para lidar com o caso. Investigar o crime como um detetive não era o seu trabalho, mas sendo o líder que ele era, planejava achar o rebelde e fazer justiça.

Ele trabalhava em uma casa graciosamente emprestada por Tristan, o Alfa local. Eles eram bons amigos há tempos. Tristan era quem tinha ligado para dizer que existia a possibilidade de haver um vampiro rebelde na região, praticando magia negra. Existiam rumores de rituais, mas nada concreto. Finalmente, o malfeitor tinha se mostrado, e Kade tinha voado para NOLA[1] em seu jatinho particular, assim que recebeu o OK de sua fonte do P-CAP. Mesmo querendo deixar para o P-CAP achar o transgressor, ele tinha se sentido compelido a vir para a Filadélfia, suspeitando que a magia estava sendo extraída de seu território.

O que ele não esperava era o confronto com a enérgica Senhorita Willows. Ela era uma distração sensual e interessante. Ela cheirava a lírios, e ele podia praticamente sentir sua doçura no ar. *Como seria sentir seu gosto?* Ele

---

1 **NOLA: Sigla para New Orleans**

tivera que esconder sua excitação na frente dela. Se ela fosse uma criatura paranormal, ele não teria mentido para ela. Mas ela sendo humana, tinha sido necessário, para sua própria proteção. Apesar do que ela pensava, armas não eram páreo para magia negra ou vampiros.

Mas, porra, ele gostava de um pequeno debate com a detetive loira. Ela era completamente fascinante, com uma mente astuta correspondente. O cheiro de sua excitação, na cena do crime, tinha-o deixado louco de desejo. Ele a desejava. Ele exortou a si mesmo por seus pensamentos lascivos, sabendo que não estava ali para se envolver com mulheres. Kade achava que sua agitação se devia ao todo o estresse de voar para a Filadélfia com tanta pressa. Ele precisava de sangue, e talvez sexo, não necessariamente nesta ordem. O que esse vampiro não precisa era de complicações.

— Luca, vamos para o local do Tristan. Eu preciso de algo para me refrescar, e disse a ele que iria atualizá-lo sobre o que descobri. — Ele sinalizou para o seu segundo em comando.

Luca emitiu uma ordem para o motorista da limusine e se virou para Kade.

— Estaremos lá em dez minutos. Você quer que eu ache um quarto privado... e obtenha um doador?

— Sim. Obrigado — Kade respondeu, olhando pela janela, com sua sede o corroendo. Ele estava ficando irritado; precisava de sangue logo.

Na pista de dança, Tristan segurou a nuca de Sydney e entranhou os dedos em seus cabelos. Ela recostou-se a ele, dando total acesso à sua garganta e seios. O lobo em seu interior uivou em sua submissão, e o homem que ele era ficou sem fôlego diante de sua pele lisa e da elevação de seus seios. Ele continuou puxando sua cabeça para trás e beijou sua garganta, perto da orelha. Olhando para baixo, podia ver a borda roseada de seus mamilos endurecidos. Ela não estava usando sutiã. Deus, essa mulher o estava matando.

— Tristan, por favor... — Sydney ofegou quando Tristan deslizou a mão, subindo por seu abdome, e segurou seu seio. Ela gemeu em resposta.

Ele se inclinou e sussurrou em sua orelha:

— Gosta disso, *mon chaton*? Diga-me o que você quer.

— Tristan, eu e você no andar de cima... agora. Cansei de brincar. — Sydney não aguentava mais as brincadeiras. Ela mal podia falar, enquanto lambia seus lábios. Dançando e o puxando para perto, ela se esfregou em sua ereção.

— Ah, porra! — Tristan grunhiu, notando que Kade tinha acabado de entrar e ia em direção ao bar. — Desculpe, Sydney, mas um velho amigo acabou de entrar no clube. Você não tem ideia de como eu detesto interromper a nossa diversão, mas preciso falar com ele... negócios importantes. Mas devo demorar somente alguns minutos. Você quer ir para o meu quarto e me esperar? Eu te encontro lá em dez minutos. — Ele estava irritado com a interrupção, mas isso era importante.

Enquanto Sydney contemplava sua resposta, ela sentiu um arrepio similar ao que tinha sentido nas docas. Os pelos de sua nuca arrepiaram. *Ele está aqui*. Olhando rapidamente pelo ambiente, ela viu Kade sentado no bar, a encarando. Ela não estava imaginando coisas. Kade realmente estava no bar, e por alguma razão, ele parecia não estar feliz. O que ele estava fazendo no clube de Tristan? Ele a seguiu desde a cena do crime?

Incapaz de controlar a sua curiosidade, Sydney foi em direção a Kade. Olhando para trás, para Tristan, seu rosto dizia que ele suspeitava de sua intenção. Irritada porque o vampiro a tinha seguido, ela lutava para controlar sua raiva.

— Que porra você está fazendo aqui? Está me seguindo?

— Sentiu minha falta, foi?

— Talvez a gente precise esclarecer algumas coisas, se vamos trabalhar juntos. — Seu coração acelerou na presença dele, e ela suspeitava que não era por medo. Quando seus olhos colidiam, ela era atraída por ele. Sua excitação crescia, e ela se descobria ainda mais raivosa porque seu corpo traidor respondia à presença dele.

Antes de Kade ter a chance de responder, Tristan abriu os braços para o amigo.

— Oi, Kade! Bem-vindo! Senti sua falta, irmão.

Os homens se abraçaram e ambos olharam para Sydney, como se estivessem esperando por sua reação. Ele não estava certo do motivo, mas isso não parecia nada bem. Imediatamente, Tristan reconheceu que Sydney tinha mudado para o modo trabalho, e isto significava que as coisas podiam ficar feias.

Confusa, Sydney olhava os dois homens se abraçarem e falarem como se fossem bons amigos. *Tristan e Kade se conheciam? Amigos? Merda. Sério? Tem como minha noite ficar ainda pior?* Ela estava tentando tanto relaxar, se esforçando para não pensar no assassinato, em como Kade tinha mexido com ela e tentado roubar seu caso, e como ele a excitava mais do que era possível imaginar. E agora ele estava aqui, observando-a enquanto ela dançava e praticamente transava na pista de dança. *Maravilha*. Pior, ele olhava para

KADE 21

ela sedutoramente, percebendo suas roupas... ou a falta delas. Ela sabia que seu profissionalismo tinha ido para o inferno. Que seja, ele não deveria estar aqui mesmo, fodendo com a sua noite.

Quando ela ia fugir dali, Tristan a pegou possessivamente pela cintura e virou-se para Kade.

— Vocês dois se conhecem? Querem dizer como? — ele perguntou.

Sydney queria empurrar a mão de Tristan, mas ela não queria que Kade suspeitasse de seu desejo por ele. Então, pensou em deixar Kade achando que ela pertencia a Tristan. O que isso poderia causar? Tristan sabia da verdade. Não sabia? Ele a estava segurando tão forte quanto um cão segurava seu osso, então ela resolveu manter a charada.

— Sim, nós nos conhecemos. — Sydney suspirou e olhou para Kade, irritada. — Mesmo detestando falar de trabalho enquanto estou me divertindo, e eu estava prestes a me divertir, Kade e eu nos conhecemos em um caso hoje. Você gostaria de dizer como você conhece o Kade?

Tristan sorriu, sabendo que ela não estava contando tudo.

— Bom, Kade e eu nos conhecemos há tempos. Somos bons amigos, e nos conhecemos no *Bayou*.

Ela arqueou uma sobrancelha.

— *Bayou*? Sério? Vocês dois se divirtam, conversem sobre os velhos tempos. Desculpe, Tris, mas não posso esperar hoje, pois tenho de voltar para o trabalho. Até a próxima vez, *mon loup*. — Ela deu um beijo casto em Tristan, enquanto Kade observava, com ciúmes. Cerrando os olhos, ela disse para Kade:— E você, Senhor P-CAP, não estou certa se e quando vou vê-lo novamente, mas será mais tarde.

Kade pegou a mão de Sydney ao mesmo tempo em que Tristan largou sua cintura. Ele a olhou intensamente e falou firmemente:

— Sim, minha querida Sydney, quando nos encontrarmos novamente, e vamos nos encontrar novamente, será um prazer. Eu prometo.

Sydney o olhou por um momento, quase não conseguindo desviar o olhar. Desconcertada por sua reação a ele, ela pensou que deveria ser alguma estranha reação química paranormal. Sua suave voz a cobria como seda, e ela imaginava como isso soaria quando ele a tivesse em seus braços. O pensamento perturbador a jogou de volta no momento, e ela arrancou a mão de seu aperto. Ela tinha que sair daqui antes que perdesse o controle. Respirando fundo, Sydney se virou e foi embora, sem olhar para trás.

---

2   Bayou é um termo geográfico que, no sul dos Estados Unidos (especialmente em Luisiana), serve para designar uma massa de água formada por antigos braços e meandros de rios como o rio Mississippi.

Ela praticamente correu para o banheiro feminino, com sua mente confusa. Queria transar com Tristan quando tinha chegado; contudo, quando foi embora, o único homem em seu pensamento era Kade. Quando começou a trocar suas roupas, questões rolavam em sua cabeça. *O quão bem Tristan conhecia Kade? Que porra está acontecendo comigo? Eu sei que Kade está mentindo, mas ele é absurdamente gostoso. Sossegue, garota.* Sem respostas, decidiu voltar para o laboratório o mais rápido possível. Já que sexo estava fora de cogitação, o trabalho estava oficialmente de volta à agenda.

Tristan gargalhou, sacudindo a cabeça. Ele não sabia o que exatamente estava acontecendo com Sydney, mas amava —vê-la colocando outro cara no lugar, mesmo que fosse um amigo. Sydney era uma excelente garota, mas era fácil de irritar quando seus desejos não eram atendidos.

Mesmo detestando ser interrompido, ele sabia exatamente o motivo de Kade estar ali, e não queria esperar para saber dos detalhes. Ele também não estava pronto para compartilhar informações com Sydney; por isto havia pedido para ela esperar no andar de cima. Mas a teimosa não escutou. Porém, ele não esperava menos dela, afinal, era uma detetive. Ainda assim, ele não a queria envolvida nos assuntos paranormais que ele tinha para discutir com Kade. Claro, Sydney era uma policial durona, mas ainda era humana, e ele estava determinado a protegê-la contra o mal que tinha chegado em sua cidade.

— Então, quais são os planos? — Tristan perguntou. — Estou feliz por ter te ligado, pois sabia que alguma merda ia acontecer. Só estou satisfeito que você estava aqui e pôde ir à cena do crime.

— Definitivamente magia negra, mas foi feita por um vampiro: a garota foi drenada. Eu não estou certo do ritual, mas se tivesse que adivinhar, diria que alguém está tentando juntar poder. Eu encorajarei o P-CAP a tomar controle total do caso pela manhã, quando a legista tiver terminado a autópsia — Kade informou.

— Quero que você saiba que aprecio sua oferta de vir ajudar. — A face de Tristan endureceu. — É uma péssima notícia que um vampiro rebelde tenha mulheres como alvo. Eu quero assegurar minha alcateia de que o P-CAP e a comunidade de vampiros estão cuidando disso, pois, mesmo que o vampiro tenha pegado uma humana dessa vez, a próxima vítima pode ser uma loba. Eu não posso admitir isso.

— Tris, eu vou cuidar desse cuzão. Eu tenho certeza de que é um vampiro, mas pode ter mais do que uma pessoa envolvida. Quem quer que esteja envolvido, será enfrentado. Você pode confiar em mim.

Tristan exalou e sentou ao lado de Kade. Ele virou sua banqueta em direção à pista de dança.

— Então, o que mais está acontecendo? Parece que você tem estado ocupado desde que chegou à cidade. Já está arrumando confusão, né? — ele brincou.

— Quem, eu? Eu não tenho ideia do que você está falando — Kade disse.

— Sim, você. Que inferno está acontecendo entre você e Sydney? Você sabe, a mulher gostosa com quem eu estava prestes a transar, até que você chegou e tão educadamente nos interrompeu. Minha garota estava realmente puta com você. Não tem nem 24 horas que você chegou à cidade. O que você fez para ela?

— Primeiro, eu não fiz nada para ela. Eu simplesmente informei que ela não estará à frente do caso, e acho que você concorda comigo neste ponto. Ela pode ser uma policial, mas é humana. Eu talvez a deixe ser consultora, depois que a legista terminar, mas ela não vai liderar o caso. E, segundo, pelo que eu posso ver, minha amiga Senhorita Willows não é *sua*. Você pode ter pensado que vocês transariam, mas não foi preciso muito para interromper vocês. Ela voou como um passarinho. Então, ela deve ser somente uma amiga, e sou velho o suficiente para saber que ela não pertence a você. — Kade estava completamente sério quando desafiou Tristan. A tensão era palpável, graças às palavras que tinham acabado de deixar sua boca. *Que porra está acontecendo comigo para eu desafiar um amigo, não menos do que um Alfa, por uma humana, em território estrangeiro?*

— Meu irmão, você me desafia dentro do meu clube? — Tristan arqueou uma sobrancelha e colocou a mão no ombro de Kade, confirmando sua dominância enquanto desarmava uma possível discussão. — Eu entendo que você teve um longo dia de viagem, então ignorarei o modo como você se expressou. Quanto a Sydney... vou dizer que ela é uma amiga próxima, bem próxima. Uma amiga que ocasionalmente compartilha e experimenta seus desejos mais íntimos comigo. No entanto, como ela apontou tão eloquentemente, continua não comprometida. E enquanto eu adoraria que ela compreendesse o motivo de construir muros emocionais em volta de si mesma, eu sou um empresário, não um psicólogo. Na maioria dos dias, Sydney é uma puta policial, durona, do tipo que só pergunta depois, mas ela aventura seu lado selvagem aqui no meu clube. Eu às vezes me junto a ela, ou só observo, em outras vezes. Mas não se engane: mesmo que não estejamos comprometidos, Sydney tem a minha proteção e a proteção da minha alcateia. Ela não será machucada, se eu tiver algo a dizer sobre isso. E onde estou como Alfa, tenho tudo a dizer sobre isso. — Ele suspirou profundamente e pausou por um segundo, para julgar a reação de Kade, antes de continuar: — Kade, nós nos conhecemos há tempos, então posso dizer, pelo seu olhar, que alguma coisa está te agitando. Você a quer, e não posso dizer para não ir atrás dela, mas estou avisando: não a machuque, emocionalmente ou de qualquer outro jeito, e, se possível, a mantenha longe desse assassino.

— Ela estará a salvo — Kade prometeu, se recusando a dar importância ao resto das observações de Tristan. Ele bufou, frustrado com sua atração pela loira. Ele deveria cagar e andar para o que o lobo fazia com a policial, mas ele ligava. Então, tentou remover a pontada de ciúmes que sentia em seu peito. No que ele estava pensando? Frustrado com ele mesmo e com seus sentimentos pela mulher humana, ele tinha dificuldades em focar no motivo de estar na Filadélfia: deveria achar um assassino e voltar para seus negócios em Nova Orleans, nada mais, nada menos. Ele precisava tirar a Senhorita Willows de sua mente, se pretendia conseguir fazer alguma coisa.

— Você vai oferecer uma bebida para um vampiro, ou não? — Kade perguntou, com um sorriso. — Eu só preciso de um pouco de sangue, não estou procurando por extras hoje.

— Você acabou de viajar uma grande distância, e nós temos vários doadores anônimos disponíveis hoje. Se você quiser pegar o primeiro quarto privado, eu mandarei alguns doadores para você e para o Luca. São somente vocês dois? — Desde quando seu amigo não queria um extra, quer dizer, atividades sexuais extras? Tristan estava ficando cansado de tentar entender o que acontecia na cabeça de Kade.

— Sim, somente Luca e eu. Obrigado, Tris, eu aprecio a sua hospitalidade. Foi um dia longo. — Kade acenou com a cabeça para Luca. — Vamos, Luca.

Tristan notificou seu gerente para mandar dois doadores para o andar de cima, imediatamente. Agora que *shifters* e vampiros não estavam mais ocultos, existiam muitos humanos que vinham para o clube. Ou eles estavam interessados em sexo e na mordida orgástica dos vampiros, ou desfrutavam da mordida sem sexo.

A gerência mantinha uma lista dos doadores voluntários que entravam no clube, e eles recebiam um alarme para ser usado em volta do pescoço ou preso à roupa. Se ele vibrasse, o doador iria até a recepcionista, para ser direcionado a um quarto privado. Tudo era consensual e seguro. Vampiros que queriam um doador eram avaliados, para que o Eden pudesse garantir a segurança de seus clientes. Afinal, drenar até a morte era proibido. Tristan não podia permitir erros, então a segurança monitorava os quartos para ter certeza de que não existiam problemas no andar de cima, e doadores podiam desistir a qualquer momento.

Enquanto vampiros eram sexuais por natureza, nem todos os vampiros procuravam por sexo enquanto se alimentavam. Muitos que vinham ao clube estavam comprometidos com outra pessoa e só queriam sangue fresco. Vampiros não precisam se alimentar todos os dias, e também não precisavam de grandes quantidades de sangue para manter sua força. Havia humanos que procuravam excitação, que buscavam a "experiência vampira" em qualquer dia da semana, e o Eden capitalizava a relação sinérgica entre doadores e vampiros. Em vez de saírem somente para tomar um café, humanos podiam ter um café e uma mordida. Orgasmos e café para viagem… o que mais alguém poderia querer?

Enquanto Kade relaxava no sofá, ele deixou seus pensamentos irem para Sydney. Mesmo que inicialmente tenha ficado com raiva por vê-la com outro homem na pista de dança, não podia negar sua excitação ao assistir Tristan tocar seus seios, desejando ser ele quem a estivesse tocando. Seu pau estava duro como uma pedra quando Sydney o abordou mais cedo, então ele tentou esconder sua excitação fingindo estar puto. Talvez Sydney não tenha percebido, mas ele tinha quase certeza de que Tristan sim.

Uma loira oxigenada atraente, com uns vinte e poucos anos, entrou no quarto e ajoelhou-se perto de Kade. Ela levantou os olhos.

— Nenhum extra hoje, senhor? Eu prometo fazer com que seja bom para você — ela ronronou, esfregando as mãos nas suas coxas e sobre o duro volume em suas calças.

Em outra noite, ele teria sugado e fodido a loirinha com força, mas não hoje. Ele estava ficando cansado de sexo sem sentido junto com sua comida. Kade suspirou.

— Não, obrigado. Só quero beber um pouco e vou cair fora. — Tinha sido um longo dia. Sim, ele queria extras, mas os queria com uma certa detetive fogosa. Essa doadora ia saciar sua sede por sangue, mas não faria nada pela ereção que pressionava contra o seu zíper.

Parecendo desapontada, ela deitou o braço desnudo em seu peito. Ele podia cheirar seu jovem e aromático sangue, então colocou os dedos em volta do pulso da mulher e levou-o ao nariz. Ela gemeu com satisfação quando ele lambeu a parte interna de seu braço. Suas presas se alongaram e ele mordeu a pele macia e pálida, fechando os olhos ao beber a essência dessa mulher desconhecida. Kade fantasiava que estava mordendo Sydney, imaginando que ela fosse a mulher à sua frente, se contorcendo, em êxtase, no chão. Quando estava saciado, lambeu as feridas, para que se curassem, e então se forçou a levantar. Merda. Ele estava mais duro do que nunca. *Por que estou tão atraído por aquela maldita mulher?*

Ele olhou para Luca, que tinha acabado de foder sua doadora contra a parede. Quando Luca soltou a mulher, seus olhos encontraram os de Kade. Luca arqueou a sobrancelha, questionando seu chefe, claramente se perguntando o que estava acontecendo com ele, mas Kade só o olhou, silenciosamente. Eles estavam fora da cidade e era normal para eles gastarem alguma energia. Beber sangue e transar eram costumes aceitos na comunidade vampira, ainda mais quando nenhum dos dois era comprometido.

Luca era o braço direito de Kade, responsável pelas operações de segurança em Nova Orleans. Apesar de ter sido criado na Austrália, Luca tinha retornado para a cidade natal de seu pai, na Britânia, já adulto, e tinha posteriormente se encontrado em Nova Orleans, lutando na guerra de 1812, onde se feriu severamente. Ele achou Luca morrendo em um campo e ofereceu a ele a chance de ser transformado em um vampiro. Luca concordou, Kade drenou todo o seu sangue, a ponto de morte, e então ele alimentou Luca com o seu próprio sangue.

Após a transformação, Luca jurou lealdade a ele. Eles trabalhavam juntos, mas eles também eram melhores amigos, camaradas na vida. Ele era leal e eternamente grato ao seu salvador. Quando viajavam, geralmente se alimentavam e fodiam, casualmente aproveitando as mulheres doadoras.

— Ei, estou quase pronto aqui. — Luca disse. — Você está bem?

— Sim, estou bem. Finalize aí, porque estou ansioso para voltar para casa, e tenho algumas ligações a fazer. Eu te encontro lá embaixo. — Kade tinha que cair fora daqui. O clube cheirava a sangue, sexo e suor, mas nada disso era de Sydney. Ele tinha que procurá-la logo e descobrir exatamente o que a pequena detetive tinha encontrado na autópsia.

KADE

CAPÍTULO TRÊS

Depois que Sydney saiu do clube, ela se dirigiu diretamente para a estação. Estava acostumada a trabalhar no plantão noturno, então, mesmo sendo meia-noite, tinha tempo suficiente para se organizar antes de encontrar Adalee para pegar as considerações iniciais da autópsia. Ela estava perdida em seus pensamentos quando Tony jogou um sanduíche de filé com queijo na mesa.

— Ei, Syd, pensei que você poderia comer alguma coisa.

— Ah, isso é exatamente o que uma garota quer. — Sydney lambeu os lábios e rasgou a embalagem. Ela mordeu o sanduíche, deixando as cebolas caírem por seu queixo. — Muito, muito obrigada. Hummm… bagunçado, mas tão gostoso…

Tony sacudiu a cabeça, rindo. Ela parecia gozar de prazer, não que ele soubesse alguma coisa sobre isso. Ele adoraria tê-la pelo menos uma vez, mas sabia que essa era uma linha que não deveria ser cruzada. Desde que tinha conhecido Sydney Willows, ele lutava contra a vontade de beijá-la loucamente e enterrar seu pau nela, mas estava quase certo de que ela não se encontrava com caras frequentemente, e ele tinha 100% de certeza de que ela não namorava outros policiais. Não adiantava pensar no que ele não podia ter. Forçando seus pensamentos de volta para o caso, pegou o arquivo sobre a garota.

— Fico feliz que você gostou do sanduíche, Syd, mas você tem que comer rápido, pois Billings ligou há uma hora. Ela disse que está pronta para revisarmos as considerações iniciais e nos espera em trinta minutos. Coma. Eu preciso passar para ver o capitão, e vou te esperar perto do elevador, para descermos juntos.

— Está bem para mim. E Tony… obrigada pelo sanduíche de filé. Você é um salvador, não sei o que faria sem você. — Sydney estava enervada após o incidente no clube e não conseguia parar de pensar em Kade. Ela estava prestes a trepar com Tristan quando aquele maldito vampiro chegou e interrompeu tudo. Se ele era um detetive, ela era a Rainha da Inglaterra. Não tinha a menor possibilidade de aquele cara ser um simples detetive. Ele estava mentindo para ela, e era convencido. E, merda, era mais gostoso que tudo. *Porra. Eu tenho que me organizar, tirar o vampiro do caso, dormir, e então solucionar esse assassinato.* Esta estava se tornando a noite mais longa que ela havia tido, em semanas.

Após devorar a comida, ela e Tony desceram pelo elevador, em silêncio, prontos para receber algumas pistas da legista. Quando as portas do porão se abriram, Sydney e Tony andaram pelo longo corredor cinza, que levava ao mortuário. As luzes do teto piscaram, provendo um caminho obscuro para o destino deles. Ela tinha andado por esses corredores mais vezes do que poderia contar, mas toda vez, as paredes cinza a lembravam de que ela estava aqui para encarar a morte. Nenhuma quantidade de tinta fresca podia fazer isso parecer com qualquer outro corredor do prédio.

Ela passou à frente de Tony na porta dupla preta que abria caminho para a sala de autópsia, e o cheiro de morte a atingiu assim que o ar entrou em suas narinas. Era algo com o qual ela nunca se acostumava, mas a lembrava do motivo para ter virado uma policial. A vida de alguém tinha sido roubada. A garota estava morta, e ela pegaria o bastardo que tinha feito isso.

— Oi, Ada. Então, o que você descobriu? — Procurando por uma máscara e luvas, ela se debruçou sobre o corpo, olhando os pulsos da garota.

— É uma vergonha. Essa cidade está lotada de bastardos doentios, mas esse aqui... ele... bom, venha ver. — Adalee olhou através de sua máscara plástica e gesticulou para o torso da garota.

— Ela foi torturada. — Sydney olhou o corpo, agora desnudo. A pele translúcida parecia flutuar sobre os músculos da jovem mulher. Seu corpo estava cheio de pequenos cortes e marcas, mas nenhum parecia ser profundo. Sydney apertou os dentes e respirou fundo.

— Isso seria uma afirmação. — Adalee retirou amostras do corpo, enquanto falava: — Não estou certa do que provocou todos os cortes, mas parece que ela foi chicoteada ou algo parecido, e também cortada com algum tipo de faca pequena. E esses — ela apontou para os pulsos da garota — mostram que parece que ela foi amarrada com cordas. Achei algumas fibras presas em sua pele, ainda aguardando no traço. Mas, como causa da morte, trabalhamos com exsanguinação. Como ela perdeu o sangue? Não estou certa ainda, mas não há sangue nenhum no corpo desta coitada.

— Então nós temos uma garota torturada, que foi drenada de todo seu sangue? Parece ser obra de um vampiro, o que significa que vamos ter que passar o caso para o P-CAP. Mas ela não tem nenhuma marca de mordida, então isto significa que o caso ainda pode ser nosso. E o que são as tatuagens no corpo dela, e no rosto?

Tony rabiscou algumas notas e olhou para Sydney.

— Bom, parece que ele não tatuou somente o rosto dela, mas também alguma coisa aqui. — Adalee apontou para os seios da garota. — Essa coitada sofreu antes de morrer. Eu estimo que ela está morta há mais ou menos um dia, mas a água acelera a decomposição.

Sydney apontou para a tatuagem no seio da garota.

— A tatuagem... parece um sol, mas no rosto é estranho. É possível que ela tenha feito as tatuagens sozinha.

— Pode ser, mas é difícil dizer por causa da decomposição. Tem alguma coisa aqui que faz a minha pele se arrepiar. E se a tatuagem for ritualística? — Tony sugeriu.

Sydney estava prestes a comentar quando ela o sentiu em volta dela. Kade. *Que inferno está acontecendo? É ele, e como eu sei que é ele?* Ela se virou para encontrar os olhos azul-gelo de Kade a encarando.

— Bem observado. A tatuagem é do deus do sol *Huitzilopochtli*[3]. Ele simboliza a crença na vida após da morte. Pode ser um ritual, ou pode não ser nada. — Kade observou o corpo e andou em direção a eles.

Sydney olhou para Adalee, procurando por sua opinião, mas ela encolheu os ombros, em resposta.

— Então, posso entender que você já esteve aqui embaixo antes?

— Com certeza.

— Então você sabe que o caso é nosso, não de vocês.

Kade sorriu para ela, derretendo seu interior em geleia. Tudo em seu passado a dizia para ficar longe dos vampiros, mas havia algo no modo como ele falava com ela. Ela precisava estabelecer seu domínio antes que ele assumisse não somente o caso, mas também acabasse com a sua determinação de não namorar vampiros.

— Foi ótimo lhe conhecer, detetive Issacson, ou quem quer que você realmente seja, mas nós damos conta disso. — Ela limpou a garganta, tentando se recompor. — Nós temos muito trabalho pela frente. Sério, você pode ir embora.

— Bom, por mais que eu quisesse te fazer feliz, e acredite em mim, Senhorita Willows, eu faria, já falei com o seu superior e parece que trabalharemos juntos daqui por diante. Como você bem sabe, se existe mesmo uma pequena chance de atividade paranormal em um caso, a P-CAP tem o direito de solicitar uma coinvestigação. Eu solicitei, e seu departamento aceitou.

O rosto de Sydney ficou vermelho. Então, ela respirou fundo e expirou.

— Okay, então. Mas esta é a minha cidade, e é o meu rabo que está na reta. Eu espero honestidade das pessoas que trabalham comigo, e elas

---

3   Huitzilopochtli era o deus asteca do Estado e da guerra.

esperam o mesmo de mim. Aviso, desde agora, que não vou aturar toda a merda secreta do seu P-CAP. Se você sabe de alguma coisa, você compartilha, e vice-versa. — Ela não apontaria que ele estava, de fato, mentindo para ela, ou questionaria como ele realmente conhecia Tristan.

— Certamente, detetive. Agora, que tal revisarmos o caso? Para deixar registrado, eu sei que não há marcas de mordida, mas ainda suspeito que o criminoso é um vampiro. Nós certamente preferimos morder nossos doadores para satisfazermos nossas necessidades nutricionais e nosso apetite sexual, mas existem outros modos de drenar um corpo para conseguir o sangue. Eu pretendo perguntar aos meus contatos vampiros para ver se existe alguma atividade estranha na cidade.

Apetite sexual? O rosto de Sydney esquentou e ela xingou suas bochechas avermelhadas. Ela pensou por um momento em como seria ter os lábios de Kade em seu pescoço, e em seus dentes roçando sua pele bronzeada, mordendo-a, bebendo ao mesmo tempo em que ele entrava nela. Ela sentiu calor acumulando em seu ventre, desejo correndo em seu sangue. Ela balançou a cabeça, procurando pensar em outra coisa, tentando sacudir o tesão que sentia.

— Bom, é melhor irmos. — Sydney se forçou a parar de olhar para Kade e olhou de volta para a garota na mesa, uma fria lembrança da tarefa à mão. Ela viu uma pilha de fotos na mesa de Adalee, e, pegando uma do topo, suspirou. — Bom, você pode conhecer alguns vampiros, mas eu tenho fontes na cidade. Eu acho que deveríamos ir ao estúdio de tatuagem que conheço. Se ela foi tatuada aqui na cidade, nós vamos descobrir quem fez. E talvez até consigamos identificá-la.

— Eu avisarei se achar mais alguma coisa — Adalee comentou, removendo as luvas.

— Ótimo. Obrigada pela atualização.

Sydney andou em direção à porta. Quando ela esbarrou em Kade, um arrepio subiu por seu braço. Havia alguma coisa sobre esse homem, esse vampiro. Ela não sabia por que ele a deixava maluca, mas ia ter que entrar nos eixos, já que trabalhariam juntos.

Kade sorriu para si mesmo, cheirando sua excitação. Ela podia não gostar dele, mas o desejava. Ele aceitaria isto, por agora. Nesse meio tempo, ele se comportaria, para ela não estaqueá-lo primeiro.

CAPÍTULO QUATRO

Sydney dirigiu seu conversível, descendo pela Down Street, curtindo o vento morno em seu rosto. Ter um carro novo não era uma opção, mas ela esbanjou e comprou a Mercedes usada. Isso dava a ela a sensação de luxúria, sem se preocupar como reporia o carro se ele fosse vandalizado ou roubado. Quando chegou ao estúdio de tatuagem, ela se sentiu um pouco mais relaxada do que quando estava no mortuário. O capitão tinha colocado Tony em um outro caso de assassinato, quando eles estavam saindo, então seu novo parceiro, Kade, estaria com ela. Ela não confiava nele, mas o capitão foi perfeitamente claro ao dizer que ela teria que trabalhar com ele no Boneca da Morte, como a imprensa estava chamando o caso.

Sydney tinha ficado frustrada com os jogos políticos envolvidos em seu trabalho. Ela era uma boa policial, mas não exatamente a pessoa mais cortês. Diplomacia não era seu forte. Mesmo com suas reservas, ela tinha aceitado o fato de que trabalharia com Kade para resolver este caso. Quando tudo estivesse acabado, ele voltaria para Nova Orleans, para morder pescoços e sugar sangue, ou o que quer que seja que vampiros faziam com seu tempo.

Na saída da estação, ela disse a Kade que iria encontrá-lo no estúdio *Pink's Ink Tattoo*. Enquanto ela esperava na frente da loja, uma limusine preta parou e buzinou para ela. *Kade. Uma limusine? Detetive, meu cu.* Uma porta abriu e um homem grande e bonito, com cabelos pretos e longos, saiu do carro. Ela o reconheceu como o homem que esteve com Kade no clube de Tristan. Ele deu a volta no carro e abriu a outra porta. Kade saiu com graça, como se estivesse indo para a estreia de um filme. Ele era quase bonito, se você pudesse usar essa palavra para descrever um homem, mas não tinha como esconder o predador que ele era. Perigoso, ninguém mexeria com esse cara, mesmo nas ruas da Filadélfia. Sydney prendeu a respiração, notando o quão bem-apessoado ele era, com suas calças cáqui e uma blusa de linho azul com as mangas dobradas, acentuando seu peito largo e musculoso. Ele sorriu para ela quando alcançou seu amigo vampiro.

— Espero que você não tenha esperado por muito tempo. Sydney, esse é o Luca. Luca, essa é a Sydney.

Quando Sydney estendeu a mão para Luca, ele pegou-a gentilmente e beijou sua palma. Ela ficou cativa de seus olhos verdes, que pareciam capturá-la. Com um sotaque australiano, Luca sussurrou:

— Prazer em te conhecer, Sydney. Então, é você que deixou o Kade tão fora de prumo. — Ele soltou sua mão e riu para si mesmo.

— Desculpe, mas não estou acostumada a beijos nas mãos. — Sydney riu, enquanto Luca soltava sua mão. — No meu trabalho, geralmente estou acostumada a homens correndo de mim enquanto eu tento algemá-los, ou tentando agarrar minha bunda. Eu sei que deveria apreciar o cavalheirismo, mas fui surpreendida. Prazer em te conhecer, Luca. Você virá com a gente?

— Luca, você fica aqui fora, de olhos abertos. Sydney, vamos. — Kade olhou sobre os ombros, para seu amigo, e se colocou entre eles.

Pela primeira vez desde que a tinha conhecido, Kade viu Sydney sorrir. Ele sentiu seu ciúme atiçar, sabendo que foi Luca quem tinha trazido o sorriso para os lábios dela... tão macios e cheios. Ele não tinha como não pensar em como seria sentir esses lábios em seu pau. Seu cheiro era como inspirar o aroma de um vinho fino, delicioso. Ele queria uma prova. E não podia esperar muito mais. Porra, ele quase esqueceu a merda do motivo de estar aqui. O que era isso que ela causava, que parecia distraí-lo de qualquer pensamento racional?

Kade segurou a porta para Sydney. Ela passou por ele, fingindo não notar que ele tinha proibido Luca de tocá-la novamente. O estúdio estava lotado de adolescentes e jovens adultos com os olhos fixados nas imagens presas à parede. Eles estavam procurando pela arte perfeita, discutindo o que pintariam na tela de seus jovens corpos. Mostrando seu distintivo, Sydney atravessou por entre os clientes, como se partisse o Mar Vermelho. Estava lotado, então Kade foi forçado a ficar em pé atrás dela, apoiado nela. Ela podia sentir a dureza de seu peito em suas costas, enquanto eles esperavam no balcão. O contato entre eles a distraía, mas não havia espaço para ele se mover. Tentando se concentrar, Sydney olhou o ambiente, procurando por sua fonte. Seus olhos se acenderam quando ela a localizou.

— Pinky! Ei, Pinky! Aqui! — ela gritou, sobre o burburinho de vozes.

Pinky era a dona do *Pink's Ink*. Ela era uma garota pequenina, com o cabelo preto curtinho, com uma mecha rosa em sua franja. Seu top rosa brilhante mostrava suas costas, que eram adornadas com duas grandes asas de borboleta, em vários tons de rosa e azul índigo. Pinky era conhecida como alguém que cuidava de seu estúdio com punhos de ferro, dentro de uma luva de veludo, e afirmava sua reputação ao se virar e gritar para um cliente que tirava um desenho da parede.

— Largue a arte ou caia fora! Ei, garota, o que você está fazendo aqui? Finalmente vai me deixar fazer aquela tatuagem de que falamos? E quem é o cara alto, sombrio e lambível atrás de você? Delícia. — Quando ela virou em direção a Sydney, seus grandes e volumosos seios quase saíram de seu pequeno top, que complementava sua minissaia de látex. Ela levantou um canto da boca e passou a língua pelos lábios, olhando o grande pedaço de homem em pé atrás de Sydney.

Apesar de Sydney estar acostumada a Pinky e seu talento com a linguagem, ela não tinha como não se sentir um pouco envergonhada. Ela podia sentir o calor de Kade em suas costas, e teve dificuldade em falar. Por um segundo, desejou que eles estivessem sozinhos, pelados, Kade entrando nela e.... Volte *para o jogo, garota! Foco!*

— Ei, Pink, esse é o Kade. Escute, eu preciso de um favor. — Sydney tossiu, tentando agir despreocupada. Ela mostrou a foto da tatuagem de sol feita na garota. — Antes que você pergunte, não. Este é um caso no qual estou trabalhando. — Ela olhou para Kade por sobre os ombros. — Ui, um caso no qual estamos trabalhando. Tudo que você precisa é identificar essa tatuagem, OK? Tem alguma coisa familiar nela? Você reconhece o trabalho do artista? Talvez um cliente tenha feito uma tatuagem como essa, recentemente?

Pink olhou a foto e ficou pálida. Ela olhou por sobre o ombro, para ter certeza de que ninguém estava escutando.

— Esse... as linhas, pontos e curvas... parecem com o trabalho de um cara que trabalhava aqui. Eu o demiti há seis meses. Eu o peguei batendo punheta no beco. Sem chance. Quem não consegue manter as calças no lugar, no trabalho?

— Então, o que ele disse quando você o pegou no flagra? — Sydney olhou rapidamente para Kade e voltou sua atenção para Pinky.

— Bom, aí que está. Ele somente olhou para mim e meio que... bom, ele continuou, sabe? Ele terminou. Eu disse a ele que se o visse perto daqui novamente, chamaria a polícia.

— E você nunca pensou em me contar isso, quando nos encontramos?

— Fala sério, você sabe como são as coisas. Esta cidade é cheia de doentes. Sem ofensa, Syd, mas eu não posso chamar a polícia toda vez que um idiota está lá fora, descabelando o palhaço. Eu sei que isso não foi legal, mas olhe em volta. Policiais têm assassinatos para solucionar. Eles não têm tempo para prender babacas que veneram o próprio pau.

— Ponto feito. Qual é o nome dele? Você tem o endereço?

Pink começou a folhear uma caixa de endereços vermelha e com glitter, que estava no balcão, e retirou uma ficha suja de dentro.

— O nome dele é Jennings, Drew Jennings. Esse endereço pode ser antigo, mas aqui está... tem no cartão. Parece que ele fica no norte da Filadélfia... a alguns quarteirões da *Broad Street*. Syd, eu sei que você é uma policial, mas tome cuidado. Nós duas sabemos que essa não é uma área boa.

— Obrigada. OK, vamos cair fora. — Sydney virou em direção a Kade, suas coxas roçando na dele. — Nós vamos no meu carro. Sua limusine parecerá fora de lugar lá, e eu gostaria de não ser atingida por um tiro antes de sair do carro.

— Escute, Sydney: se vamos fazer isso, será do meu jeito— Kade disse, decisivamente. — Eu entendo que esta é a sua cidade, mas não vou permitir que você se coloque em perigo. Eu vejo que você é forte, mas não o suficiente para enfrentar um vampiro.

— Você pode ser um vampiro fodão, mas eu sei o que estou fazendo, e esse é o meu trabalho. Eu vou. Não discutirei mais. Se você precisar me esclarecer sobre todas as maneiras como vocês sugam o sangue dos outros, eu escutarei, felizmente, no caminho para a *Broad Street*. Mas vamos acertar uma coisa: este não é o meu primeiro rodeio. Eu estudei sobre sobrenaturais e até treinei com um lobisomem. Eu sei como matar um vampiro tão bem quanto matar um humano, então vamos. Nós vamos no meu carro. Se Luca quiser nos seguir com a limusine, será o enterro dele, mas eu estou caindo fora. — Ela ficou parada, com as mãos nos quadris, inclinando a cabeça em provocação. Todos os pensamentos sobre o quão sensual ele era, foram rapidamente substituídos por raiva, em sua mente. *Ele me vê como uma donzela em perigo? Eu sou uma policial, o que ele não entende disso?*

— Você parece não entender o que eu disse no mortuário. Eu lidero este caso, e você, com certeza, não. Você irá comigo porque eu permito. Não faça a besteira de pensar o contrário, Senhorita Willows. — Kade a olhou com um ar de irritação.

— Tá bom, tá bom, vampiro. Continue falando, mas fui eu que consegui esse endereço, e sou eu que estou dirigindo. Então sente a sua bunda no carro e vamos. — Ela entrou no veículo e o ligou, vendo-o silenciosamente se sentar ao lado dela, parecendo que ia explodir. Trabalhar neste caso com ele vai ser bem divertido, cômico, ela pensou. Então, revirou os olhos e saiu em direção ao norte da Filadélfia.

CAPÍTULO CINCO

Cada vez que o vento jogava o cabelo de Sydney para frente, ela o colocava atrás das orelhas. Ela amava o seu carro, especialmente quando dirigia pela rodovia. Ao chegar, percebeu que Filadélfia começava a acalmar. Fora alguns transeuntes dormindo nas calçadas, e a polícia, não havia muitas pessoas nas ruas.

Ela olhou para Kade, que a encarou. Ela estava pensando sobre o que ele achava deste lugar. Sydney sabia que vampiros podiam ser bem velhos, e suspeitava que Kade era algum tipo de ancião. Além de sua presença arrogante, ele parecia falar de maneira refinada, ser bem viajado e instruído. Ela só podia imaginar o número de coisas que ele sabia sobre mulheres, como as satisfazer, como fazê-las gritar. Ela queria que ele a fizesse gritar, mas sabia que se envolver com ele não era uma boa ideia. Mas não importava o quanto tentasse, Sydney não podia negar sua atração por ele. Ele era perigoso, gostoso e sensual. E provavelmente despedaçaria o seu coração em milhares de pedaços, se o deixasse chegar perto.

E também havia o pequeno fato de ele mentir. Afinal, Kade não era detetive. Ele não estava dizendo a verdade, e ela bem sabia disso. Eles estavam prestes a entrar em uma situação perigosa, que podia matá-la, e ela tinha o direito de saber que porra estava acontecendo com ele. *Chega de jogos.*

— Então, qual é a sua? Eu posso dizer, pelos seus lindos sapatos e pelo seu estilo, que não tem chance de você ser um detetive da P-CAP. Estamos prestes a encontrar alguma merda, e quero saber que porra está realmente acontecendo — ela gritou sobre o barulho do vento.

— Ah, você é rápida, Detetive Willows — respondeu Kade. — Você está correta sobre eu não ser um detetive, mas tenho uma posição de autoridade no meu mundo. Então, para finalizar esta discussão, vamos dizer que sou uma terceira parte que está realmente interessada em ver este caso terminar rapidamente. Como você sabe, Tristan é um amigo próximo, e temos interesses mútuos. Ele pediu minha ajuda, e estou aqui para resolver esta situação.

— Okay, então você está me dizendo que estou prestes a entrar em uma situação mortal, com um amador? — *Que porra.*

— Minha querida Sydney, posso ser várias coisas, mas amador não é uma delas. Eu já vivi vários séculos, já lutei em várias guerras. Eu a protegerei com a minha vida — Kade respondeu. — Você tem que saber que por mais que eu respeite o seu desejo de prender os autores do assassinato dessa garota, tenho todas as razões para acreditar que um vampiro é o responsável, e vou trazê-lo à justiça. Isso é tudo que você precisa saber no momento, essa é a verdade.

Verdade? Tá bom, senhor vampiro sensual. Como queira. Sydney sacudiu a cabeça, em dúvida sobre o que acreditar. Talvez ele esteja dizendo a verdade, talvez não. Neste ponto, ela já havia tomado a decisão de achar Jennings.

Quando se aproximaram do lugar, ele notou que as ruas estavam desertas. Diversas casas no quarteirão tinham sido fechadas com madeiras e estavam cobertas de pichação. Sydney estacionou o carro em uma vaga, que não foi difícil de achar. Ela respirou fundo e observou a rua.

— Está vendo a casa ali à frente, com as janelas cobertas e a porta vermelha? É ela. Aqui está o combinado: eu vou pela frente, então, que tal você ir atrás... mantendo a saída coberta?

— Não há a mínima chance de você entrar sozinha naquela casa.

— Nós precisamos de um elemento surpresa. Eu vou pela frente, e você pode entrar atrás, procurar algo na casa enquanto eu o distraio. Como você sempre diz, eu sou humana, então talvez o Jennings pense que estou sozinha. Ele ficará surpreso enquanto só vir a mim, não você.

Kade arqueou a sobrancelha, questionando Sydney.

— E se Jennings não atender a porta? E se um vampiro atender? O que acontece?

— Vocês, vampiros, têm algum tipo de senso sobrenatural, certo? Eu prometo que gritarei por você se eu sentir ao menos um indício de que algo está errado. E aí você pode pegá-lo de surpresa.

— Você tem alguma arma? Humana ou vampira, você precisa se defender. — Kade olhou para a casa e de volta para Sydney.

— Pode deixar. Eu tenho prata nesta arma aqui, então pelo menos posso retardar um vampiro. — Sydney checou rapidamente o coldre que ela mantinha no tornozelo, com uma segunda *Sig Sauer*. Antes de sair da delegacia, ela a carregou com balas de madeira, caso precisasse disso para vampiros. Sua *Sig Sauer* primária, presa em seu coldre ao ombro, estava carregada com prata. Se você atirar em um humano ou *shifter* com uma bala de prata, o criminoso vai cair de qualquer jeito. Ela também mantinha uma faca de prata em um compartimento secreto de sua manga, e outra na ponta de sua bota direita.

KADE

— Olhe para mim, Sydney. — Kade colocou a mão na maçaneta. Encarando-a, ele cerrou os olhos e a boca. — Se você sentir que algo está errado, me chame imediatamente. Eu darei a volta por trás e entrarei sorrateiramente, para ele não me escutar, e vou investigar a parte traseira da casa enquanto você o distrai. Eu continuo não gostando disso, mas vamos fazer do seu jeito. Se tiver um vampiro lá, você fica fora do caminho e me deixa cuidar dele. Entendeu?

Sydney acenou com a cabeça.

— Vamos lá.

Antes de ela ter a chance de abrir a porta do carro, Kade já tinha sumido. *Maldita velocidade vampira.* Ela ignorou isso e se aproximou da porta da casa, batendo uma vez.

— Polícia! Estamos aqui só para conversar. — Tendo somente silêncio como resposta, ela levantou a aldrava enferrujada e bateu à porta várias vezes. — Polícia! Abra a porta! — Sydney prendeu o fôlego e abriu a porta com um chute, com sua arma apontada para dentro da casa. *Fodeu. Aqui vamos nós.* A casa parecia vazia, mas ela sabia que as coisas não eram sempre o que pareciam. Entrando na casa, o cheiro de urina e vômito a atingiram. *Que porra é essa?*

— Quem está aí? — ela gritou na escuridão. — Aqui é a polícia, só quero fazer perguntas. Venha aqui com as mãos para o alto e conversaremos. Vamos fazer isso de um jeito agradável.

Mesmo não escutando nada, Sydney sentia que não estava sozinha. Ela pegou sua lanterna de dentro do colete, a acendendo. Depois, estabilizou a arma e entrou na escuridão. Enquanto seus olhos se ajustavam à falta de luz, ela notou movimento do outro lado do ambiente. Uma sombra escondia-se à distância. Vagarosamente, ela cruzou o ambiente. Quando ela se aproximou da área onde tinha visto a sombra, jogou luz ao chão e viu sangue. Adrenalina corria em suas veias enquanto ela tentava ver quem estava na sala. Um pequeno barulho chamou sua atenção. Mas quando ela se virou, tentando localizar de onde vinha, uma dor repentina tomou a parte de cima de suas costas. Sydney caiu pesadamente contra o chão de madeira, tentando respirar, ao mesmo tempo em que seu rosto batia no chão cheio de sangue.

— O que você está fazendo aqui? Está profanando a área de ritual, vaca! Mas ele vai gostar de você. É, ele vai amar escutar os seus gritos enquanto chicoteia o seu corpo.

Sydney virou de lado e viu um homem sujo, aparentemente humano. Ele segurava um bastão de madeira com uns 35 centímetros, o que ela reconheceu como uma Tonfa, usada em artes marciais. O homem era gordo e careca, e não podia ter mais do que 1,70 m pelas suas estimativas. Seus olhos eram vazios e frios e ele estava pronto para atingi-la novamente com a arma. Sydney respirou fundo, cerrou os dentes e se virou completamente, para conseguir ficar sentada. Ficando de frente para ele, ela andou para trás até o canto, usando as mãos e os pés. Ela queria levantar e correr, mas seus músculos estavam com espasmos, trazendo lágrimas aos seus olhos. Ela olhou pelo ambiente, procurando pela arma que estava perdida no escuro. Uma surpresa. *Mantenha-o falando.*

— Jennings, não é? — Ele pairava sobre ela, se recusando a responder. — Tá bom, okay, não precisa responder. Escute, eu não vou te machucar. Eu só preciso sentar.

— Você sofrerá mais do que imaginou ser possível. Eu nem quero saber por que você está aqui. Vamos chamar isso de uma fortuita circunstância. Eu vou te dar para o meu mestre. Ele ficará feliz com o meu presente. Ele vai tirar tudo de você, enquanto você sangra. — Ele gargalhou.

— Jennings, eu machuquei meu tornozelo. — Ela fingiu estar machucada, colocando as duas mãos em volta da perna, até conseguir passar o dedo pelo punho da pistola. *Quase lá.* — Eu acho que quebrei na queda. Dói muito.

— Escute, isso será mais fácil se você colocar suas mãos para frente. — Ele pegou um rolo de fita adesiva de dentro de sua jaqueta. — Se você não tem como fazer isso, eu não tenho o mínimo problema em bater na sua cabeça até você parar de lutar. Como vai ser?

O pulso de Sydney acelerou quando o seu agressor se abaixou para pegá-la. Quando ela puxou sua *Sig Sauer* e atirou, um borrão passou por sua visão. Ela tossiu por conta da poeira que foi jogada no ar. Quando a nuvem se dissipou, Sydney pôde ver um corpo morto apoiado na parede. Ela gritou, descobrindo que o borrão era Kade.

— Sydney, olhe para mim. Você está bem? Machucada? Deixe-me ver. — Kade correu para o seu lado e cuidadosamente abaixou seu braço, tirando a arma dela. Quando ele estava do lado de fora, estaqueando um vampiro rebelde, tinha escutado um barulho alto e imediatamente se arrependeu da decisão de deixá-la ir sozinha. Ele devia estar com ela. Quem quer que estivesse por trás disso tudo, podia matar humanos facilmente, e ele sabia disso.

KADE

Voando para a sala, ele agarrou Jennings pelos ombros e o arremessou contra a parede de tijolos. Em um instante, Sydney tinha atirado, acertando o peito de Jennings. Kade escutou o último batimento de seu coração, e mesmo que estivesse desapontado por não ter tido a chance de interrogá-lo, não se importou, porque Sydney estava bem. Sangrando, mas estava viva.

— Não encoste em mim. É só um pouco de sangue, eu ficarei bem — Sydney protestou, tremendo. Ela olhou para suas mãos ensanguentadas, com linhas de sangue escorrendo por seus dedos. Ela as esfregou furiosamente em suas calças, como se estivesse com medo de que Kade fosse ser seduzido pelo cheiro. — Por favor, vamos só ligar para a delegacia, para eles poderem vir procurar por um traço no local.

— Você está machucada, querida. Por favor, deixe-me ajudar. — Sentindo que ela estava em choque, ele se moveu lentamente em sua direção, como se estivesse se aproximando de um animal ferido. Desta vez, ao invés de recuar, ela se jogou em seus braços, permitindo que ele a confortasse. — Não é porque posso cheirar o seu sangue, que irei mordê-la. Você está segura comigo. Vamos levar você para casa.

Quando ele a pegou em seus braços, a doce fragrância de lírios permeou seus sentidos. Kade estava bravo com si mesmo por ter saído de seu lado, afinal, ela era sua responsabilidade. Ele queria levá-la para casa e amarrá-la na cama, para que ficasse longe desse vampiro que matava garotas. Ele não ligava para o fato de que ela era uma policial, pois era humana de qualquer jeito.

— Eu ficarei bem, só preciso descansar um minuto. Estou bem. Mas eu provavelmente terei um hematoma imenso nas costas. — Ela estremeceu, ao tentar se mexer em seus braços. Forçando-se a relaxar, Sydney apoiou a cabeça no ombro de Kade. Por um momento, ela se deixou aproveitar da rigidez de seu peito e o aroma picante de sua pele. Ela sabia que devia empurrá-lo e ir embora, mas o que poderia acontecer?

Sem deixar Sydney sair de seus braços, Kade conseguiu pegar o celular com uma mão e fazer uma ligação.

— Luca, ligue para a delegacia e dê a eles o endereço. Sim, Jennings está morto. Eles precisam vir aqui examinar o local, e quero você aqui com eles. Se você achar alguma coisa, me ligue, entendeu? Okay. Tchau.

A conversa de Kade a tirou de seu breve descanso, lembrando-a de que ela estava neste caso. Sydney empurrou Kade, saindo de seus braços.

— Vamos checar o resto da casa e ter certeza de que não há mais ninguém aqui. Jennings me acertou com o bastão antes de eu conseguir chegar ao andar de cima. Você achou alguém na parte de trás? — Sua fria conduta retornou, quando ela ergueu novamente seus muros emocionais.

— Eu tive uma dança com um vampiro rebelde, no quintal. — Kade notou a mudança de conduta dela e entrou no jogo, respeitando sua independência. E ele precisava se preocupar um pouco menos com a sua detetive, porque logo ele estaqueará o vampiro culpado e pegará seu jatinho de volta para NOLA. Mesmo querendo-a muito, ele sabia a realidade da situação. Ele teria de deixá-la. — Eles devem ter nos visto chegando. Se você quer checar o resto do lugar, vamos fazer isso juntos desta vez.

Trinta minutos depois, Kade e Sydney tinham revistado cada centímetro quadrado da casa geminada. Logo depois disso, a ajuda chegou, e sem pistas para serem encontradas, Sydney fez uma coisa que ela nunca tinha feito antes: ela o deixou dirigir o seu bebê, seu conversível. Ela tinha hesitado em entregar as chaves, mas estava sofrendo com uma terrível dor de cabeça, e o nódulo no alto das suas costas estava pulsando. O sangramento nas mãos tinha parado, mas ela tinha quase certeza de que ficaria cheia de hematomas.

Quando eles chegaram ao prédio dela, Kade estacionou o carro, cuidadosamente. Ele saiu, entregou-lhe as chaves e abriu a porta do carro. Sydney gemeu ao se forçar a ficar de pé.

— Obrigada por dirigir. Tem certeza de que você não quer ir no meu carro, de volta para a delegacia? Tony pode me pegar mais tarde.

— Eu estou bem, sem necessidade de te incomodar.

— Hum... você quer subir para tomar um café? — Ela se sentiu estúpida ao perguntar. Vampiros bebem café?

— Você me tenta com a sua oferta. Apesar de eu gostar de chá, acho que meus gostos necessitam de mais do que o que você está pronta para me dar — Kade disse, com a voz fria. Ele não queria contar para Sydney ainda, mas existiam rumores de que alguém estava trabalhando com magia negra para ganhar poder, mas no momento eram apenas fofocas. Sempre havia algum filho da puta procurando por mais poder sobrenatural. Quando você se tornava um vampiro, não tinha democracia. Você respondia ao vampiro chefe da área. Obedeça ou morra. A maioria aceitava a nova vida, mas alguns, não. Luca teria uma atualização completa de possíveis suspeitos para ele, assim que chegasse. — Eu preciso fazer algumas ligações.

— Você tem o número do meu telefone. Se eu não receber ligações suas até lá, entrarei em contato amanhã à tarde, para planejarmos nossos próximos passos. Essa noite foi um inferno e eu preciso de um banho.

— Sydney.

— Sim?

Kade pegou sua mão, virou a palma para cima e beijou.

— Eu ligarei para avisar de qualquer novidade que surgir. Por favor, faça o mesmo. Perdoe-me... ah, meu carro está aqui. — A limusine estacionou na esquina.

Enquanto Sydney digitava o código para entrar no prédio, Kade a viu olhando de soslaio para ele. Naquele momento, ele considerou sua atração por ela. Mas no instante em que o pensamento veio, ele o jogou para o fundo de sua mente. Qualquer distração podia fazer com que ele cometesse enganos fatais. E a Senhorita Willows, por ser tão bonita, era uma distração que ele não podia ter.

CAPÍTULO SEIS

Depois de ingerir três analgésicos, Sydney tomou um banho e vestiu seu vestido vermelho favorito, que acentuava a curva de seus seios bronzeados. Infelizmente, ele também acentuava a parte de cima das suas costas, que tinha começado a ficar arroxeada. Ela não se preocupou em secar o cabelo, então suas mechas loiras pareciam selvagens e estavam encaracoladas. Era tarde da noite, não havia nenhum motivo para secá-lo.

Ela considerou ir para a cama. Eram quase duas da manhã, e sabia que deveria colocar seu pijama, ler um livro e descansar um pouco, mas era acostumada a trabalhar na madrugada. Por este motivo, estava acordada e com os nervos em chamas. Quase morrer pode causar insônia em uma garota, mas não era isso que a deixava nervosa. Era Kade. Ela queria, ela precisava, precisava de algo, alguém, dele. Mas ela não iria *tê-lo*. Como uma vadia barata, o tinha convidado para entrar e "tomar um café", ou seja, "transar", e ele pareceu desinteressado. Ela achou que existia uma tensão sexual entre eles, mas talvez estivesse errada. Ele tinha mentido sobre ser um detetive. E parecia ter vários outros segredos. *Sobre o que mais ele está mentindo? Talvez ele tenha uma namorada. Ou pior, talvez seja casado.*

Sydney queria esquecer seus pensamentos lascivos sobre Kade. Ela, de qualquer jeito, não acreditava em amor à primeira vista. Desejo, talvez, mas desejo pode ser controlado... ou redirecionado. Determinada em removê-lo de seus pensamentos, Sydney decidiu que Tristan era exatamente o que ela precisava. Sabia que ele se preocupava com ela, que a desejava. Ela sempre podia contar com ele, o único homem estável em sua vida, além de Tony. A vida é muito curta para se ficar sentada reclamando. Depois do seu ataque, ela não queria ficar sozinha, e Tristan ia ajudá-la a esquecer.

Quando Sydney entrou no Eden, viu Tristan apoiado no bar, conversando com uma ruiva que flertava com ele e jogava os cabelos para o lado. Olhando para ele, atravessou a pista de dança, ignorando os olhares de todos os outros homens. Eles não significavam nada para ela. Isso era um clube, um lugar para vir e ser notado. Dançar, beber, suor, sangue, sexo, tudo estava ali, e ela se saciaria até se sentir melhor. Parando na frente de Tristan, mostrou o distintivo para a garota.

— Caia fora, tenho negócios aqui. — ordenou, e em seu rosto não tinha um sorriso. Sua competidora saiu correndo, não querendo se envolver com a polícia.

Como esperava, Tristan não aceitaria ser mandado em sua própria casa. Ele instantaneamente segurou seus braços, dominando a situação, puxando-a para ficar grudada ao seu corpo firme.

— Qual é o problema, Syd? Minha garota parece estar um pouco tensa. Você precisa de alguma coisa hoje? — sussurrou em seu ouvido, sua bochecha roçando na dela.

— Eu preciso de você — ela respondeu.

Sydney tremeu em seus braços, e sua ereção pressionava contra a barriga dela. Nada iria pará-lo esta noite, pois tinham se passado semanas desde a última vez em que estiveram juntos. Mesmo não havendo nenhum compromisso entre eles, hoje ela era dele. Ela o permitiu tomar o controle, deixando Tristan guiá-la ao andar de cima.

Ele a levou para seu escritório privado. À prova de som e seguro, tinha as paredes na cor azul-real decoradas com arte moderna. Uma mesa de cerejeira ficava ao centro, completa, com cadeiras combinando. Ele tocou em um botão e chamas apareceram na lareira a gás.

Sydney ficou parada, incapaz de fazer o primeiro movimento. Mesmo tendo sentido uma imediata atração por Kade, ela disse a si mesma que ele não era nada mais do que um estranho misterioso, que não estava interessado em entrar em um relacionamento. Precisava estar com alguém que se preocupasse com ela, precisava de Tristan. Ele sempre esteve presente para ela, e ela para ele.

— Tristan, eu... — ela gaguejou.

— Shh... você não precisa dizer nada. Eu senti sua falta. — Ele acariciou sua bochecha com a parte de trás da mão, e ela se apoiou nele e beijou sua mão.

— Tris, esse caso... foi uma noite pesada. Eu só preciso relaxar. Só preciso de você.

Tristan arqueou uma sobrancelha.

— Tem certeza, querida? Você parece, não sei, um pouco diferente hoje. Distraída. Você está bem?

— Estou bem, Tris, sério. Eu me machuquei mais cedo hoje, quando saí com o Kade, mas estou bem. — Sydney não queria contar para Tristan que ela tinha convidado Kade para ir ao seu apartamento e sobre como ela quase foi morta mais cedo. Ela estava relutante em contar a verdade, mas sabia que ele descobriria seus hematomas.

— Porra, Syd. O que aconteceu? Deixe-me ver. — Ele a puxou para perto da lareira e circulou em volta dela, inspecionando sua pele. Quando viu suas costas, prendeu o fôlego e cerrou os dentes. — Você está machucada. *Mon chaton*, você foi ao médico? Onde estava Kade quando isso aconteceu?

— Eu estou bem — ela sussurrou, deixando uma lágrima escapar de seu olho.

Tristan se inclinou e a beijou gentilmente no ombro, massageando seu pescoço. Sydney gemeu em resposta, relaxando sob seu toque. Permitindo melhor acesso ao seu pescoço, ela se entregou à necessidade de dominância do seu lobo. Usualmente, ela tinha que estar no controle. Mas aqui, ela podia baixar seus muros… somente com Tristan. Ele sabia o que ela queria na vida… sexualmente. Ela nunca o deixaria entrar completamente em seu coração, pois lobos nunca acasalavam com humanos. Há tempos, ambos tinham aceitado que isso tinha que ser bom o suficiente. Mas nos braços de Tristan, ela removeria todos os pensamentos sobre Kade da mente. Ela teria o seu orgasmo e depois iria para casa, para dormir e voltar para o trabalho, amanhã, com um sorriso no rosto.

Um suspiro escapou de seus lábios quando Tristan passou os dedos por sua pele, abaixando as alças de seu vestido. O pano caiu aos seus pés, deixando suas costas desnudas expostas para ele. Ele alcançou a frente e segurou seus seios. Suas mãos se encheram quando prendeu seu mamilo entre os dedos e apertou. Ela gemeu novamente e sentiu seu sexo esquentar. Tristan a virou gentilmente e pressionou seus lábios contra os dela.

— Tristan — ela ofegou —, eu preciso de você agora.

— Estou com você — respondeu.

Abaixando a mão, ele segurou sua bunda. Com a outra, desceu por seu seio e barriga, deslizando os dedos por baixo de sua calcinha de seda. Sua mão inteira a cobria, seus dedos explorando suas dobras, gentilmente criando um ritmo.

— Mais, Tristan. Dentro de mim. Por favor. — Ela se mexia em suas mãos.

Ele amava quando ela implorava. Seu lobo estava doido para transar com ela, mas ele queria que ela gozasse antes. Tristan sabia como satisfazer uma mulher, especialmente a sua Syd.

— Isso, *mon chaton*. Sinta-me.

— Não pare — ela implorava, ao mesmo tempo em que pressionava os dedos nos seus ombros, como se estivesse se segurando para se salvar.

Tristan inseriu um dedo nela, devagar, circulando o clitóris com o dedão. Ela tremia, e ele sabia que não ia demorar muito. Querendo fazê-la gozar, ele vagarosamente adicionou outro dedo, aumentando o ritmo.

— Pronto, querida. Vamos lá.

Seu peito tentava puxar ar. Tremendo, ela gozou em sua mão. Agarrando seu ombro, ela descansou em seu peito.

Tristan a soltou, e Sydney se ajoelhou em seus pés. Ela queria sentir seu gosto, fazê-lo se sentir bem também. Tristan gemeu quando ela chegou à sua calça, o segurando na região da virilha, e rapidamente desabotoou a calça jeans e deixou sua ereção exposta. Ela segurou a base de seu sexo, o acariciando lentamente, e olhou em seus olhos. Colocando-o em sua boca, ela o satisfez até ele gozar.

Depois que gozou, eles se deitaram gentilmente no chão, relaxando sobre o tapete em frente ao fogo. Mesmo deitada nos braços de Tristan, seus pensamentos foram para Kade. Ela desejava entender por que ela o queria tanto. Ele era bonito e charmoso, mas ela tinha acabado de conhecê-lo. Era como se a tensão sexual entre eles crescesse exponencialmente toda vez que eles trocavam um olhar. Ela fechou os olhos e rezou para o que quer que seja que sentisse por Kade, fosse embora quando ele deixasse a cidade. Kade não a quis quando ela se ofereceu, então por que ela não iria se divertir um pouco com Tristan? Mesmo com todo o pensamento racional, e sabendo que não tinha feito nada errado, Sidney sentia uma pontada de culpa, após ter transado com Tristan.

— O que está acontecendo nessa sua linda cabecinha? — Tristan perguntou, como se lesse seus pensamentos. — Escute, eu sei que algo deixou você incomodada.

— Sobre o que você está falando? Estou bem — negou.

— Fala sério, Syd. Eu posso sentir. Lembra, magia Alfa e tudo mais? Eu sei que você está desligada hoje... mesmo que tenha acabado de me maravilhar. — Ele riu. — Você está sempre sozinha. Não é bom pra você. Talvez devesse pensar em estar aqui mais vezes... comigo. Eu posso te proteger. E antes que se irrite, eu entendo que é uma superpolicial, mas, admita, hoje você está um pouco surrada... ainda que seja um bonito tom de azul. Você precisa de alguém para cuidar de você, e sabe que significa bastante para mim. Eu não quero que se machuque enquanto trabalha nesse caso. Por que não pensa em passar o resto da noite aqui comigo? Sem pressão. Passe a noite, e amanhã veremos como ficam as coisas.

— Tristan, eu realmente aprecio a oferta, mas nada está errado — ela mentiu. Sydney o beijou gentilmente, se levantou do chão e começou a se vestir. — Eu só tenho muitas coisas em minha mente. Eu juro que ficarei bem.

— Okay, mas estou aqui, se precisar de mim. E Kade irá protegê-la também. Ele e eu somos amigos há muito tempo. Ele é um filho da puta implacável e me jurou que irá protegê-la com a sua vida, se necessário.

— Não se preocupe, eu ficarei bem, com Kade ou sem Kade — Sydney suspirou, pois Kade era o seu problema. — Obrigada por tudo hoje, mas realmente tenho de ir. Você era exatamente o que eu precisava.

Tristan colocou suas roupas rapidamente, abriu a porta, e Sydney o beijou ao sair. Enquanto eles desciam as escadas, a música pulsante a lembrou de que ela estava em um clube, não na casa de alguém. No meio da escada, ela sentiu sua presença e olhou para a pista de dança lotada. *De novo? Sério?* Ela não conseguia se livrar daquela porra de vampiro. Sydney olhou para Tristan e o viu acenando para Kade. Ela olhou de volta para Kade e o encontrou encarando-a firmemente. *Ele sabia.*

Sydney momentaneamente perguntou-se como os dois homens tinham se tornado amigos, dadas as suas diferentes personalidades. Embora estivesse decidida a ir para casa e ter uma boa-noite de descanso, ver Kade inflamou nela a chama de desejo que somente tinha diminuído durante seu encontro com Tristan. Ela sabia que seria temporário, mas tinha ficado esperançosa de passar pelo menos cinco minutos sem pensar em Kade. *Merda.*

Kade a viu descendo as escadas com Tristan, e lutou contra o instinto de subir correndo e descascar seu amigo. Que porra ele estava pensando? Ele não tinha nenhuma reivindicação sobre Sydney ainda, e não podia desafiar seu amigo em seu território. Na verdade, algumas horas atrás, ele tinha negado seu convite. Kade sabia muito bem que ela queria mais do que café, no instante em que ofereceu. Mas ele tinha escolhido encontrar-se com Luca, para poder continuar trabalhando no caso sem ela.

Depois que Luca o tinha pegado, sua maior suspeita tinha se confirmado. Ele achou um bracelete Vudu com o cheiro de um vampiro. Um vampiro que Kade conhecia bem. Não tinha como negar seu cheiro, porque essa vampira tinha vindo dele, e estava, de algum jeito, usando humanos, talvez um mago, para ajudá-la. Ele não pretendia contar hoje para Sydney sobre as pistas de Luca, pois era mortal e muito vulnerável. Kade planejava expulsar sua determinada detetive do caso, mantendo-a à salvo e fora do radar.

Quando seus olhos encontraram os dela, não pôde negar os intensos sentimentos que estavam crescendo dentro dele. Ele quase surtou, vendo-a beijar seu amigo. Quando ela tentava chegar à porta, seu cheiro ficou mais forte e ele pôde sentir o cheiro de Tristan também. O pensamento de que ela havia tido relações íntimas com o lobo criou um buraco em seu estômago. Ciúme surgiu, e ele correu para impedi-la de sair. Certo de que tinha cometido um erro mais cedo, quando se recusou a subir para o apartamento dela, estava quase decidido a deixá-la saber, em termos específicos, a quem ela pertenceria algum dia. Ela era dele. Ele não estava certo sobre quando e como, mas ela pertenceria a ele.

Em um instante, Kade estava logo atrás dela. Ele colocou as mãos suavemente em seus ombros, torcendo o nariz ao ver os hematomas em suas costas.

— E o que pensa que está fazendo aqui? Seus hematomas... você deve estar com dor.

— Já passei por coisas piores — disse Sydney, com a voz calma, como se estivesse fazendo negócios. Ela se virou para ele, saindo do alcance de suas mãos. — Você falou com Luca? O que ele disse?

— Dance comigo, amor? Agrade-me. — Ele passou a mão pela cintura dela e a trouxe para perto, cheirando seu pescoço. — Vejo que esteve ocupada.

— Uma dança — concordou Sydney. Devagar, ela colocou os braços em volta do seu pescoço, apoiando o rosto em seu peito. — Diga-me... Luca achou alguma coisa que podemos usar?

— Ele achou um bracelete. É um bracelete Vudu, possivelmente encantado. Eu tenho contatos em Nova Orleans, e os consultarei.

— Ada me ligou. Ela está examinando o cabelo. Até amanhã, deveremos ter algo mais para continuar. Eu irei encontrá-lo amanhã, por volta das seis da tarde.

Kade sentiu Sidney enrijecer em seus braços, como se ela tivesse dificuldades para lutar contra o que ele sabia que estava acontecendo entre eles. Ele a segurou mais perto, se recusando a deixá-la ir no momento, enquanto continuavam a dançar lentamente.

— Eu sei que você é uma policial, mas esse perigo... você não tem como enfrentar. Você precisa confiar em mim quando digo que há forças malignas sobrenaturais que nos esperam... você precisará que eu a mantenha a salvo. — Ele se inclinou e beijou o topo de sua cabeça.

— O mal é uma realidade desta cidade. Isso é o que eu faço.

Kade parou de dançar. Ele segurou a sua face gentilmente, com as duas mãos, seus olhos focados nela.

— Nós faremos isso juntos, amor. Mas saiba que será do meu jeito. Eu irei mantê-la a salvo, e depois que esse mal for extinto, você será minha e de mais ninguém.

Sydney sentiu o sangue subir para o seu rosto. Ela não sabia se gritava ou transava com ele ali mesmo, no meio da pista de dança. De algum jeito, sabia que as palavras eram verdadeiras... ela seria dele.

Determinada a não deixar Kade ver como ele a tinha afetado, se desgrudou dele, virou e olhou por sobre o ombro, e sorriu.

— Kade, amor, você deveria saber, aqui e agora, que eu não pertenço a ninguém, além de mim mesma.

Com isso, ela saiu do Eden, mas sabia que não era verdade. Algo nele a atraía e ameaçava mudar toda a sua vida. Ele a fazia querer pertencer a ele. Ela queria amar alguém e ser amada de volta... ela queria Kade.

CAPÍTULO SETE

Depois de dormir por umas dez horas, Sydney se vestiu. Ela correu para comprar um café com leite em sua cafeteria preferida, depois passou na loja de materiais esportivos e na papelaria, para comprar algumas coisas para as crianças do centro infantil onde era voluntária. Ela amava ver o rosto das crianças quando trazia os presentes semanais. Novas canetas hidrográficas significavam mais desenhos, mais rostos felizes e mais criatividade. Sydney sabia o quão bom era criar: estimulante, gratificante, realizador. Essas crianças sentiam isso também. Suas criações eram evidência de que eles tinham um futuro, não nas ruas, mas talvez em uma escola ou faculdade de arte. Essas crianças tinham o sonho de sair da pobreza e da violência das ruas, e Sydney estava determinada em ajudá-las.

Apesar de ter uma vida cheia, majoritariamente preenchida com trabalho, a verdade é que ela tinha somente poucos amigos em quem confiava, e nenhuma família. Sua mãe tinha sido morta tragicamente por um motorista bêbado, anos atrás, e o luto por sua morte tinha acabado com Sydney. Ela nunca mais foi a mesma, depois da morte da mãe, e nem seu pai. O pai de Sydney entrou em uma depressão profunda, se mudou para o Arizona, e morreu alguns anos depois.

A Morte é um professor implacável. Ela ensinou Sydney a endurecer suas emoções, a construir um muro alto o suficiente para não ter que sentir o luto. O falecimento de sua mãe somente confirmou sua decisão de não se casar, porque não aguentaria a dor de perder outra pessoa. Ela teve vários namorados ao passar dos anos, alguns Sidney até achou que poderia amar, mas nunca pôde se comprometer com nenhum deles, por causa de seu trabalho. Para completar, tinha visto os homens com quem trabalhava, se casarem e então se divorciarem, mais vezes do que ela gostaria. As horas pesadas e o estresse do trabalho não faziam um casamento ser fácil. Na sua cabeça, também não havia disponibilidade suficiente para ser um bom pai ou mãe. Era fácil ser feliz com a vida que ela tinha: um bom trabalho, poucos bons amigos, um namorado aqui e ali, que estava satisfeito em ser somente um namorado, e nada mais.

Embora Sydney amasse crianças, ela se convencera de que nunca teria uma. Então, dedicava bastante de seu tempo livre para o centro local de atividades pós-escola. Toda semana, ela passava algumas horas no centro, conversando com as crianças, jogando e fazendo artes. Ela não era a única que estava sozinha, e essas crianças precisavam dela. O fato era que muitas crianças da cidade estavam se criando sozinhas. Seus pais nunca iam às reuniões de colégio. Se eles estavam muito ocupados trabalhando, ou faltando sem motivo, não havia diferença. O resultado era o mesmo: crianças sozinhas nas ruas, após o colégio. O centro dava a eles algo construtivo para fazer. Por brincadeiras, eles aprendiam.

Sydney sabia que era sortuda por ter sido criada por pais amorosos, em uma casa de classe média onde sempre existiram biscoitos de chocolate e incentivos. Ela podia não ter filhos, mas tinha o conhecimento para ajudar outras crianças. Ela sabia como ensinar um grupo de meninas a assar um bolo, fazer o dever de álgebra, aprender sobre ciências, cantar uma música, ou pintar uma gravura. Sua mãe era uma artista, então criatividade era valorizada em sua casa. Sydney queria que essas crianças tivessem as mesmas experiências que ela tivera, mesmo que no final do dia as ruas frias estivessem aguardando por elas. As crianças mereciam saber sobre as maravilhosas atividades que podiam preencher suas jovens vidas, em vez de orgias, prostituição e drogas. Apesar da amarga pobreza, o centro ajudava meninos e meninas a crescerem educados, fortes e empoderados.

Sydney sabia que não era uma santa, mas, mesmo assim, ela fazia o máximo que podia. No fim do dia, as crianças enchiam sua alma de esperança e amor, duas coisas que ela precisava bastante.

Depois de passar algumas horas com as crianças, Sydney correu de volta para a delegacia, para Kade. Ainda estava claro do lado de fora, e ela perguntou-se onde ele estava dormindo. Ele dorme? Ele sai durante o dia? Ela sabia muito mais sobre lobisomens, o bom e o ruim, do que ela sabia sobre vampiros. Ela sabia que bebiam sangue, mas mais do que isso, tentava não ficar junto deles para saber os detalhes de seus hábitos. Sidney tinha um senso de autopreservação.

No que colocou o cinto de segurança, seu telefone apitou com uma mensagem da delegacia. *Merda.* Outra garota tinha sido encontrada morta. Ela odiava o mal que existia dentro de humanos e paranormais. Por que eles matavam? Poder, ódio, paixão, doença mental? Existiam várias razões, mas nenhuma delas era boa. Sydney nem ligava mais. Ela estava ficando cansada da morte. Claro, ela tentaria entender os motivos para ajudar a encontrar os perpetradores e trancá-los para sempre, mas excetuando-se o caso de legítima defesa, nunca existia um assassinato justificável.

A garota morta tinha sido encontrada em *Olde City*, na *Elfreth's Alley*. Os fundadores da América tinham se juntado exatamente nesse local, criando os documentos que dariam vida ao país. Benjamin Franklin tinha andado nessas ruas. A viela de paralelepípedos tinha casas geminadas dos dois lados, que tinham sido renovadas e exibiam orgulhosamente as casas da classe trabalhadora, preservadas do século dezoito, que permaneciam ali. O passado do país, e, tristemente, o presente, estavam estendidos sobre as pedras, marcando o local histórico.

Sydney passou por baixo da fita que delimitava a cena do crime e se aproximou do corpo. Ela sabia que devia ter ligado para Kade, mas imaginou que alguém em sua equipe iria deixá-lo saber. Depois da noite passada, ela estava com medo da resposta de seu corpo ao dele. Eventualmente, terá de vê-lo, ela sabia, escutar sua voz, e respirar o delicioso aroma masculino. Ele ficaria puto porque ela não tinha esperado por ele, mas Sydney decidiu que agiria primeiro e se desculparia depois.

Ela se inclinou para ter uma melhor visão do corpo, outra "Boneca da Morte". A garota era morena desta vez, mas tinha a mesma pele pálida quase pura, de porcelana. No entanto, não estava danificada pela água, como a outra garota; ao contrário, parecia que tinha sido gentilmente colocada na rua somente horas atrás. Parecia estar apenas dormindo. Ela era tão nova quanto a outra, nos seus vinte e poucos anos, mas estava vestida diferentemente desta vez, em um longo vestido verde de veludo, sem sapatos. Novamente, suas pálpebras cerradas tinham sido costuradas, com linha, e alguém tivera o cuidado de maquiar o seu rosto. Ela parecia uma boneca colecionável, daquelas que você podia comprar em um canal de vendas na televisão. O vestido era justo na parte da frente, então Sydney colocou uma luva de látex e levantou um pouco o decote. A tatuagem era pequena o suficiente para adornar o topo do seio da garota. Quase parecia uma cruz, mas com uma protuberância larga e redonda na cabeça.

— Jennings está morto, então ou ele fez isso antes de morrer, ou tem alguém novo fazendo as tatuagens. E o que é isso? Não é exatamente uma cruz. Eu sei que já vi isso em algum lugar. — Sydney ficou de pé e falou consigo mesma. Ela balançou a cabeça, pela perda de vida sem necessidade.

— Isso é uma Ankh. Um símbolo egípcio antigo de vida eterna.

Sydney se virou, assustada pelo carinho aveludado percebido na voz de Kade. Mas o seu tom não estava quente. Não, ele estava irritado com ela, provavelmente por não ter ligado para ele. Ótimo, aqui vamos nós.

— Esqueceu alguma coisa, Sydney? Sabe, eu não sou contra punir você, pelo gritante desrespeito às minhas ordens.

Depois que Sydney tinha ido embora do clube, na noite anterior, Kade tinha conversado com Tristan sobre o que Luca havia encontrado: uma fita com o cheiro *dela*. *Ela* estava de volta: *Simone*. Kade conheceu Simone em Nova Orleans, em 1822. Ele a encontrou faminta e espancada em um beco. Recém-convertida, era uma novata perdida. Não querendo vê-la matar ou ser morta, ele a colocou debaixo de suas asas e a ensinou a se alimentar de humanos sem matá-los. Junto com vários outros jovens vampiros, incluindo Luca, Simone vivia com Kade em um complexo seguro que fora criado por ele dentro da cidade. Apesar dos abusos aparentes que sofrera ao longo dos anos, ela passou a confiar em Kade.

Simone contou a ele que um homem chamado John Palmer a tinha adquirido na Inglaterra e a trazido para a Jamaica. Ela foi dada de presente para a nova esposa dele, Annie Palmer, para quem trabalhava como serviçal, uma criada. Foi na Jamaica que aprendera Vudu com Annie, que era uma Senhoria perigosa e abusiva, conhecida como a Bruxa Branca. Annie torturava regularmente Simone e os outros trabalhadores e escravos da fazenda. Ela tinha apanhado e sido açoitada praticamente todos os dias em que estivera ali. Nada fazia a Senhoria feliz, a não ser quando ela praticava magia negra. Durante essas sessões, Simone tinha de ajudá-la, mesmo não estando feliz em somente ajudar. Ela mantinha os olhos baixos, mas secretamente copiava as anotações de Annie e memorizava qualquer feitiço feito.

Uma noite, durante uma das muitas festas extravagantes que aconteciam na fazenda, um convidado tinha demonstrado interesse em Simone, e Annie ofereceu a criada como um presente, para fazer com ela o que desejasse. Simone, relutantemente, segurou a mão do estranho, com medo de ser açoitada. O estranho a levou para os campos, onde a estuprou e a transformou.

Ela não estava ciente de que tinha deixado a Jamaica, até acordar em um quarto sujo de hotel em Nova Orleans. Seu novo mestre estava sentado em uma cadeira e explicou que ela tinha sido transformada em uma vampira; ela seria sua nova escrava. Enquanto Simone tremia na cama, tentando entender o que lhe estava sendo dito, a porta foi arrombada, e um homem enfiou uma estaca de madeira no peito dele. O vampiro desintegrou-se na hora. Assumindo que Simone era uma humana inocente, o assassino não falou nada, apenas virou-se e foi embora. Simone saiu para as ruas, mas percebeu que estava fraca. Ela tropeçou no estrume e ali ficou, desamparada, até que Kade a encontrou.

    Durante os anos seguintes, Simone se acostumou com a vida em Nova Orleans e se transformou em uma bela mulher, especialmente porque sua pele pálida realçava seu cabelo escuro e luxuoso. Não demorou muito para Kade e Simone se tornarem íntimos. Ele não a amava, mas estava solitário, e ela, disponível. Ele não podia arriscar-se envolver com uma humana nessa época, então uma vampira oferecia a companhia de que ele precisava. O que Kade não percebeu é que Simone nunca tinha abandonado a prática de Vudu, e tinha começado a praticar secretamente as artes obscuras quando ele não estava na cidade. Ela sabia os segredos de Annie e queria os poderes que sabia que podiam ser dela. Foi somente quando um lobisomem chamado Tristan se aproximou dele e contou sobre sua irmã desaparecida, que Kade descobriu as intenções malignas de Simone. Tristan viera pedir a ajuda de Kade e oferecer um acordo: ele ofereceria paz com os lobos locais; em troca, Kade resgataria sua irmã, de Simone.

    Kade ficou horrorizado quando encontrou Simone no celeiro, naquele dia. Ela tinha capturado pelo menos dez meninas, incluindo a irmã de Tristan, e as mantinha como reféns. As garotas estavam praticamente mortas, algemadas com prata, espancadas e nuas, penduradas nas paredes. Furioso, ele conduziu Simone para perto de si e a jogou de joelhos. Sua ideia inicial era matar Simone, por seus crimes, mas ela implorou por sua vida. Concedendo-lhe misericórdia, Kade a expulsou para sempre dos Estados Unidos. Forçada a ir embora, Simone levou somente uma passagem para o outro lado do oceano, e as roupas do corpo. Ele destruiu seus objetos ritualísticos, seus livros de feitiços, e tudo que sobrou foi um campo queimado, no lugar onde antes ficava o celeiro.

    Kade tinha praticamente se esquecido de Simone, até que Luca contou a ele que havia sentido o cheiro dela na casa de Jennings. Se Simone estava envolvida, ele sabia que ela mataria Sydney sem pensar duas vezes. Se ela era capaz de capturar e torturar lobisomens fortes, como a irmã de Tristan, poderia facilmente matar um humano. Mas ele não sabia o que podia fazer para convencer Sydney do perigo que estava enfrentando. Ele sabia que não podia impedi-la de continuar na investigação, mas ela não iria para as ruas sem ele. Kade tinha que falar sério com ela, e fazê-la entender que ela precisava obedecer às suas ordens, para trabalhar com ele. Ele tinha que contar sobre Simone.

Sydney enrijeceu com o comentário de Kade, de que iria puni-la. Ela nunca tinha o visto com tanta raiva, mas o seu ultraje só servia para colocá-la na defensiva.

— Só uma coisa, vampiro: eu não sou sua filha, e nem você é meu chefe. Então, deixe-me ser bem clara: eu não recebo ordens de você. Nós podemos ser parceiros no momento, mas esta é a minha cidade. Eu peço desculpas por não ter te ligado, mas achei que você... não sei... estava dormindo ou o que quer que seja que vampiros façam durante o dia. Achei que o seu escritório ligaria para você. — Ela sabia que estava errada, mas esse era o melhor pedido de desculpas que podia oferecer no momento. Sidney não deixaria um cara dizer o que precisava ser feito. Um assassino estava nas ruas, matando mulheres. Eles pegariam o cara, e aí, no próximo ano, será um criminoso diferente nas ruas, matando pessoas. Essa era a vida na cidade grande. Ela estava aqui para pegar os caras maus, e não era uma menininha brincando de polícia e ladrão. — Que tal deixarmos isso para trás? Você já está aqui, então vamos trabalhar.

Kade a encarou e chegou mais perto. Deus, ele era sensual, mas perigoso. Sydney podia ver seus músculos saltando de sua camiseta preta justa. Por um minuto, pensou em como seria colocar suas mãos sob sua camiseta e passar os dedos pelos rígidos sulcos de seu estômago.

— Sydney, amor, eu sei que você conhece essas ruas como a palma da sua mão, mas precisamos aprender a confiar um no outro. Há coisas que você desconhece. Eu prometo contar tudo quando tivermos tempo, mas, neste momento, preciso que você confie um pouco em mim. Não atenda chamados sozinha. Isso não é o jeito correto e você sabe disso. Mesmo que estejamos tecnicamente compartilhando o caso, eu posso facilmente te remover dele, senão me der ouvidos. Tem um vampiro envolvido nessas mortes, e possivelmente outra criatura com poderes sobrenaturais. Não quero te tirar do caso, mas irei, se não começar a cooperar, e isso significa que sou o líder dessa investigação, não você. O mais importante é que não vá a lugar nenhum sozinha, fui claro?

— Completamente — Sydney respondeu, se recusando a olhar em seus olhos.

Ela focou no corpo, pois discutir com Kade não resolveria o caso. *Que outras similaridades existem com a primeira garota?* Colocou outra luva e pegou o pulso da garota. O vestido tinha mangas longas que cobriam os dedos. Sydney levantou o material gentilmente, para ver se a garota possuía marcas. Como era de se esperar, havia hematomas nos pulsos, indicando que fora amarrada e talvez solta após morrer. Sydney procurou no ambiente por evidências de algemas ou cordas, qualquer coisa que talvez tivesse sido descartada na pressa de largar o corpo.

— Verifique os pulsos. Ela estava presa também... como a outra vítima. Nós precisamos revistar cada centímetro desta viela, para ver se mais alguma coisa foi largada junto com o corpo. Assassinos são cuidadosos, mas esses caras sempre cometem erros. Nós só precisamos achá-los.

Quando ela se virou, viu a van da legista chegar. Ela acenou para Adalee, que andou em sua direção, carregando o seu kit.

— Ei, Syd, outra vítima?

— É, eu não tenho certeza, mas parece que ela foi drenada. O local está limpo, sem sangue ou urina ao redor do corpo.

Adalee bufou enquanto olhava para a garota morta. Ela olhou para Kade, que vinha em sua direção, e de volta para Sydney.

— Escute, saiu o resultado das fibras encontradas no pulso da garota um. Ouça isto: parece que o cabelo era humano e misturado com cânhamo. Então, o que quer que seja essa corda ou amarração, tem cabelo humano.

— É possível saber a quem o cabelo pertencia? — perguntou Sydney.

— Não. Mas posso dizer que não bate com o da vítima. — Adalee se abaixou e começou a trabalhar na mulher, mas continuou falando: — E tem outra coisa: nós achamos resíduo no corpo, algum tipo de óleo. O vestígio resultou basicamente em capim-limão. Algumas outras coisas menores também, mas é definitivamente algum tipo de óleo de limão. Esse caso fica cada vez mais estranho.

— Capim-limão? Talvez seja somente algum tipo de creme corporal ou loção? Não sabemos se isso tem alguma relação com o criminoso.

— Bem, o que posso dizer é que estava somente na testa dela, e em mais nenhum outro lugar do corpo — Adalee falava com Sydney ao mesmo tempo em que pegava o termômetro corporal. — A única vez que vi esse tipo de coisa foi na igreja. Você sabe, como os católicos fazem nas missas de cura.

— O que foi, Kade? Você está muito quieto aí. — Sydney aguardou Kade comentar sobre a análise de Adalee.

— Eu te disse, Sydney. Existem forças aqui com as quais você não está acostumada a lutar. — Kade ajoelhou-se para inspecionar o rosto da garota. Com uma mão enluvada, cuidadosamente afastou uma mecha de cabelo de sua testa e suspirou. — Óleo de capim-limão. Vudu, Hudu: essas são práticas que usam óleos e ervas. Algumas vezes os praticantes criam um híbrido de Vudu, Hudu, bruxaria e magia negra. Nem todos têm coração puro. Alguns procuram poder ou dinheiro, até amor.

— Parece uma forma doentia de achar amor. — Sydney sacudiu a cabeça. — Honestamente, Kade, isso tudo parece um monte de conversa-fiada para mim, mas já vi pessoas matarem por todo tipo de causa... até por uma porra de um par de tênis.

— No Hudu há uma substância chamada de óleo Van Van. — Kade ficou de pé, com seu rosto contraído. — Capim-limão é utilizado para fazê-lo. Precisarei entrar em contato com as minhas fontes para descobrir para qual finalidade serve este óleo, mas te garanto que o povo que usa essas ferramentas é sério em seus desejos. O criminoso pode estar ungindo as vítimas.

— Mesmo que estejam colocando o óleo ali de propósito, pode haver algum tipo de contaminação cruzada. Eu concordo que precisamos de mais informações sobre o motivo por que alguém usaria o óleo, para começar, pois isto pode ajudar a determinar o motivo. O que você pensa do cânhamo e o cabelo humano? Por que se dar ao trabalho de fazer uma corda com cabelo humano, quando você pode ir a uma loja e comprar corda sintética?

— Cabelo humano e cânhamo são usados em bruxaria. Meu chute é que é algum tipo de corda mágica, possivelmente destinada a tornar a morte mais dolorosa. O que sei é que corda mágica não é usualmente utilizada como uma corda normal para prender alguém. Já ouvi rumores de ela ser colocada embaixo da cama da vítima, ou algo do gênero. A bruxa ou mago pode ter usado isso como parte de um ritual, quando estavam prendendo a garota.

Bruxas? Magos? Vampiros? Sydney subitamente se sentiu como um peixe fora d'água. Esse era exatamente o motivo por que ela detestava lidar com o sobrenatural. Ela não era parte daquele mundo. Mas um assassino era um assassino, não importa como eles mataram, ou quem eles eram. Ela tinha aprendido há tempos que o mal não era um fenômeno exclusivamente sobrenatural. Sydney pensou em entregar o caso completamente para ele, assim ela estaria livre e poderia voltar a lutar contra pessoas normais, crimes humanos diários. Mas os rostos dessas coitadas estavam grudados em sua mente, e ela sentia obrigação de achar seus assassinos, para que pudessem descansar em paz. Além do mais, ela já estava muito envolvida nesse caso, para simplesmente entregar tudo. O que ela não admitiria é que estava muito envolvida com ele, para deixá-lo ir embora.

— Ada, Kade, eu não vejo nenhuma tatuagem no rosto dessa garota. A outra vítima tinha. Você acha que talvez Jennings não tenha tido a chance de terminar o trabalho nela?

— Talvez Jennings tenha feito a tatuagem no seio dela, em vida, e as outras tatuagens após a morte? Ele podia ser um escravo humano de quem quer que seja que esteja matando essas garotas, mas ele não era o mago, e nós definitivamente temos magia aqui. Eu posso sentir... tem restos aqui, em toda a volta. Mas mesmo havendo sinais de magia, tenho certeza de que um vampiro está por trás dessas mortes.

— Kade, Sydney... que porra é essa? — Tanto Kade quanto Sydney viraram suas cabeças, para ver sobre ao que Adalee se referia. Os dois se ajoelharam e a observaram segurar o queixo da garota com sua mão esquerda, enquanto a direita pegou um par de pinças longas. — Tem alguma coisa aqui. Syd, lanterna, por favor.

Sydney pegou sua lanterna, ligou-a e direcionou a luz para dentro da garganta da garota. Kade levantou a cabeça da vítima e ajudou a manter a boca aberta, para Adalee poder trabalhar. Vagarosamente, ela colocou a pinça dentro da garganta e retirou algo.

— Parece talvez um pergaminho, ou pedaço de papel?

Kade estendeu a mão e pegou o objeto dela. Era um papel vermelho, dobrado em uma estrela de cinco lados, um pentagrama. Ele, cuidadosamente, desdobrou o papel.

— Parece que alguém está praticando origami bruxo. Tem algo escrito nele. Deixe-me ver.

Sydney se inclinou para perto de Kade, tentando obter uma visão melhor do objeto. Quando seu ombro roçou no peito dele, o calor do corpo dele a envolveu, e seus mamilos enrijeceram em resposta. Ela precisava finalizar esse caso logo, antes que enlouquecesse de desejo. *Olá? Cena do Crime. Pessoa morta.* Sydney colocou seus pensamentos em foco novamente e leu a nota.

Escrito em tinta preta, o bilhete tinha somente quatro palavras: '*Você pertencerá a mim*'. No que ela se inclinou em direção à nota, sentiu um fraco cheiro de canela. Ela virou a cabeça, com os olhos fixos em Kade.

— Você pertencerá a mim? Que tipo de nota é essa? Kade, você sente esse cheiro? — Ela sabia que ele tinha supersentidos vampíricos, e não estava certa se o aroma era imaginação sua.

— Canela? Sim, eu sinto. É um ingrediente comum em bruxaria, provavelmente infundido na tinta.

Kade tentou manter uma expressão impassível enquanto Sydney lia as palavras. *Simone*. Ele a tinha expulsado do país e de sua cama. Ele nunca seria dela, não importa quem ela matasse. A natureza protetora de Kade o impelia a pegar Sydney dali, naquele momento, e trancá-la, para protegê-la dessa mulher maligna. Ele sabia que tinha que contar para Sydney, mas precisava achar um jeito de compartilhar o que estava acontecendo, para poder tirá-la do caso, sem deixá-la completamente puta. Se conseguisse ficar à sós com ela, poderia contar tudo.

— Eu preciso conversar com algumas pessoas sobre o que encontramos, tenho contato com uma bruxa em Nova Orleans. Vamos limpar a cena do crime e depois podemos ir para a minha casa e fazer algumas ligações, juntos.

— Está bem, vamos finalizar aqui — ela concordou. — Quanto mais rápido terminarmos, mais cedo podemos falar com essa sua bruxa.

Kade sentiu um grande alívio quando ela consentiu. Ela estava finalmente começando a confiar nele, e estavam começando a trabalhar como uma equipe. Ele estava completamente ciente da intensa conexão sexual crescendo entre eles, tensão que queria explorar assim que soubesse que ela estava a salvo de Simone. Sydney o estava virando do avesso e suspeitava que ela estava destinada a ser dele, e não somente por uma noite. Kade queria fazer amor com Sidney até ela gritar seu nome, em êxtase. Ele queria que ela soubesse, com todas as células de seu ser, que era dele.

Por agora, ele precisava manter seus sentimentos escondidos. Já era difícil o suficiente manter as mãos longe dela toda vez que a via, ainda mais se ele se torturasse com pensamentos do que poderia acontecer no futuro. Se Simone estivesse mesmo atrás dele, ela veria Sydney como uma competidora a ser eliminada. Ele não a deixaria ser ferida, mesmo que isso significasse retirá-la do caso. Melhor que ela o odiasse do que acabar morta.

Várias horas se passaram antes que todos deixassem a cena do crime. Sydney continuava inspecionando a área, enquanto Kade ligava para Luca. Ela andava pelo perímetro da viela, cuidadosamente, esperançosa de que acharia alguma coisa que o assassino tinha deixado. Uma brisa gelada passou por seu pescoço, fazendo com que tremesse. Olhou para Kade, que parecia imperturbável, como se não tivesse sentido a brisa. Ela não achava que choveria naquela noite, mas era comum haver tempestades no verão.

Quando se distanciou de Kade, escutou gargalhadas. Uma conversa? Ela não tinha certeza, mas parecia a voz de uma mulher. Sydney acenou para ele, chamando sua atenção e apontando para o pequeno túnel coberto que ficava entre duas das casas geminadas.

Sydney cobriu o nariz quando o fedor de água parada a atingiu. O cheiro era avassalador: urina, comida podre e fezes. Tendo dificuldade para ver aonde estava indo, no escuro, ela procurou pela lanterna em seu colete. Seus dedos tocaram a estrutura de metal e ela apertou o botão. A gargalhada de uma mulher soou à distância. Como se estivesse congelada, Sydney observava, espantada, enquanto uma pequena esfera de luz aparecia, a uns seis metros de distância, flutuando no ar como um tufo de penas. A esfera piscou, instantaneamente substituída por uma aparição.

Uma mulher fantasmagórica, com um belo rosto e cabelo preto, comprido e solto, pairava no beco úmido. Sydney mal podia acreditar no que estava vendo. Enquanto a mulher parecia ter o contorno de um corpo, não tinha pés, somente um longo vestido vermelho, que acabava a centímetros do chão. A mulher começou a gargalhar sombriamente, enquanto encarava Sydney. A gargalhada morreu em um silêncio mortal, quando os lábios da mulher se fecharam em linha reta.

Sydney tinha lidado com um número suficiente de mulheres para saber que essa era agressiva, pois não tinha como não reconhecer uma cadela afrontada. Fantasma ou não, ela não tinha nenhuma intenção de deixar qualquer mulher expulsá-la das ruas. Sydney pegou sua arma rapidamente. Ela não tinha ideia do que matava fantasmas, mas não cairia sem lutar.

— Kade! Uma ajudinha aqui cairia bem!

— Ele. É. Meu! — gritou o fantasma.

Em um segundo, a mulher espectral voou em direção a Sydney, e ela atirou. Desviando da aparição, caiu no chão molhado e arenoso do beco, e tudo ficou escuro. Ela procurou por sua lanterna quebrada, com o coração acelerado. Sidney sentiu Kade pegá-la do chão e prontamente colocou seus braços em volta do seu pescoço, permitindo que ele a carregasse para fora do beco.

— Estou bem. Sério, pode me colocar no chão. Eu só caí, nada mais. Ela se foi — ela disse, ciente de que estava gostando, um pouco demais, de estar em seu colo. Ela expirou quando Kade gentilmente abaixou suas pernas, colocou-a em pé e desfez o abraço.

— Sydney, tem certeza de que está bem? Eu escutei você gritar por mim, e então escutei o tiro. O que aconteceu lá? Eu não senti ninguém. Nada de humanos. Nada de sobrenaturais. Espere, o que você quis dizer com *ela*?

— Sim, estou bem. — *Sério? Uma mulher fantasma flutuante, e meu vampiro não viu nada?* Dúvida permeou sua mente. — Eu tenho que te contar... vai parecer loucura. Eu escutei vozes, eram de uma mulher. Ela estava gargalhando. No beco havia somente uma pequena luz, e então ela se transformou nessa mulher. Ela era bonita, tinha cabelo preto longo, e parecia querer me atacar. Foi aí que eu chamei por você... e ela gritou "Ele é meu", e correu em minha direção, e nesse momento eu atirei. Balas podem matar fantasmas? Tudo o que sei é que ela não me atingiu, e eu caí. Merda! — Sydney olhou para suas roupas: ela estava coberta de água viscosa e fedorenta. — Olhe para mim! Ecaaa! Isso é tão nojento... eu tenho que ir para casa e tomar um banho. De qualquer jeito, que porra foi aquela coisa lá?

— Sydney, espere, deixe-me olhar e ter certeza de que você está bem. — Kade disse, procurando por machucados. Não tinha sangue, e ela parecia estar bem, como dizia.

— Eu estou bem. Sério, eu só caí, e aí aquela... aquela "mulher" voou em minha direção. Estou te dizendo, Kade, eu realmente não acreditava em fantasmas, até hoje. Mas aquilo não era uma pessoa. Aliás, não sei que diabo aquilo era. — Sydney balançou a cabeça, frustrada.

Enquanto Sydney estava surpresa por sua experiência espectral, Kade estava chocado com a descrição: era Simone. Mas como ela tinha se transportado como uma aparição? Magia? Alguém ou alguma coisa a estava ajudando. Ele precisava levar Sydney para casa e para longe deste lugar.

Na viagem de volta para a casa de Kade, eles contaram para Luca o que tinha acontecido no beco. Kade sabia que mesmo que ele não tenha mencionado o nome de Simone, Luca saberia, pela descrição de Sydney, exatamente quem tinha visitado o beco.

— Eu quero que você localize Ilsbeth — Kade disse a Luca. Ilsbeth era uma bruxa local do *French Quarter*. Ela era desconfiada, às vezes, e nem sempre era fácil de lidar, mas eram aliados há anos. Ele não podia dizer que eram amigos próximos, mas ela era confiável.

— Pode deixar, ligo para ela a caminho do Eden, pois estou planejando ir lá para me alimentar e ver Tristan. Você quer que eu o atualize sobre os eventos de hoje?

— Sim, por favor. Conte o que aconteceu, mas faça isso em seu escritório particular. Não podemos arriscar que alguém escute. Fale para Tristan que Sydney e eu estaremos na minha casa pelo resto da noite.

Sydney o olhou com surpresa, mas não falou nada. *Eu estarei lá a noite toda? Trabalhando no caso? Ou com Kade?* Eles precisavam olhar todos os detalhes e trabalhar nos fatos do caso. Ela suspeitava que Kade não estava sendo completamente honesto com ela. Ela não tinha pressionado na cena do crime, mas faria isso, com certeza, depois que tivesse tomado um banho e comido alguma coisa.

Quando chegaram, a porta da garagem subterrânea se abriu para a limusine passar. Ao entrarem na residência, Sydney observou as paredes de mogno. A decoração era rica e masculina, e combinava com Kade.

— Bela casa. Amei todo o trabalho em madeira. Escura, mas bonita — ela comentou.

— Obrigada. É alugada por Tristan. Mesmo que goste de visitar o lugar, não tenho planos de viver aqui. Assim que o caso acabar, preciso voltar para Nova Orleans.

Sydney não tinha certeza sobre a razão de ter se sentido mal ao escutá-lo dizer que iria embora, afinal, ela sabia que ele não ficaria ali para sempre. Uma pequena parte dela tinha esperança de que talvez ele ficasse por um tempo maior, se achasse algo ou alguém importante o suficiente. Sua declaração fez com que colocasse no lugar aquele muro emocional que aprendera a criar, para proteger seu coração. Sidney não queria sentir nada por ele, mas estava tendo dificuldade em negar o desejo intenso pelo misterioso vampiro. Ela precisava voltar a pensar em negócios... falar sobre o caso, numa tentativa de mudar o foco.

— Kade, você poderia me mostrar o banheiro? Eu preciso me limpar.

— Sim, desculpe. Por aqui. — Kade adoraria mostrar para ela o seu chuveiro... com ela nua, e ele entrando nela, apoiado na parede de azulejos, pensou.

Silenciosamente, subiram as escadas e entraram em um longo corredor. Ele abriu a porta e gesticulou para ela entrar.

— Aqui está. Posso pedir para lavarem suas roupas enquanto trabalhamos. É só colocá-las no tubo, que irão direto para a lavanderia. Eu vou ligar para a empregada, para ela cuidar das suas roupas. Tem toalhas dentro do armário, e um roupão preto atrás da porta, que pode usar até as suas roupas estarem limpas. É só descer quando terminar. Vou pedir comida chinesa enquanto você toma banho.

Quando ficaram ali, sozinhos no corredor silencioso, os olhos de Kade focaram nos lábios dela. Ele segurou sua mão, passando o dedão pela palma. Seu olhar desviou para o dela, e teve que lutar contra a vontade de beijá-la.

— Sydney... — começou a dizer.

— Eu só quero que saiba que estou agradecida por você estar lá hoje — ela interrompeu, com sua voz tremendo. — Hum... quero dizer... eu sei que não estava ferida, mas foi bom ter alguém ao meu lado. Não faço ideia de que coisa era aquela, no beco, mas eu mentiria se dissesse que não fiquei um pouco abalada. Então, obrigada de qualquer jeito.

Antes que Kade tivesse a chance de responder, ela soltou sua mão, entrou no banheiro e fechou a porta rapidamente.

Sydney se apoiou na porta e suspirou. Ela quase o beijou. O que estava fazendo? *Ponha sua cabeça no lugar. Ele acabou de te dizer que não vai ficar. Ele vai embora, voltará para Nova Orleans.* Frustrada, abriu a água quente, tirou as roupas fedidas e as jogou pelo tubo. Uma empregada vai *lavar* suas roupas? *Deve ser bom*, pensou. Sidney entrou embaixo do jato de água quente e deixou a tensão descer pelo ralo.

Enquanto lavava o cabelo com xampu, notou que cheirava a morangos. *Um vampiro com xampu de morangos?* Ela sorriu, pensando em Kade. Enquanto lavava seu corpo com sabonete, deixou as mãos percorrerem seus seios. Como seria sentir as mãos fortes de Kade massageando seus seios? Tê-lo sugando seus mamilos? Sydney fechou os olhos e gemeu, deixando a mão vagar em direção à sua região pubiana, completamente depilada. Ela colocou um dedo em suas dobras, achando seu centro. Circulando gentilmente sua área mais sensível, imaginou que era Kade que a tocava. Sidney gemeu quando o latejar cresceu em seu ventre, e tremeu quando gozou.

Kade quase morreu quando escutou Sydney gemer, e sentiu o cheiro de sua excitação. Ele queria correr pelas escadas, quebrar a porta e fodê-la até perder os sentidos. Ela não sabia que os vampiros tinham os sentidos apurados? Ou talvez soubesse exatamente o que estava fazendo? Enquanto a escutava se dando prazer no andar de cima, não pôde se segurar: se recostou na larga poltrona, abriu as calças e liberou seu pau duro como uma pedra. Será que ela estava pensando nele enquanto se acariciava? Ele tocou seu pau, cada vez mais rápido. Não podia acreditar que estava fazendo isso na sala, mas, merda, ela fazia com que ele perdesse a razão. Outro gemido veio do andar de cima, e pôde sentir que ela estava perto. Deslizou ua mão para cima e para baixo em seu comprimento, chegando mais perto do clímax. Ela estava gozando. Ele estava gozando. Kade xingou quando seu

KADE   63

sêmen voou em suas calças.

— Ah... porra. Que bagunça fodida. O que você está fazendo? — *O que estou fazendo? Ótimo, agora estou falando em voz alta comigo mesmo, que maravilha.* Ele precisaria consultar um terapeuta, depois desse pequeno incidente. Kade pegou um maço de lenços, se levantou, e subiu as escadas para o seu quarto, pois precisava mudar de roupa antes que ela o visse.

Kade entrou no chuveiro, se lavou, e rapidamente se vestiu com um jeans velhos e uma camiseta de algodão preta. Ele a escutou no chuveiro. Se corresse, poderia chegar ao andar de baixo primeiro. Estava quase lá quando a campainha tocou: a comida chinesa. Ele pagou o entregador, rapidamente, e foi arrumar tudo na cozinha.

Sydney entrou na cozinha, vestindo somente o seu roupão, e se sentou no balcão de granito. Relaxada após o banho, sorriu para ele.

— Então, Kade, não quero ser grossa nem nada, mas vampiros e comida chinesa? Sério? Achei que vocês só tivessem sangue no cardápio. A não ser que tenha pedido isso também?

Kade riu.

— Ah, você tem bastante o que aprender sobre nós, e eu amaria ser a pessoa a te ensinar. — Ele piscou, fazendo com que corasse. — Vampiros precisam de sangue para sobreviver, mas só precisamos nos alimentar umas duas vezes por semana. Podemos comer comida, e o gosto é ótimo, mas isso não nos manterá vivos, somente sangue pode fazer isso. Minha comida favorita é Pato-à-pequim, mas também pedi camarão *szechuan*, pãezinhos no vapor, frango *moo shu* e brócolis ao alho. Eu não tinha certeza do que você gostava.

— Então nós vamos ter companhia? — Sydney gargalhou.

Kade sacudiu a cabeça: não.

— Bom, o cheiro é maravilhoso, e estou faminta. E só para você saber, amo tudo que você encomendou... como se você soubesse o que eu iria querer.

— De nada. E acredito que sei o que você iria querer — ele brincou, com o desejo aparente em seus olhos.

Olhando para seu camarão, ela tentou esconder a vergonha. Kade sabia que ela o queria. E então percebeu que ele provavelmente sabia o que ela esteve fazendo ao chuveiro. *Merda.* Ela teve esperanças de que ele não podia escutar ou cheirar nada, já que o chuveiro estava ligado e havia o cheiro daquele xampu de morango, delicioso. Pelo visto, estava errada.

— Então você gosta de coisas picantes? Preciso confessar que também gosto, só não consigo deixar minhas coisas picantes o suficiente.

Ah, sim, ela gostava de coisas picantes. Sydney olhou para seus olhos azuis sensuais e sorriu. Ela adoraria dar uma resposta incisiva, mas sua boca estava cheia com o pato e ela gostava do seu trocadilho.

Depois que terminaram, Kade serviu para ela um copo de conhaque. Ele acendeu a lareira, e se sentaram em duas poltronas idênticas, de frente à lareira.

— Então, qual é a da nota? — Sydney queria se recostar e relaxar, mas sabia que agora era a hora de trabalhar. O homem tinha segredos, e ela descobriria o que estava acontecendo. — Eu sei que você está escondendo algo de mim. Mas nós somos parceiros, e está na hora de você falar. — Ela olhou para a lareira, esperando que a atitude tornasse mais fácil para ele contar tudo, se estivessem se encarando.

— Sabe, nós vivemos por um longo tempo. E há um vampiro específico de quem suspeito estar envolvido nessas mortes. Luca encontrou o odor dela na casa de Jennings. Eu não tinha certeza, mas, hoje, após a nota, a aparição que você viu... é ela.

Sydney sabia que não gostaria do que ele tinha para dizer, mas precisava da verdade.

— O que quer que seja, quem quer que seja, você pode me contar. Mal é mal. Sobrenatural ou humano, todas as raças são afetadas por ele.

Kade sabia que ela estava tentando fazer com que ele se sentisse bem, mas não achava que qualquer coisa seria útil nesse sentido quando o assunto era Simone e o que ela tinha feito com essas garotas. Ele ficou de pé, chegando mais perto da lareira, de costas para Sydney.

— Simone, Simone Barret. Ela foi transformada nos anos 1800. Eu a encontrei nas ruas e a acolhi. Estava solitário, nós... nós éramos amantes.

Sydney se encolheu. Okay, então era isso. Ela levou os joelhos até o peito e ficou parada. O que ela tinha pensado? Que ele era virgem? O cara tinha tido amantes. Ele era um vampiro gostoso e sensual. A lógica dizia que teve centenas de amantes em sua vida. Então, por que ela, de repente, estava com ciúmes?

— Não tive tantas amantes quanto você está pensando. — Kade se virou e olhou diretamente para Sydney, como se pudesse ler seus pensamentos. — Claro, sou um vampiro, e não é nenhum segredo que nós, muitas vezes, transamos enquanto nos alimentamos, mas é somente isso: sexo. Amantes foram poucas, uma pessoa para compartilhar minha cama e minha vida... mas nunca amei ninguém. Sobre Simone, ela estava vulnerável, e eu... eu estava solitário. Nós ajudamos um ao outro. Ela foi treinada em magia Vudu, e me traiu. Quando descobri que ela tinha capturado e torturado várias mulheres jovens, a bani. Eu deveria tê-la matado na hora,

KADE

mas as coisas eram diferentes naquela época. Pensei que se a banisse, seria punição suficiente, mas parece que eu estava errado.

Sydney não conseguia acreditar no que estava escutando. Ele teve uma amante, uma amante maléfica, que matava e torturava garotas, e agora ela estava de volta para matar mais? *Que porra é essa?* Ela queria levantar e ir embora naquele momento, mas decidiu escutá-lo. Afinal, sabia que as coisas não eram sempre o que pareciam. Assim, levantou-se e andou em direção a Kade.

— Então, o quê? Você a ama? Por que ela está aqui? Para te ter de volta? Qual é o motivo de matar as garotas? Ela está aqui na cidade? — Sidney podia escutar sua voz ficando cada vez mais alta, mas era pedir muito para ficar calma.

— Eu tenho mais de duzentos anos. Você precisa entender que por mais que estivesse apaixonado por ela, não a amo e nunca amei, e existe uma diferença. Por que ela está de volta? Acredito que por vingança. Eu a bani e provavelmente parti seu coração, se ela tivesse um. Mas se tivesse visto o que ela fez com essas garotas... eu devia tê-la matado — Kade bufou. — E por que aqui? Meu palpite é Tristan.

— Tristan?

— Sim, a irmã de Tristan, Katarina, foi uma das garotas torturadas. Ele veio pedir minha ajuda, pois sabia que era Simone quem tinha capturado as garotas. Ele ofereceu proteção da alcateia em troca de ajuda pela localização da irmã. Foi como nos conhecemos e nos tornamos amigos. Mas Simone sabia que Tristan havia conversado comigo, e ela pode ter vindo aqui para causar confusão no território dele. Mas ela certamente sabia que eu viria ajudá-lo. O que ela não previa era que Tristan seria inteligente o suficiente para reconhecer, de cara, que era um vampiro quem vinha causando problemas na sua comunidade, antes mesmo de a primeira morte acontecer. Ele me ligou imediatamente.

Os pensamentos de Sydney estavam girando. Simone estava aqui na Filadélfia? Como ela sabia onde eles estavam? Como apareceu como fantasma?

— Okay, então a moça apaixonada tem uma vingança pessoal. E ela vem para cá, em vez de ir para Nova Orleans, para se vingar de Tristan? E depois, de você? Não estou comprando isso. Eu entendo que ela esteja puta com Tristan, por dedurá-la para você, mas ela não é dessa área, e você disse que ela saiu do país. E que porra é aquele fantasma? Por que não aparecer pessoalmente?

— Minha aposta é que ela não está aqui fisicamente. Ela pode ter um mago ou bruxa a ajudando. Possivelmente servos humanos ou vampiros, ou os dois. Jennings pertencia a ela, então outros podem existir.

— Belo truque, né? — Existia um motivo para Sydney não se envolver com o sobrenatural, e ali estava: escravos humanos, magia, Vudu. Ela sentiu que tinha escutado o suficiente por hoje. Mesmo querendo muito ficar com Kade, precisava ir para casa.

Kade se aproximou de Sydney, segurando suas mãos.

— Sydney, eu pensei bastante no assunto, e acredito que Simone esteja em algum lugar de Nova Orleans. Talvez... quem sabe por mágica... ela está se projetando aqui. Preciso procurar por ela lá. Sei que você quer trabalhar nesse caso, mas as coisas vão ficar mais perigosas, e preciso te manter a salvo. Então, falarei com Tristan e vou embora amanhã à noite.

Ela sentiu um desejo elétrico subindo por seus braços e percorrendo seu corpo, mas ao ouvir suas palavras, arrancou as mãos das dele. Quem era ele para dizer que ela tinha que sair do caso? Ele estava indo embora?

— Escute, Kade, se você quer pular em um avião e voltar para Nova Orleans, fique à vontade, mas não vou sair do caso só porque você pensa que pode ser perigoso. Perigo faz parte do meu trabalho. Sou uma mulher crescida. Uma mulher que é dona de um monte de armas e sabe como usá-las. Não tem a mínima chance de eu abandonar o caso enquanto você vai caçar uma ex-namorada, *sem* chance de acontecer. — Ela pausou e olhou para o lado. Não podia ficar parada e deixar mulheres inocentes serem mortas em sua cidade, tinha que ajudar a achar o criminoso. — Olha, agradeço por me contar tudo. Eu preciso pensar... dormir um pouco. Ada deve ter procurado mais traços, e quero ir para a delegacia amanhã e revisar tudo com ela. Onde estão as minhas roupas?

— No banheiro do andar de cima — ele disse, apontando para a escada. — Pedi à Sara para colocar suas roupas limpas lá, quando ela terminasse.

— Obrigada. — Sydney colocou o copo na mesa, evitando olhar nos olhos dele ao subir para se vestir. Quando pensava nos detalhes do que Kade contara, não fazia sentido. Ela achava difícil acreditar que tudo era tão simples como uma amante desprezada. Por que todo o drama com as garotas? O ritual? As tatuagens? Alguma coisa não estava certa. Talvez Simone quisesse vingança, mas havia algo mais. Sydney não tinha certeza sobre qual era a peça que faltava, mas ela certamente não deixaria Kade afastá-la do caso.

Kade se absteve de seguir Sydney, mesmo que assim desejasse. Saber que ela estava tão perto de seu quarto o deixava louco, e ele queria beijar seus lábios carnudos, saboreá-la e fazê-la dele. Mas fazer isso, nesse momento, somente atrairia atenção para ela, e isso não era algo que ele faria. Ela já estava

KADE

suficientemente em perigo. Amanhã, requisitaria que ela fosse removida do caso. Sidney ficaria brava com ele, mas, pelo menos, estaria segura.

Kade voltaria para Nova Orleans e acharia Simone. Ele planejava questionar Ilsbeth para descobrir o que Simone tentaria fazer com o óleo e as garotas. Ela estava aprontando algo, e ele descobriria o que era. Desta vez, ela não ficaria sem punição.

Enquanto estivesse fora, pediria para Tristan ficar de olho em Sydney, mesmo detestando a ideia que ela talvez fosse até Tristan para ter algo mais do que amizade. Estava se sentindo muito mal por saber que Sydney e Tristan tinham se envolvido sexualmente, então pedir ajuda para o Alfa não era algo que quisesse fazer, mas precisava tentar mantê-la a salvo, e podia confiar em Tristan para fazer isso.

Eles dirigiram em silêncio, no caminho de volta, para o apartamento de Sydney. Ela olhava pela janela, se forçando a não olhar para Kade. Lutava contra suas emoções, ainda excitada com o encontro deles mais cedo. Mesmo sabendo que era irracional, uma pontada de ciúmes a incomodava quando pensava em Simone. Assim que a limusine parou na frente do seu prédio, uma dúvida tomou a mente de Sydney. Ela ficou sentada, pensando se devia deixar Kade, e sua hesitação deu a ele a oportunidade de chegar mais perto dela. Bastou que ela segurasse a maçaneta para sair, e Kade sua mão.

— Sydney, amor, depois que eu cuidar de Simone, vou voltar para você. Nós temos negócios não finalizados.

— Kade... eu... — Suas palavras morreram quando Kade pressionou seus lábios aos dela. Sydney o beijou de volta, vagarosamente lhe dando acesso, e ele a segurou pela nuca, aprofundando o beijo. Era ardente, mas, ao mesmo tempo, terno. Ela sabia que devia ir embora. Ela não podia se deixar distrair por um homem, mas o gosto dele era bom, e o queria aqui e agora, dentro dela. Ela queria mais, mas ele estava indo embora. Retomando os sentidos, relutantemente se desgrudou dele, olhando para o chão.

— Ah... sim... boa noite, Kade. — Suas mãos tremiam quando abriu a porta.

Desorientada como estava, ainda tinha senso suficiente para sair do carro e ficar de pé. *Continue andando, garota.*

CAPÍTULO OITO

Sydney acordou com os sons da cidade: buzinas tocando, caminhões, gritos, gargalhadas. Isso não a incomodava; estava acostumada com o zumbido constante da vida urbana como som de fundo. A cacofonia significava que estava viva, assim como a cidade. Como o som rítmico do oceano, era reconfortante para os ouvidos dela.

Era fim da tarde e ouviu a campainha tocar, mas duvidava que fosse Kade. Ele disse que era velho o suficiente para sair durante o dia, mas isso o enfraquecia. E além do mais, por que ele viria ao seu apartamento, se estava voltando para Nova Orleans? Sidney se perguntava se ele estava arrumando as malas e indo embora.

Ela continuava pensando no beijo: gostoso, passional, erótico. Fantasiava sobre se derreter em seus braços, fazendo amor com ele na parte de trás da limusine. Tinha usado todo o seu autocontrole para sair de seus braços e ir para casa sem ele. Então, ela teve que se forçar a lembrar que estava irritada com ele, porque Kade a queria fora do caso, e que estava pronto para ir caçar uma *ex* psicótica. Ela se sentia frustrada, querendo poder ordenar a ele que ficasse, mas isso era parte do que a atraía nele. Ele era forte, autoritário, dominante. Ela riu. O que havia de errado com ela? Sidney jurou que não sofreria por um cara, especialmente um vampiro mandão. Afinal, ela tinha homens suficientes no seu caderninho. *Não importa, Sydney. Supere isso. Ele está indo embora mesmo.*

Verificando a câmera de segurança, viu um homem de uniforme segurando o que parecia ser um vaso. Ele mostrou um crachá, indicando que trabalhava na *Belle's Petals*, uma floricultura local. Sidney apertou um botão no painel de segurança, respondendo à chamada.

— Olá. Como posso lhe ajudar?

— Oi, estou procurando pelo apartamento 225 B. Senhorita Willows.

— Okay, pode subir — ela disse, abrindo a porta.

Após uma batida, Sydney olhou pelo olho mágico e tudo que podia ver era vermelho.

— Entrega para a Senhorita Sydney Willows — ele anunciou.

Sydney abriu a porta lentamente, suspirando diante da visão: havia mais rosas do que jamais vira a vida toda.

— Meu Deus, elas são lindas! Aqui, coloque-as na mesa de jantar — ela instruiu.

Assim que o entregador saiu e ela trancou a porta, Sidney correu para inspecionar o presente. Ela estava surpresa com as cinco dúzias de rosas arrumadas com muito bom-gosto, em um enorme vaso de cristal Tiffany. Inclinou-se sobre as flores para apreciar um dos botões, que cheirava divinamente. Preso em uma embalagem de plástico, estava um pequeno envelope vermelho. Havia um único nome escrito nele: 'Sydney', e ela cuidadosamente abriu o envelope, não querendo rasgar o cartão acidentalmente. Então, tirou o cartão e leu:

> *Querida Sydney, seu beijo ainda está em minha mente. Comporte-se enquanto estou longe, amor. Eu retornarei logo, assim poderemos terminar o que começamos. Seu, Kade.*

Seu primeiro pensamento foi que ele mencionou o beijo. O beijo gostoso e caloroso. Ele não tinha se esquecido daquilo. Mas, 'comporte-se'? O cara realmente achava que um buquê de flores, mesmo sendo um incrivelmente lindo e caro, a convenceria a sair, por vontade própria, do caso? Ela sabia que Kade a queria a salvo, mas era o seu trabalho resolver casos. Ela riu da ironia. Ele a irritava e excitava ao mesmo tempo, e não importava o quanto tentasse, não conseguia parar de pensar nele.

Sydney conferiu a hora em seu celular. Merda, eram quase seis horas da noite e ela estava atrasada, pois tinha prometido mais cedo para Adalee que a encontraria na delegacia. Considerou o que Kade tinha dito sobre os perigos que estavam enfrentando, então desceu o corredor em direção ao seu quarto de hóspedes. No canto dos fundos, havia um baú de cedro contra a parede. Ela abriu a tampa, retirando vários cobertores, depois pegou duas caixas metálicas de dentro. Ela as colocou no carpete e abriu uma.

Tristan tinha dado isso a ela como presente de aniversário, sabendo que Sidney amava todos os tipos de armas: uma dúzia de facas de prata, de diferentes tamanhos, brilhava deitada em proteções de espuma. Sydney sorriu ao passar o dedo pelo lado plano das lâminas afiadas.

— Obrigada, Tris. Que presente generoso.

Ela mudou para a segunda caixa, que tinha um pequeno arco com uma alça para passar sobre o ombro, além de vários dardos de madeira e cinco estacas grandes, do mesmo material. Sydney era treinada na utilização de armas para matar tanto humanos quanto sobrenaturais, mas nunca tinha imaginado usá-las, antes disso. Geralmente sua *Sig Sauer* era mais do que suficiente para derrubar um humano, mas quem quer que seja o assassino dessas garotas, claramente não estava nessa categoria.

Sydney pegou as armas que pretendia usar e as colocou perto de seu jeans e camiseta. Ela planejava se armar antes de ir trabalhar hoje. Assim, testou a sensação da estaca em sua mão e andou para o banheiro, cortando o ar com ela. Não teria nenhum problema em transformar um vampiro em cinzas, se necessário. Depois, guardou a estaca no bolso do roupão, pendurou-o em um gancho e foi ligar o chuveiro. Estava ficando tarde, e ela precisava se apressar.

Sydney regozijou-se no jato de água quente. Sentindo-se relaxada, queria aproveitar mais um pouco, mas não tinha tempo para isso. Assim que desligou a água, escutou um barulho vindo do lado de fora da sua porta. Pegando uma toalha, se secou rapidamente e colocou o roupão. Alguém estava na sala.

Será que Kade passou aqui antes de ir embora? Não, Kade nunca arrombaria meu apartamento. Quem está aqui, e como entrou? Pensando rapidamente, pegou a arma que mantinha no armário do banheiro, para emergências, e olhou com cuidado pela porta. Nada. Talvez ela estivesse ficando paranoica. Sidney olhou para os dois lados do corredor e não viu ninguém. Foi, silenciosamente, nas pontas dos pés, do corredor para a sala, mas antes que tivesse a chance de olhar o cômodo, alguma coisa bateu nela, fazendo com que ela e a arma voassem através da sala. Sidney perdeu o rumo por um segundo, atordoada com o golpe. Quando a dor tomou seu corpo, seu foco voltou, fazendo-a se lembrar de onde estava. *Que porra foi essa?* Um homem imenso estava no outro lado da sala. Ele pesava pelo menos uns 130 quilos, e era careca, com uma cicatriz de fora a fora no rosto.

— Ei, *chica*, você acha que pode me matar com aquela sua arma? Eu tenho uma novidade pra você: nós, vampiros, não morremos tão facilmente. Minha mestra não está feliz com você. Ela não gostou de saber que tem estado perto do companheiro dela.

Kade?

— Sim, isso mesmo. Minha mestra diz que você é uma distração, mas talvez eu te possua antes de te matar. Você gosta de homens grandes? Ah, sim. Eu talvez quebre você ao meio, mas, cara, será uma delícia.

Esse vampiro doente está pensando que vai me estuprar? Boa sorte com isso. Que pena, mas ela tinha outros planos para o seu agressor. *Man-*

tenha-o falando.

— Você sempre recebe ordens de uma garota? — Ela correu para se cobrir, mantendo os olhos nele enquanto usava a visão periférica para procurar a arma.

— Eu somente obedeço à minha mestra. E você... você a irritou. — Ele seguiu em direção a ela. — Ela quer que eu acabe com você, mas não imaginei que seria tão divertido. Seu sangue tem um cheiro tão doce... Eu vou ter uma prova deliciosa. Que tal brincarmos um pouco antes de você morrer?

Sydney deslizou para trás, vagarosamente, usando as mãos e as nádegas, indo em direção à cozinha. *Onde está a maldita arma?* Ela a viu perto da geladeira. Então, se lembrou da estaca em seu bolso, mas, para usá-la teria que chegar perto dele. Ela fingiu ir em direção à arma, na esperança de que ele pensaria que Sydney a pegaria.

— Você é uma menininha má, não é? Acha que vai alcançar aquela arma? *Concha* estúpida. Você realmente acha que pode fugir de mim? Talvez eu vá te foder tão forte que não será capaz de andar antes de eu te drenar. Eu vou fazer você sangrar. Ah, sim... você vai gritar para mim. Eu amo fazer uma garota gritar— ele rosnou.

Sydney morreria antes de o deixar estuprá-la. Não havia a mínima chance de ele acabar com ela, sem uma luta escaldante. Ela o deixaria pensar que ela queria a arma, porém não era estúpida: sabia que a arma podia apenas retardá-lo, mas não o matar. Ela só precisava trazê-lo para mais perto, para poder enfiar a estaca em seu coração. Mais perto, sem ser morta enquanto isso.

— Você me quer, né? Então venha me pegar. E enquanto está fazendo isso, eu tenho uma pequena mensagem para a vaca da mestra que tem você em uma coleira. — Com essas palavras, ela fingiu ir em direção à arma, esperando que ele fosse para cima dela.

Em um segundo, ele voou pela sala e a pegou pelo pescoço, com uma mão. Ele bateu a cabeça dela várias vezes contra a geladeira, prendendo-a contra a parede, deixando seus pés longe do chão.

— Eu vou aproveitar isso, devagar e bem gostoso — ele resmungou, e um jato de saliva atingiu o rosto dela. Ele afrouxou o aperto no pescoço de Sydney, e colocou a mão na região da virilha.

Enquanto ele se atrapalhava para desabotoar as calças, Sydney rapidamente acertou os joelhos nos *cojones* dele. Ela, pelo menos, se lembrava disso em espanhol.

— *Puta*. Ele bateu-a com força na parede.

Sydney viu estrelas, e seus olhos se encheram de lágrimas. Dor fustigou seu cabeça. Usando os últimos fios de força, ela tirou a estaca do bolso. Engasgando-se, preparou para atacar.

— Diga para a sua mestra — ela cuspiu —, diga para aquela cadela que eu a verei no inferno! — Sydney fincou a estaca em seu coração, e ele instantaneamente se desintegrou em um monte de cinzas. Seu corpo caiu no chão assim que perdeu a consciência.

Kade discutiu com Luca no caminho para a casa de Sydney. Ele sabia que seu amigo detestava discordar dele, nunca querendo parecer desrespeitoso ou insubordinado. Luca sempre foi reverente com Kade, devendo sua vida a ele. Mas Kade sabia que seu amigo nunca se esqueceria de como haviam encontrado as garotas do celeiro. Se Simone estava de volta ao país, os dois sabiam que não havia tempo para Kade parar e ficar trocando beijos com a detetive. Não que ele não desse razão a Luca, mas queria dizer tchau em pessoa, sozinho.

Quando chegaram ao apartamento de Sydney, Kade insistiu para que Luca ficasse na limusine. Ele tocou a campainha, mas ninguém atendeu. Ligou para o celular dela, e novamente ninguém atendeu. *Onde ela está?* Quando alguém abriu a porta para sair do prédio, Kade entrou sem ser notado. Quando chegou à porta e bateu, ela abriu completamente. Entrando às pressas no apartamento, gritou por ela procurando-a por todo canto.

— Sydney! Onde você está? Sydney!

Seu coração pesou quando entrou na cozinha. Ela estava jogada no chão, usando somente um roupão, aberto, expondo seu corpo nu. Ao lado havia uma pilha de cinzas. *Vampiro.* Sangue. Ele podia sentir o cheiro de sangue, sangue de Sydney. Porém, podia escutar as batidas do seu coração. Ela estava viva. Ajoelhou-se e ergueu a cabeça dela com gentileza, falando com suavidade:

— Sydney, amor, você pode me escutar? Maldição dos infernos — xingou, quando não recebeu resposta. Gentilmente, ele a beijou na testa e agradeceu a Deus por ela ainda respirar. — Vai ficar tudo bem. Estou aqui agora e vou cuidar de você.

Para ver onde ela estava machucada, e a seriedade das lesões, ele virou um pouco sua cabeça, para inspecionar o ferimento: um pequeno corte sangrava na parte de trás. Mais tarde, ela terá um galo e uma terrível dor de cabeça, mas ficaria bem. Kade segurou um lenço sobre a ferida. Depois, sacudiu a cabeça, suspeitando que Simone tinha mandado um vampiro para a Filadélfia. Contudo, sua garota o tinha estaqueado bem, e ele estava morto. Mas, se um vampiro esteve aqui, outros podiam estar a caminho. Kade precisava da tranquilidade da sua casa e de sua equipe de segurança para manter Sidney a salvo.

Ele precisava tirá-la daqui. Então, pegou o celular e mandou uma mensagem para Luca. Eles precisavam colocá-la no jatinho e ir para Nova Orleans, agora. Luca correu para o apartamento e rapidamente encontrou o amigo no chão da cozinha, ao lado da detetive. Kade tinha se esquecido de que ela estava nua, então, olhando para o parceiro, e de volta para o corpo nu em seus braços, fechou o roupão e a cobriu. Ela era somente dele.

— Pegue um cobertor e um travesseiro e vamos embora. Eu vou carregá-la lá para baixo — Kade instruiu.

Luca imediatamente fez o que foi pedido. Em minutos, ela estava segura no carro e eles estavam a caminho do aeroporto.

Com Sydney em seus braços, Kade gentilmente afastou o cabelo de seu rosto, enroscando um cacho loiro em seus dedos. A culpa o corroía, pois sabia muito bem do que Simone era capaz, e mesmo assim a deixara sozinha. Seus coração apertou, enquanto olhava para o rosto delicado. Ela parecia serena enquanto dormia, vulnerável. Ajustou o cobertor em volta do corpo feminino, garantindo que se mantivesse aquecida. Nada aconteceria com ela, agora que estava com ele. Sidney cuspiria pregos quando acordasse e descobrisse que estava em Nova Orleans, mas, de agora em diante, ela não daria as ordens. Esses dias ficaram para trás, e ela teria que aprender a lidar com isso. De jeito nenhum iria deixá-la. Ela era dele, e ele a protegeria com sua vida.

CAPÍTULO NOVE

Sydney acordou em uma cama quente e macia, que cheirava a flores. Ela se espreguiçou, e seus olhos piscaram quando a claridade ofuscante a atingiu. Ela sentiu uma dor de cabeça terrível, e colocou a mão na testa. *Onde estou?* Perguntou-se se estava sonhando. *Preciso de um Advil, agora.* Se conseguisse sair da cama e procurar pelos comprimidos, ficaria bem. Então, colocou as mãos na cama e tentou se levantar, mas sentiu mãos fortes e macias colocando-a de volta na cama, e escutou a voz de Kade:

— Vá com calma, está tudo bem. Fique deitada e pegarei um pouco de água. Você está com dor, amor?

— Kade? Onde estou? — Sydney começou a se apavorar, à medida que as memórias apareciam em sua mente. Olhou em volta, lutando para entender o que tinha acontecido. — Meu Deus do Céu. Um vampiro. Meu apartamento.

— Eu sei, mas agora você está a salvo.

— Estou... em um avião? Como entrei em um avião? Para onde estamos indo? — Ela tinha viajado vezes o suficiente para reconhecer o barulho das turbinas.

Kade sorriu. Afinal, não demorou muito para ela tentar controlar a situação. Essa era sua garota.

— Sim, estamos no meu avião, e estamos no caminho para a minha casa em Nova Orleans. Mas está a salvo agora. O vampiro que te atacou... nem tanto. Você lidou com ele, já que está morto.

Ele resistiu a fazer perguntas sobre o ataque. Não queria que ela falasse enquanto não estivesse pronta, mas era difícil ignorar os hematomas em forma de dedos, que começavam a aparecer em volta de seu pescoço. Ela quase tinha sido estrangulada.

— Você tem um pequeno corte na parte de trás da cabeça, mas parou de sangrar. Já coloquei gelo, porém posso pegar mais, se quiser. Aqui, tome esses analgésicos. — Ele entregou os comprimidos e uma garrafa de água, e se sentou ao lado dela. — Sydney, o que aconteceu no seu apartamento... me desculpe.

— Considerando que eu mal consigo abrir os olhos, vou desculpá-lo pelo fato de que estou em um avião, a caminho de Nova Orleans. Você não podia só me levar para um hospital, ou algo do gênero? — Ela estava muito cansada para lutar, mas quando tivesse forças outra vez, Kade teria muito o que explicar. Por um lado, preferia trabalhar na Filadélfia, no caso de mais alguma garota aparecer morta. Mas, por outro, se Kade estava indo atrás de Simone, queria estar lá. Vingança é um prato que se come frio, e depois do pequeno encontro com o vampiro lutador de sumô, estava pronta para isso.

Sydney começou a se lembrar de partes do que tinha acontecido em sua casa. Não era sua primeira briga, mas mentiria se dissesse que isso não a tinha abalado um pouco. Não estava acostumada a lutar contra vampiros ou nenhum outro sobrenatural, mas era uma lutadora, e era isso o que contava. Sidney deitou a cabeça, fechou os olhos e respirou fundo, depois olhou para Kade.

— Eu estava no chuveiro e escutei um barulho. Mas, ele me jogou no chão antes que eu tivesse a chance de ver quem estava em meu apartamento. Sempre mantenho uma arma sobressalente no meu banheiro, e algumas em outros lugares, você sabe, caso precise. Prevenir nunca é demais, para uma garota. De qualquer forma, a arma voou pela cozinha. Antes do banho, eu estava conferindo minhas armas, então brinquei com a estaca e a coloquei no bolso do roupão. Mas a arma que eu tinha no banheiro... não tinha balas de prata, então sabia que não adiantaria muito. Mas fingi que estava indo atrás da arma.

Sydney sacudiu a cabeça. Ela, de repente, se lembrou do vampiro dizendo algo sobre Kade ser o companheiro de sua mestra. *Kade é casado? Ele disse que foram amantes, mas será que ele se casou com ela?*

— Ele disse que Simone o enviou para lidar comigo, porque, aparentemente, eu estava com o *companheiro* dela. — Sidney olhou para Kade, esperando uma resposta. *Ele deve ser bom jogador de pôquer*, ela pensou, porque ele permanecia inexpressivo.

— Ele achou que podia brincar um pouco antes de me matar. Não sei nem como ele entrou... arrombou meu apartamento. — Sua voz diminuiu. Ela encarou a garrafa de água, impossibilitada de olhar para ele ao dizer as palavras. — Ele... ele ia me estuprar. Eu o matei com uma estaca, em vez disso. — Ela lutou contra as lágrimas, sabendo o quão perto chegou de ser violentada, morta. Ele estava prestes a interromper, mas ela levantou a mão, evitando que ele falasse. — Kade, por favor. Não diga nada. Você me avisou. Sou uma mulher crescida, que toma suas próprias decisões. Estupro, violência, nada disso é novidade para mim. Isso acontece todo dia... só que não comigo.

Ele não queria mostrar suas emoções, muito menos surtar na frente dela. Contudo, sua fúria porque outro vampiro se atreveu a colocar a mão nela era tão grande que sentia necessidade de quebrar alguma coisa. Mas resistiu, consciente de que mais violência somente mostraria a ela quão assustadores os vampiros podem ser. Agora não era o momento. O que ela precisava era de conforto, e ele precisava acalmá-la. Então, decidiu guardar sua raiva, dominá-la para quando fosse eliminar seu inimigo. Simone, e quem quer que a esteja ajudando, pagariam por machucar Sydney. Mesmo enfurecido como estava, ele precisava ajudá-la a se curar, física e emocionalmente.

Moveu-se para deitar ao lado dela e segurá-la, apertando-a em seus braços.. Em vez de lutar contra ele, Sydney recostou a cabeça em seu peito e permitiu que ele a segurasse, cuidasse dela.

— Kade, me desculpe. Mas você precisa saber que essa sou eu; sou uma lutadora. E o que aconteceu... não posso simplesmente esquecer. Pretendo achar essa vaca e acabar com ela. Primeiro, as garotas mortas; e agora, isso. Tenho um pressentimento de que isso vai continuar, pois assassinos como Simone não param do nada. Eles aprimoram seus conhecimentos, acreditam que são melhores que os policiais, mas nós geralmente os pegamos. Ela vai cometer um erro, ou alguma outra coisa... e espero que consigamos alguma pista de seu paradeiro em Nova Orleans.

Kade beijou o topo de sua cabeça. Seu coração se encheu, com as palavras da sua brava guerreira. Ela tinha acabado de ser atacada e aqui estava ela, pronta para voltar para a briga. Ele sabia que dizer 'não', seria de utilidade nenhuma, então colocaria um segurança para ficar com ela, assim que chegassem em casa. *Casa? Sua Casa? Casa deles.* Ele a protegeria para que isso nunca mais ocorresse. Não importava o quão durona ela se achava, ainda assim, um vampiro podia matá-la facilmente. Ela teve sorte no apartamento, já que não era treinada para lutar contra vampiros. Algumas estacas não asseguram que um humano esteja a salvo.

Enquanto a segurava, Kade sentiu Sydney começar a cochilar, então considerou o quão certo era tê-la em seus braços. Nesse momento, escutou uma batida à porta da cabine.

— Entre — ele disse. Kade continuava quieto, sem querer perturbá-la. Ele não estava pronto para soltá-la.

Luca entrou no quarto e arqueou a sobrancelha. Ele sabia que seu amigo estava desconfiado da mulher que tinha trazido para a vida deles, pois Luca não confiava em humanos: ele acreditava que eram fracos e fáceis de quebrar.

— Kade, pousaremos em mais ou menos trinta minutos. Como está a detetive?

— Ela estará bem amanhã. Neste momento, precisa descansar, mas garantirei que ela durma, para poder se curar. A segurança estará a postos quando chegarmos?

— Sim, está tudo certo. Etienne e Xavier vão nos encontrar no aeroporto e ajudar com o traslado. Dominique está no complexo, deixando tudo seguro.

— Obrigado. Diga a Dom que vou precisar da ajuda dela com Sydney, quando chegarmos lá. Tenha certeza de que todos saibam que ela está chegando. E também tenha certeza de que entendam que ela está sob minha proteção e não deve ser tocada. Fui claro? — Kade sabia que os outros vampiros podiam se sentir tentados, com uma nova humana no local. Apesar de eles geralmente terem doadores humanos e empregados trabalhando no complexo, Kade não queria que ninguém achasse que ela estava disponível para saciar suas necessidades. Ela era dele.

— Sim, tudo estará pronto. Você precisa de ajuda com a Senhorita Willows?

— Não, obrigado, está tudo sob controle. Só tenha certeza de que Etienne e Xavier estão prontos. Não quero perder tempo no aeroporto, porque Simone pode ter servos em qualquer lugar. Então, precisamos ir para um local seguro. Alguma notícia de Ilsbeth?

— Sim, ela estava em reclusão com o seu clã. Eu a convoquei para o complexo, e a chegada dela está prevista para amanhã.

— Obrigado. Precisaremos da assistência dela para localizar Simone. Nós também precisamos de detalhes sobre o tipo de magia que está sendo usada... por que as garotas foram mortas daquela maneira. Alguma coisa não bate.

Assim que Luca saiu, Kade puxou o cobertor sobre os ombros de Sydney. Ele suspirou aliviado porque logo estariam de volta a Nova Orleans. Podia sentir seu poder aumentando, vibrando por seu corpo à medida que chegavam mais perto da cidade. Kade inspirou o aroma da frágil mulher que deitada em seu peito. E jurou que ninguém a machucaria novamente e viveria para contar a história.

CAPÍTULO DEZ

Sydney acordou no meio da noite, nua em uma cama estranha. Ótimo. Esta *tem sido uma bela semana*... Não que ela tivesse algum problema com nudez, mas era um pouco desconcertante saber que alguém a despira em algum lugar entre trinta mil pés e aqui... onde quer que 'aqui' seja. Achava que estava na casa de Kade... bom, ela, com certeza, tinha esperanças de que fosse. Sidney olhou em volta, surpresa com a decoração feminina. O quarto violeta era decorado com móveis de cor creme, no estilo *shabby-chic*. Se ela não soubesse onde se encontrava, acharia que estava numa pousada em Vermont.

— Olá, querida, já era hora de você acordar. Minha bunda está ficando dolorida por ficar aqui sentada, brincando de enfermeira.

Sydney viu uma mulher linda, ruiva e alta, sentada em uma poltrona de couro branco.

— Enfermeira? Sério? Bom, primeiro, estou bem. — Sydney fez uma careta quando sentou na cama, cobrindo os seios com o lençol. Ela se sentia péssima, mas não deixaria a 'Ruivinha' saber disso. A beleza de outro mundo e a pele pálida da estranha fez com que ela deduzisse que sua companhia era uma vampira. *Não mostre medo.* — Segundo, onde está Kade?

— É, *tá* bom.. Bom, Kade disse que você não estava bem. E com Simone procurando por sua bela pessoa, eu seria um pouco mais agradecida por ter um guarda pessoal. — A mulher cruzou o quarto, abriu um imenso armário e segurou um vestido, dando um sorriso seco para Sydney. — Deduzi o seu tamanho e trouxe algumas roupas. Sua bolsa está no banheiro. Luca a trouxe... achou que poderia precisar. Sapatos estão no *closet*. E Kade deve chegar aqui logo. Então é melhor saber que sua aparência não está muito boa, para o caso de querer tomar um banho. — Ela colocou o vestido de volta no armário e abriu outra porta. — O banheiro é aqui. Assim que o Kade chegar, eu caio fora, e o Xavier será o próximo a fazer guarda.

Sydney escutou mais do que podia, do discurso de boas-vindas. Sentiu-se como se estivesse em um filme de terror de segunda categoria.

— Obrigada pelo *tour*. Mas, para registro, mesmo que seja verdade que Simone tenha enviado alguém para me atacar, não preciso de um guarda.

Você pode perguntar para o último vamp... ah, é verdade, você não pode, porque ele agora é uma pilha de cinzas. — Sydney se sentou ereta, tentando fingir que não sentia dor. — Eu não pretendo ficar aqui por muito tempo, mas aprecio as roupas.

A mulher estranha cruzou o quarto e ficou cara a cara com Sydney, em segundos.

— Sydney, querida, eu trabalho para Kade, não para você. Então, se ele diz que você precisa de um guarda, você terá um. Se tem um problema com isso, fale com Kade. Eu sigo ordens... é assim que funciona. E se gosta de estar viva, como humana, deveria aceitar.

E com isso, ela saiu do quarto e bateu a porta.

Sydney deu de ombros, irritada com o encontro, e ficou imaginando qual era o relacionamento da estranha com Kade. Suas prioridades no momento eram tomar banho e se alimentar. Depois disso, iria embora, não havia a mínima chance de passar seus dias vivendo em uma casa cheia de vampiros. Relembrou o modo cheio de compaixão com que Kade tinha carinhosamente a segurado no avião. Não tinha como negar o desejo que ele provocava nela, mas Sidney não queria nenhuma parte de seu mundo. Viver em sua casa não era uma opção.

Ela ponderou que poderia alugar um quarto no *Hotel Monteleone* e trabalhar com Kade de lá. Estava aberta a continuar sua parceria até acharem Simone, ou aparecer outra garota morta na Filadélfia. Os pensamentos de Sydney foram para o caso. Havia tanta coisa a ser feita... Ela precisava ligar para a delegacia, contar o que tinha acontecido. Entrando em pânico, se lembrou de que não tinha nenhuma arma com ela. *Onde está minha arma?* Andou até o armário e pegou sua bolsa, grata porque o amigo soturno de Kade tinha pensado em trazê-la. Bom, pelo menos algo tinha dado certo: carteira, celular e carregador estavam ali, mas nenhuma pistola. Suas armas, que ela tinha preparado com tanto cuidado, tinham ficado em seu apartamento. Ela se sentia nua, mas não havia relação nenhuma com sua nudez. Então, buscou em seus contatos e pressionou o botão para ligar para Tristan. Ele atendeu.

— Tristan! Graças a Deus.

— Ei, Sydney. Você está bem? Kade me ligou e falou sobre o vampiro. Escute, Syd... preciso falar com você. — Ficou um período em silêncio, como se estivesse procurando pelas palavras certas. — Kade disse que ele te contou tudo sobre a Simone. Eu sei que deveria ter te contado, mas estava com esperanças de que não fosse ela.

— Não se preocupe com isso. Sei que vocês têm uma conexão com ela. Mas, Tristan, ela é somente outro assassino. Nós vamos pegá-la.

— Mas é exatamente isso. Você não sabe do que ela é capaz... o que ela fez. Inferno. Eu só não quero te ver machucada. E antes que diga, eu sei que o seu trabalho é proteger as pessoas, mas existem forças que poderiam te matar facilmente. Você é humana. Ela pegou a minha irmã, e ela era uma loba forte. Se pudesse ver o que ela fez com aquelas garotas... você só precisa ser mais cuidadosa com esse caso. — Ele soava exasperado. — Escute, estou indo praí. Meu irmão, Marcel, é o Alfa dessa região, e antes que você diga alguma coisa, e sei que você vai dizer, não discuta. Não há negociação.

— Okay, Tristan. Eu entendo. Simone: vampira maléfica. Eu: humana fracote. — Ela revirou os olhos. *Homens*. — Não vou discutir... bom, não agora. Mas preciso de um favor. Eu preciso que você passe no meu apartamento e traga as minhas armas. Você sabe, os presentes especiais que me deu anos atrás. E também preciso das minhas pistolas. Eu os deixei no apartamento, mas posso precisar deles aqui.

— Okay, Syd. Levarei as armas, mas, por favor, fique com Kade até eu chegar. Você ficará a salvo no complexo dele. Nós podemos conversar sobre os próximos passos quando eu chegar aí.

— Tá bom, Tris, me ligue quando chegar aqui. E obrigada por trazer as minhas coisas.

Ela suspirou quando desligou o telefone, resignada pelo fato de que iria ser mais difícil ainda trabalhar com Kade e Tristan. Os dois homens, o Alfa e o vampiro, pensavam que podiam mandar nela. Era da natureza deles ser dominante, mas isso não ia mantê-la longe de sua missão. Pode ser um desafio navegar por suas vias dominantes, mas ela estava determinada a pegar o assassino.

Depois de tomar um banho, Sydney penteou o cabelo cuidadosamente, sentindo o galo na parte de trás da cabeça. Pelo menos a dor tinha ido embora. Ela se vestiu com uma calça *legging* preta e uma blusa esportiva rosa, as duas peças justas ao corpo, mostrando um pequeno decote. Seu estômago roncou. Lembrava-se de ter jantado com Kade, mas imaginava que tipo de alimento eles mantinham em suas próprias casas, se é que tinha algum. Ela tremeu, pensando no que eles realmente comem: pessoas. Ela não era estúpida: sabia que doadores humanos, tanto mulheres quanto homens, serviam-se a eles em bandejas no Eden, mas Sydney nunca tinha visto uma "alimentação". E numa casa cheia de vampiros, ela não pretendia oferecer a si mesma. *Só finja que está tudo bem, pegue suas armas e vá para um hotel no French Quarter. Você ficará bem.*

Decidindo não esperar por Kade, saiu em busca de comida, mas uma mão gentilmente bloqueou o caminho quando deu o primeiro passo para fora do quarto. Sidney olhou para cima e viu um bonito homem negro sorrindo para ela. Ele devia ter, pelo menos, um metro e noventa e cinco de altura, e era magro e forte. Estava vestido com calças de moletom pretas e uma camiseta justa branca e sem mangas, que mostrava cada traço dos músculos de seus braços. Ele era escultural e parecia um deus grego.

— Onde pensa que está indo sem mim, *cher*? — Ele riu com perspicácia.

Sydney sorriu de volta. Ela não conhecia esse cara, mas seu instinto dizia que ele tinha boas intenções.

— Acredito que você seja o Xavier. Olá, eu sou Sydney Willows, Detetive Sydney Willows. Prazer em te conhecer.

— Ah, o prazer é meu. — Ele pegou a mão dela e a beijou. — Sim, eu sou o Xavier, e estou designado a lhe acompanhar durante sua estada na Propriedade Issacson. Eu sou um bom amigo de Kade, e nossa intenção é manter você a salvo. — Ele soltou sua mão.

Tá bom, e lá vamos nós, novamente, com o nobre ato de beijar a mão. Tão educado, tão perigoso... Sydney sentia que ele era um cara legal, então decidiu remar com a corrente, pois não havia sentido em lutar contra o guarda vampiro grandalhão. Ela guardaria sua energia para lidar com Kade assim que o encontrasse.

— Xavier, eu realmente preciso comer alguma coisa. — Ela riu um pouco. — Você sabe, comida humana. E também preciso falar urgentemente com Kade.

— Isto aqui é Nova Orleans, garota. Está brincando? Nós temos um bocado de comida. — Ele gargalhou, como se ela fosse maluca. — Vamos lá, você deve estar faminta, depois da confusão. Nós escutamos sobre isso, você é uma garota durona.

Eles foram para a cozinha, onde uma mulher mais velha serviu pão, ovos e salsicha *andouille*. Sydney estava positivamente surpresa porque eles tinham uma cozinheira humana na casa. Enquanto comia, saboreando seu café quente de chicória, ela imaginava exatamente quantas pessoas viviam ali. Conversou com Xavier e descobriu que a mansão ficava no *Garden District*, então ficou feliz em saber que estava em um local onde podia facilmente ir para o *French Quarter* sem precisar pedir instruções. Em uma de suas viagens anteriores à cidade, ela tinha ficado em uma pousada luxuosa na área e sabia exatamente onde estava.

Xavier contou que conhecera Kade no ano de 1868. Seu pai era descendente dos acadianos e tinha se casado com sua mãe, que era uma escrava africana recém-libertada. Ele cresceu em *Lafayette Parish*, no *bayou*, e logo aprendeu a pescar, assim como seus antepassados tinham feito. Na época do seu vigésimo oitavo aniversário, ele foi atacado pela Cruzada Sulista da Ku Klux Klan e deixado para morrer em um campo. Enquanto lutava por seu último suspiro, Kade o encontrou e o transformou. Logo depois, ele veio viver com Kade, Luca e todos os outros. Xavier era um amigo leal de Kade e atualmente trabalhava para ele como especialista em tecnologia.

Depois que terminou de comer, Sydney explorou o primeiro andar da casa, descobrindo um largo solário cheio de orquídeas, lírios e várias outras flores: alguém tinha desenhado este ambiente como um jardim interno. A luz do luar entrava através das paredes de vidro, e ela descansou em uma larga poltrona acolchoada. Xavier dissera que ela poderia esperar por Kade ali, e que estaria por perto se ela precisasse de alguma assistência. Mesmo sabendo que havia outros vampiros morando neste lar, a casa estava curiosamente quieta. A única coisa que ela escutava era a serenata rítmica das cigarras.

Um arrepio familiar dançou por sua espinha, e Sydney rapidamente virou a cabeça, atenta à sua presença. *Kade*. Piscou, e como num passe de mágica, ele estava em pé à sua frente. Vendo-o novamente, sentiu o frio intenso na barriga. Sua respiração falhou quando ele estendeu a mão, pegando a sua na dele, a levantando. Face a face, somente a alguns centímetros de distância, esta era a primeira vez que se falaram, desde que a segurou na cama do avião... desde o *beijo*.

Ela queria ficar com raiva por ele tê-la trazido até ali, mas, mesmo assim, seu corpo reagiu quando ele deu um beijo casto em seus lábios. Excitada, seus mamilos enrijeceram em antecipação ao toque. Ela queria mais, mas ele claramente não daria, ainda, o que queria. Kade suspirou, e se sentou no pufe. Sydney o seguiu, recostando-se novamente em sua poltrona. Ele colocou as mãos em seus joelhos.

— Sydney, amor, me desculpe por te deixar sozinha pela última hora. Eu tenho vários negócios para resolver, já que estava na Filadélfia. Por favor, me desculpe. — Ele parecia relaxado, como se sua casa fosse o único lugar em que estariam seguros.

— Obrigada, novamente, por me tirar do apartamento — ela começou a dizer, com a voz macia. Sydney descobriu que era impossível ficar sem tocá-lo, e pegou suas mãos. — Mesmo amando Nova Orleans, não era desse jeito que eu esperava retornar. Eu... não acho que seja uma boa ideia ficar aqui no seu lar. Isso me deixa realmente nervosa... todos esses vampiros andando pela casa. Além do mais, conheço a cidade, então ficarei bem, sozinha em um hotel. Não conheço aqui tão bem quanto conheço a Filadélfia, mas sei andar por aí e podemos continuar trabalhando juntos. Eu falei com Tristan essa manhã e...

Kade removeu suas mãos das dela, levantou-se, e andou para o outro lado do ambiente. Ele virou para ela, surpreso porque ela disse que ia embora. Inacreditável. Essa mulher estava em sua casa há menos de vinte e quatro horas e já estava pensando em ir embora! E foda-se tudo, ela tinha falado com Tristan sobre isso. Claro, Tristan era um bom amigo, mas ele não a deixaria ir atrás de outro homem para obter proteção, de jeito nenhum. Era hora de colocá-la na linha.

— Sydney, não tenho certeza sobre o que você falou com Tristan, mas enquanto estiver na minha cidade, na minha casa, vai obedecer às minhas regras. Nós vamos pegar a Simone juntos, mas você vai fazer isso do meu jeito. Eu falo realmente sério. E antes que abra sua adorável boca, digo que não teremos nenhuma discussão sobre isso. Já liguei para o seu capitão e passei a ele minha análise do que aconteceu no seu apartamento, assim, existe um acordo entre a P-CAP e o seu departamento, de que você está aqui apenas como consultora. Isso significa não sair desta casa sem o meu consentimento e sem a minha proteção, ou de alguém da minha equipe de segurança. Sobre o caso, eu direi o que fazer e quando fazer. Não vou aceitar você se matando enquanto estiver aqui.

Kade bufou, fervendo de raiva e excitação. *Aquela adorável boca.* Ele queria beijá-la, fazer amor com ela, se sentir cercado por seus lábios. Mas ela não escutava a razão, e ele já tinha tido o suficiente daquela baboseira de "eu sou uma policial". Simone a penduraria pelos pulsos e arrancaria sua pele, enquanto ainda estivesse viva... Ele já a tinha visto fazer isso. Poderiam trabalhar juntos no caso, mas Kade se recusava a deixar Sydney continuar fazendo isso sozinha.

— Como você tem a coragem de falar com o meu capitão, sem a minha permissão? — ela gritou, ficando de pé em um pulo, e começou a andar de um lado para o outro. — Você não vai dizer quando posso deixar esta casa! Eu não vou ficar esperando por aí, enquanto você sai e faz os seus negócios, ou o que quer que seja que faça. Eu sou uma detetive. Você é... você é... eu nem sei que porra você é. Mas sei, com certeza, que você não é a porra de um detetive!

Kade franziu o cenho, porque ela era a mulher mais teimosa da face da

Terra. Sidney era gostosa, sensual, bonita, e a porra de uma cabeça-dura.

— Eu mando nesta cidade, amor. Toda atividade sobrenatural aqui, incluindo qualquer investigação do P-CAP, só acontece com a minha aprovação e permissão. Isso é tudo que você precisa saber sobre os meus negócios. Eu sou a lei em Nova Orleans. — Ele se moveu em sua direção, diminuindo a distância. — Então, a não ser que queira ser amarrada à cama, e acredite em mim, eu adoraria tê-la amarrada à minha, você tem que seguir as minhas regras.

— Okay. Está bem. Não vou sair para investigar sem você, mas não vou ficar numa casa cheia de vampiros. Isto não é prático e nem seguro, e não vou terminar como um lanche feliz só porque alguém está com vontade de mastigar. E não vou perder meu tempo sentada aqui, enquanto você resolve os seus negócios. Aonde você for, eu irei. Nós trabalhamos nesse caso, pegamos o cara mau, e então, eu vou para casa. Sério, não posso ficar aqui para sempre, então quero aproveitar o máximo do meu tempo.

Finalmente, uma rendição.

— Sydney, quero que saiba que admiro sua independência e tenacidade, mas só quero te manter segura. Eu quero todo o meu povo seguro. — Kade não queria que ela soubesse o quão profundamente ele estava começando a se importar com ela, principalmente porque estava puto da vida por ela ter ligado para Tristan, em vez de falar com ele primeiro. Porra, não tinha nem certeza de que gostava de estar tão cativo dela. Afinal, estava sozinho havia alguns séculos. Kade não sofria por falta de atenção feminina, e tinha coisas suficientes para se manter ocupado na vida, sem complicações. E Sydney era uma imensa complicação. Mesmo assim, não podia negar que estava claramente conectado a ela, e vice-versa. Ele sorriu levemente quando ela saiu de perto dele, voltando para a cadeira. Era como se quase pudesse ver as engrenagens rodando em sua cabeça.

Sydney apoiou os cotovelos nos joelhos e olhou para o seu vampiro dominante e mais sensual do que nunca, se sentindo confusa com a situação. *Amarrada à cama dele? Anotado, e sob consideração.* Ela odiava estar começando a se importar com ele, mas tinha esperança de que ele a beijaria novamente. Será que Kade a estava fazendo ficar ali porque era algum tipo de maníaco controlador? Afinal, ele não disse que só queria mantê-la segura... não, ele disse que queria manter todos seguros. E ele também não a tinha beijado. Aborrecia-a pensar o quão desapontada ficaria se ele estivesse somente tentando manipulá-la. Não era como se não tivesse aceitado há tempos que passaria a vida sozinha. Era como queria. Sydney desviou o olhar, tentando, mais uma vez, construir seu muro emocional, alto e bem-feito.

— Não se preocupe em acariciar meu ego, Kade. Eu entendo: você é o protetor, e eu sou a consultora. Sem problemas. O que vamos fazer agora? Onde *nós* achamos a tal Simone?

Quando estava prestes a fazer uma sugestão, Luca entrou na sala.

— Kade. — Ele acenou com a cabeça e virouse para ela. — Sydney, consegui uma pista sobre Simone. Existem rumores de que ela foi vista coletando doadores no centro da cidade, na *Sangre Dulce*.

— *Sangre Dulce*? — Sydney perguntou.

— *Sangre Dulce* é um clube local especializado... como é que se diz? — Luca olhou para Kade, claramente esperando algum tipo de assistência. Como não achou nenhuma, ele continuou: — É um clube de fetiches, S&M. Atende sobrenaturais e humanos. Se Simone está procurando alguém para torturar, ela pode facilmente encontrar lá uma submissa que aceitaria ir com ela. Eu falei com Miguel, o proprietário, e ele disse que um *barman* reportou que uma mulher que parecia com Simone esteve no clube, há mais de um mês. Nós não temos como ter certeza de que era ela, mas podemos perguntar por lá. E Kade, se formos para o *Sangue Dulce*, eu desaconselho levar a humana.

Sydney queria bater em Luca. Por que ele tinha que ser sempre um idiota condescendente?

— Olá? Luca? A humana está bem aqui. E já decidi, com o Kade, que nós vamos juntos.

— Kade, ela não tem nenhum propósito nessa excursão — Luca comentou, com o rosto impassível. — Simone terá espiões, e eles a verão. E outros... vampiros... acharão que ela está disponível. Sydney não está marcada nem reivindicada, e não trabalha para nós. Eles a reconhecerão como uma forasteira. Não é inteligente levá-la. Eu insisto que você reconsidere.

— Luca, sua preocupação foi levada em consideração. Porém, a partir deste momento, a Senhorita Sydney trabalha para mim. — Sydney o olhou, surpresa. — Fico feliz em apresentar minha nova Diretora de Segurança. Ela é responsável pelas operações na Filadélfia e chegou ontem para aprender com você sobre as operações de segurança em Nova Orleans. Ela é conhecida por me acompanhar em eventos. Depois de apresentá-la ao Miguel, ninguém a tocará.

— Mas como ela vai se encaixar? Eles vão sentir que ela não pertence ao local. Já é ruim o bastante que não tenhamos nenhum negócio que nos atrairia até lá.

— E se eu estivesse lá para algum tipo de inspeção? Se é verdade que o Kade aprova todas as atividades desta cidade, poderíamos dizer a Miguel que estamos lá por causa de uma reclamação? Policiais fazem isso o tempo todo, para outros negócios, quando suspeitamos de alguma atividade criminosa. Ou poderíamos somente dizer que eu estava lá para conhecer Nova Orleans, pois Deus sabe que existe um bocado de coisas bizarras acontecendo nesta cidade. O que é um pouco de S&M aqui? Sério, vocês dois... já estiveram na *Bourbon Street* durante o *Halloween*? Todo mundo deixa a loucura correr solta.

Kade gargalhou. Uma gargalhada forte e sensual, que fez com que Sydney quisesse liberar a sua loucura ali e agora, no chão junto com ele.

— Você levantou um ponto válido. Mas fingir uma inspeção vai afugentar as pessoas. Afinal, você precisa entender que as pessoas que frequentam esse clube, vão lá por causa da privacidade. Qualquer reclamação seria tratada diretamente pelo Miguel, e nós não queremos ninguém na defensiva. Mas, e se fôssemos como meros frequentadores? Um encontro até? Isso funcionaria, e estou mais do que disposto a ficar louco com você. — Kade sorriu para Luca, que se resignara a levar a humana. Ele sabia que Luca era indiferente a ela, tendo aprendido, tempos atrás, que humanos não são confiáveis. Ambos sabiam que Simone era perigosa, e se ela fosse atrás de Sydney, colocaria todos eles em perigo. E ele também não gostava do fato de que Vudu e magia estavam envolvidos. Eles precisavam de Ilsbeth.

— Kade, preciso sair amanhã. E antes que diga não, o que sei que acontecerá, preciso de roupas e sapatos. Isso precisa ser convincente. Eu preciso parecer o tipo de garota que está procurando por uma aventura, se é que me entende. Esse moletom não vai servir.

— Está bem, você fará compras pela manhã — ele começou a dizer. Kade sabia que ela estava certa, mas não podia ir sozinha. Infelizmente, ele tinha algumas reuniões que precisava comparecer. — Mas você vai acompanhada: mandarei o Xavier com você. Mesmo que os vampiros tenham os poderes reduzidos à luz do dia, Simone pode estar à sua procura, ou ter alguns servos humanos espionando.

— Vou precisar de algumas armas também: estacas, arco e flecha. Tristan está trazendo meu armamento, mas ele pode não chegar antes de sairmos, amanhã à noite.

— Eles não permitirão armas no clube. Para as suas compras amanhã, Luca te dará uma pistola com balas de prata e algumas estacas que podem ser guardadas facilmente na bolsa. — Kade se aproximou dela e se sentou no pufe. — Amanhã à noite, precisaremos te dar alguns *acessórios especiais,* antes de sairmos... armas indetectáveis, que poderá usar no clube. Você estará a salvo conosco, mas, se tiver algum problema, terá a proteção necessária.

KADE

Depois que Luca os deixou sozinhos, Kade olhou nos olhos de Sydney. Ela tinha ficado em silêncio, mas ajustou as pernas para ficar a centímetros das dele. Por vários segundos, eles apenas olharam nos olhos um do outro, então a mão dele tocou seu joelho. Quando ela não protestou, sua palma deslizou pela perna dela, até capturar sua mão. Levantando-se, ele a trouxe junto, para ficarem em pé, próximos, a mão dele na cintura delicada.

— Sydney, sei que você está brava porque liguei para o seu chefe. Mas, se quiser ficar no caso, temos que fazer isso do meu jeito. Desculpe-me, mas tive de colocar restrições. Nós iremos ao centro da cidade amanhã e pegaremos mais informações sobre o paradeiro de Simone. E prometo que tudo acabará logo.

O corpo de Sydney ganhou vida quando sentiu a força da mão dele, em seu corpo. Ela não queria perdoá-lo tão rápido, por ser mandão, mas, meu Deus, ela ansiava pelo seu toque. Mesmo questionando o que ele fizera, ela se pegava justificando tudo. No fundo, Sidney achava que ele acreditava no que dizia. Ele também a manteria a salvo. Por tanto tempo, não tivera ninguém, mas, neste momento, sentia que o tinha. Seu corpo respondia ao dele, enquanto deslizava as palmas de suas mãos pelo seu peito. Ela queria saber como seria ficar pele a pele com Kade, sentindo seu gosto.

Ele se curvou em sua direção e a segurou firmemente contra si. Ela respirou seu cheiro limpo e masculino, permitindo-se imaginar como seria tê-lo dentro dela, e uma onda de calor causou dor em seu sexo. Ele olhou para ela com desejo, procurando por permissão em seus olhos.

— Kade, essa coisa entre nós... não sei o que pensar... — ela não teve chance de terminar seus pensamentos.

— Não pense, somente sinta. — Kade colocou sua boca sobre a dela, que se abriu, permitindo que ele passasse sua língua sobre, em volta e na dela. Ele era exigente, fervoroso.

Kade estava cansado de esperar. Queria tanto essa mulher humana, e estava tendo dificuldades em achar desculpas para os motivos por que não deveria tê-la. Sydney gemeu e manteve o ritmo com ele, enquanto passava os dedos pelo seu cabelo, puxando sua cabeça possessivamente de encontro à dela.

Negando o controle que ela queria, Kade a empurrou contra a parede, devagar, e segurou seus pulsos sobre a cabeça, com uma mão. Com a outra, levantou sua blusa, sentindo a pele macia de sua barriga, e então subiu a mão, vagarosamente segurando seu seio. Erguendo o sutiã, ele liberou seu seio do confinamento. A respiração de Kade acelerou, sobrecarregada com a excitação de que ele finalmente tocaria seus montes sedosos. Ele arrancou sua boca da dela, abaixou a cabeça para sua pele madura e lambeu a ponta rosada.

Sydney tremeu e gemeu sob o toque, se submetendo à sua necessidade de dominar. Ela queria ser dominada por ele. Ele era forte, intoxicante.

— Kade, sim, por favor — implorou, impossibilitada de ficar calada, no auge da paixão.

Kade sugou seu mamilo mais forte, até que Sydney sentiu uma pontada de dor, e então, prazer. Ela não podia acreditar que o estava deixando fazer isso com ela, mas se sentia incapaz de pará-lo. O desejo que ela sentia, anulava qualquer senso de lógica. Ele levantou o outro lado do sutiã e deu a mesma atenção ao outro monte endurecido. No que soltou suas mãos, ela segurou, com todas as forças, seus ombros, enquanto ele fazia amor com seus seios.

— Eu te quero tanto, Kade — ela confessou. — Por favor, não pare.

O som de saltos altos batendo no chão quebrou a sua concentração. Desorientada e com os lábios inchados, ela abriu os olhos e viu a vampira ruiva observando-a com Kade. *Voyeur, né?* Recusando ser intimidada, Sydney a fulminou com o olhar. Interrompido pela intrusão, Kade abaixou a camisa de Sydney, devagar.

— Dominique, você precisa aprender a bater — rosnou. Irritado, expirou com força. — Esta é a minha casa, não o escritório. E como pode ver, estou bem ocupado. O que quer?

— Querido Kade, eu só vim ver como estavam as coisas com a sua amável humana.

— Como você pode ver, ela está muito bem. Está ficando tarde, mais alguma coisa?

— Sim, Ilsbeth entrou em contato com Luca. Ele pediu para dizer que ela vem te ver amanhã, antes de irmos para o clube. Ela estava nervosa por vir aqui, então Luca e eu iremos ao seu clã e a traremos para cá em segurança. Devemos chegar por volta das sete, e eu gostaria de discutir os detalhes, se você tiver tempo.

Sydney se sentiu estranhamente fora do lugar, durante a discussão. Então, em vez de ser expulsa da discussão, resolveu se afastar, pois estava cansada novamente e precisava de uma folga dos vampiros, que pareciam rastejar por todos os cantos dessa casa.

— Kade, ah, acho que vou subir. Quero ligar para a Ada. — Ela beijou sua bochecha e saiu de perto dele.

— Está bem, amor. Ah, Sydney, lembre-se de nossa discussão mais cedo. Nada de sair sem mim — ele avisou.

Sydney sorriu, sem necessariamente concordar, e saiu. Quando passou por Dominique, evitou contato visual de propósito. Ela não tinha certeza do tipo de relacionamento que Kade tinha com a vampira, mas a ruiva irritava Sydney. Dominique tinha deixado claro que não faria nenhum esforço para deixá-la confortável. Até podia ser, Sydney suspeitava, que os tivesse interrompido de propósito. Assim que virou as costas, ela viu o sorriso caloroso de Kade. Inconscientemente, levou os dedos aos lábios, seu beijo ainda selado neles. Fechou os olhos por um momento, saindo da sala. Sydney não sabia como Kade e ela teriam um relacionamento. Parecia impossível. Mas, com o doce gosto dele fresco em sua mente, podia sentir seu coração derretendo.

CAPÍTULO ONZE

Sydney trancou a porta do quarto e começou a procurar por seu telefone. Logicamente, ela sabia que uma porta trancada não era o suficiente para manter um vampiro fora de seu quarto, mas isso lhe deu um pequeno conforto, sabendo que não tornaria as coisas fáceis para eles. Mesmo que ninguém ainda tivesse tentado mordê-la, vampiros desconhecidos andando pela casa a deixavam nervosa. Finalmente achando seu celular na bolsa, ligou para o laboratório de Adalee. Sydney queria pegar os últimos resultados da autópsia e tinha esperanças de que teriam alguma nova pista para ajudar a parar os assassinatos.

— Oi, Sydney! — Adalee disse alegremente quando atendeu.

— Ei, Ada, desculpe não ter ido à delegacia ontem à noite.

— Sim, escutei sobre o que aconteceu. E você vai agir como se não estivesse em Nova Orleans, com aquele belo pedaço de vampiro com quem está trabalhando em conjunto? Quer dizer, sério... conte. Ouvi do capitão que você está aí com ele. E o que ele disse que era? Ah, sim, consultoria? É disso que estamos chamando agora? Eu adoraria um trabalho de consultoria em uma cidade romântica, com um delicioso pedaço de vampiro. — Sydney podia ouvir Adalee gargalhando do outro lado.

— Muito engraçado. Mas, sério, quase fui morta no meu apartamento, e Kade me trouxe para cá para... hum... ajudá-lo. Eu sou a detetive do caso. Então, sim, estou aqui como consultora, só isso.

— Se você diz, Syd... Então continue contando essa história para si mesma, okay? — Adalee riu. — Agora, escute, estou feliz que você finalmente ligou, porque tenho novas informações sobre a segunda garota. Mesma causa da morte: exsanguinação. Novamente, sem marcas indicando presas. Mas a garota foi torturada. Parece que alguém a estava usando como uma almofada de alfinetes, e não estou falando de alfinetes pequenos. — Houve uma pausa dramática antes de ela continuar: — Syd, nunca vi nada parecido com isso. Não tenho certeza do que provocou essas perfurações, mas acredito que talvez tenham sido agulhas de tricô ou agulhas cirúrgicas grandes. Há dois orifícios na região do peito, dois no abdômen, e um atrás da orelha. Parece que esses foram feitos *antemortem*.

— A garota estava viva durante o ato. Mais alguma coisa?

— Sim, achei traços de óleo de capim-limão novamente, na cabeça e nos pulsos. E também há traços de cabelo humano e cânhamo entranhados no pulso. Syd, não sei o que está acontecendo aí, mas a pessoa que está fazendo isso... é completamente perturbada. — Adalee parecia enojada.

— Eu sei, Ada. Isso não é uma grande merda? Kade acha que sabe quem está fazendo isso. Então, vamos seguir uma pista amanhã à noite, e com sorte ela vai nos trazer bons resultados. Enquanto isso, me mande uma mensagem ou ligue se surgir qualquer atualização. Obrigada.

— Cuide-se, Syd. Falo com você em breve. E espero que você aproveite o seu... hum... trabalho de consultoria — Adalee brincou.

Sydney considerou dormir um pouco depois da ligação, mas achou melhor falar com Kade sobre o que Adalee descobrira. Por que diabos o assassino tinha usado agulhas na garota? Isso devia estar relacionado com o Vudu. Simone estaria fazendo algum tipo de boneca Vudu humana? Sydney não sabia nada sobre o assunto, a não ser que as bonecas eram vendidas como lembranças em lojas para turistas. Ela sabia um pouco sobre a história de Marie Laveau, a conhecida sacerdotisa Vudu de Nova Orleans. Sydney e uma amiga tinham, uma vez, feito a pé, um "Passeio Vudu" em uma das várias viagens para a *Big Easy*, e elas tinham visitado um museu Vudu, e o mausoléu onde Marie Laveau estava enterrada. Mas, além das lendas, ela não era nenhuma especialista no assunto, por isto esperava que Kade tivesse respostas.

Saindo do quarto e descendo calmamente a grande escada em espiral, escutou vozes familiares na sala principal. Assim que entrou, percebeu Kade, Luca, Xavier, Etienne e Dominique sentados, discutindo sobre a bruxa. *Nada como o presente para interromper a diversão da família.* Pensou em agir com seriedade, como os vampiros, mas decidiu que irreverência era mais o seu estilo.

— Ei, pessoal. Esqueceram de convidar a humana para a festa? — Todos olharam para ela, de uma vez, como se tivesse três cabeças. Talvez o tom sério tivesse sido a melhor abordagem. Vampiros rabugentos...

— Okay, acredito que a festa acabou. Eu tenho algumas novidades, se estiverem interessados. — Sem esperar por um convite, Sydney deliberadamente se sentou ao lado de Luca, sabendo que isso o irritaria. Ele parecia ter uma vara enfiada no rabo, e ela estava prestes a removê-la. — Ei, Luca. Como estão as coisas? O quê? Nada de um "oi" efusivo para mim? — Ela sorriu para ele, sabendo que estava se remoendo para afastá-la de seu lado.

Kade riu, em resposta às suas palhaçadas.

— Sydney, amor, evite cutucar o urso. — Xavier e Dominique riram. Está bem, as coisas estavam melhorando... pelo menos com alguns dos vampiros. Sydney decidiu continuar cutucando:

— Vamos brincar um pouco, Luca. Se você me mostrar o seu, eu mostro o meu.

Quando Luca levantou um canto da boca, escondendo um sorriso, Sydney sentiu que seu exterior duro estava mostrando algumas rachaduras.

— Eu acredito que se Kade não se importar, não há problema nenhum em mostrar o meu — ele respondeu, olhando para o amigo.

— Como se metade da cidade não tivesse visto — Dominique bufou.

— Nós estávamos somente conversando sobre a Ilsbeth. Parece que em vez de Luca e Dominique a buscarem amanhã à noite, ela chegará em uma hora, com seu próprio acompanhante. Ilsbeth disse que tem informações importantes para nós, e parecia ser uma emergência. Eu gostaria que você se encontrasse com ela, para poder revisar as evidências que foram encontradas nas duas vítimas. Ela deve chegar aqui em breve — Kade disse para ela e sorriu. — E Sydney...

— Sim?

— Só para ficar claro que entendemos um ao outro: na minha casa, se decidir compartilhar, você mostrará a *sua* somente para mim.

As bochechas de Sydney esquentaram, e ela resistiu a levar as mãos ao rosto. As palavras de Kade não passaram despercebidas. *Possessivo? Ciumento? Talvez ela tenha entendido errado o que ele disse? Com certeza, não.* Ela quase tinha feito amor com ele, mais cedo no solário, e ele sabia muito bem que ela queria mostrar a ele... bem, tudo. Mas ele não teve o menor problema em dispensá-la em troca de Dominique e seus negócios.

— Kade, você teve a oportunidade, algumas horas mais cedo, de ver tudo meu, e se me lembro bem, você escolheu seus negócios — ela retrucou, se referindo a Dominique. — Luca, por sua vez, precisa relaxar um pouco.

Sydney deu uns tapinhas na coxa de Luca e levantou-se. Considerou fingir que tiraria as roupas, só para provocá-lo um pouco mais, mas pensou melhor. Afinal, Kade não parecia achar graça. Olhou para Luca e viu que ele sorria para ela.

— Está bem, vamos lá. — Com uma mão no quadril, ela esfregou a testa com a outra, tirando uma mecha de cabelo de seu rosto. — Ada disse que a última vítima tinha as mesmas fibras de cabelo humano e cânhamo, e o mesmo óleo de capim-limão. Dessa vez, não havia marcas de chicote no corpo. Mas o que é realmente doentio é que alguém estava brincando de boneca Vudu humana com essa garota: ela tinha cinco perfurações. Ada acha que foram feitos com agulhas de tricô ou cirúrgicas. Para ser honesta, eles não têm certeza do que provocou os orifícios. E para completar essa pilha de bosta, todas as agulhas foram inseridas *antemortem*.

Enquanto Sydney observava as expressões deles, podia dizer que os vampiros pareciam saber de algo que ela não sabia. Mas, antes de ter a chance de perguntar e insistir que trouxessem um especialista em Vudu para o caso, a campainha tocou. A bruxa estava aqui.

Quando Ilsbeth entrou na sala, o ar ficou mais leve, era quase perturbador. Sydney ficou surpresa com a chegada quase etérea da bruxa, com seu acompanhante logo atrás. O cabelo longo e platinado de Ilsbeth caía abaixo de sua cintura, acentuando sua pequenina forma. Ela estava vestida com uma blusa de veludo roxo, que era complementada por uma jaqueta de couro justa e calças. Ilsbeth pegou a mão de Kade quando foram em direção à sala de jantar. Ela se sentou na cabeceira da mesa, como se já tivesse ido lá anteriormente, gesticulando para Sydney se sentar ao lado dela.

Sem ter certeza sobre etiqueta bruxa, Sydney seguiu a ordem não-verbal e se sentou ao lado dela, sem conseguir deixar de admirar os olhos violeta da mulher. Sydney não tinha certeza do que ela pensava sobre como seria uma bruxa, mas, com certeza, não era isso o que estava esperando. Talvez um nariz verde e uma vassoura? Não, mas esperou alguém um pouco mais assustador, uma bruxa mais velha, com certeza. No entanto, Ilsbeth não era nem um pouco assustadora, e nem velha. Ela parecia ter no máximo vinte e um anos, e tinha um rosto angelical.

Quando todos estavam sentados à mesa, Ilsbeth fez uma prece de proteção. Sydney imaginou que era a prece básica: "mantenha os espíritos do mal longe desta casa", pelo que pôde perceber. Inferno, ela nem sabia se acreditava em charme bruxo, mas, para pegar o assassino, daria o benefício da dúvida para a garota angelical. Sydney estava ficando ansiosa, mas podia dizer que a bruxa comandava o espetáculo. Todos os vampiros da mesa ficaram em silêncio, escutando-a terminar a reza.

A detetive quase pulou de seu assento quanto os olhos de Ilsbeth se abriram, e todas as velas da mesa e das prateleiras da sala acenderam. *Okay, belo truque.* Ela olhou para Sydney e depois para Kade.

— Meus queridos amigos, existe um grande mal em nossa cidade. Ela pode ter vindo inicialmente por sua causa, Kade, mas agora está aqui por causa de todos nós. Senti isso uma semana atrás, quando estava trabalhando. No início, era somente um rumor, mas agora é um estado de apreensão constante. O vento maléfico soprou por nossas ruas. Algo maligno está vindo para todos nós... algo que quer tomar a cidade. Eu ajudarei, se puder, Kade, mas preciso saber por que essa mulher diabólica está aqui por sua causa.

Kade recontou a história de Simone, incluindo seu banimento e os recentes assassinatos na Filadélfia. Sydney completou com as peças faltantes com relação ao óleo, as fibras de corda e marcas de agulha. Ilsbeth escutou com cuidado antes de falar, com uma grande seriedade:

— Se o que você me contou é verdade, deve ter alguém ajudando Simone. Uma bruxa ou mago talvez, ou possivelmente uma sacerdotisa Vudu. Simone talvez tenha um pouco desse conhecimento, mas um praticante precisaria de suprimentos para ajudar a executar essas mortes e feitiços. É possível que Simone esteja fazendo experimentos... usando uma garota viva como uma boneca Vudu. Ela procura a assistência de espíritos malignos para ajudá-la com seus objetivos. — Ilsbeth olhou profundamente nos olhos do líder dos vampiros. — Kade, Simone pode ter começado tudo com um simples motivo de vingança, mas a obscuridade de suas práticas aponta para um objetivo monumental, talvez para ter poder... poder sobre todos os sobrenaturais da cidade. Se o experimento dela mostrou alguma promessa da primeira vez, ela vai continuar matando até dominar essa cidade.

— Obrigado pela sua percepção, Ilsbeth. Como sempre, você traz profundo conhecimento e perspectiva para os problemas que enfrentamos. Amanhã à noite, seguiremos uma pista sobre Simone. Você tem alguma recomendação de como proceder em relação à feitiçaria? Mais importante: você conhece alguém na comunidade bruxa que a ajudaria? Alguém deve saber. É difícil manter segredo dentro dos clãs.

— Você está correto nas suas suposições. Eu planejo vasculhar todos os livros, para ver quem fez as compras necessárias para criar o óleo e a corda. Esses ingredientes estão facilmente disponíveis *online*, mas qualquer bruxa ou mago de Nova Orleans que se preze os comprariam em nossa loja. Nós certificamos a autenticidade dos ingredientes em todos os nossos produtos e suprimentos, o que inclui óleo Van Van, assim como cânhamo e cabelo. E se algum vampiro tentou comprar esses suprimentos em qualquer loja da cidade, estou convicta de que alguém se lembraria. Isso não passaria despercebido.

— Obrigada, Ilsbeth — Sydney interveio. — Procure até um ou dois anos para trás em seus registros, só para garantir, pois não temos certeza de há quanto tempo ela está na cidade. Se você enviar a lista de possíveis suspeitos, Kade e eu podemos verificar a partir daí. Nós realmente agradecemos a sua ajuda nisso. Se tivesse visto o que foi feito com essas garotas... bem, nós precisamos acabar com isso.

Por não entender nada sobre feitiçaria, Sydney tinha que admitir que estava grata pela ajuda da bruxa. Era possível que ela os guiasse para provas tangíveis, para que pudessem pegar o assassino.

Ilsbeth acenou com a cabeça.

— Entrarei em contato se achar alguma coisa. Como eu disse, estava com o meu clã na última semana. Precisarei voltar para a loja para verificar os registros. Meu acompanhante, Zin, tem estado comigo. Ele é meu primo, um feiticeiro praticante, mas o mais importante: é treinado em segurança. Irei a todos os lugares com ele. Temos que ser cautelosos. Eu preciso ir, mas manterei contato.

Depois que todo mundo se despediu, Sydney voltou discretamente para o quarto. Ela queria sucumbir ao desejo de ficar com Kade, mas estava a trabalho e precisava acordar cedo. Além do mais, estar tão perto dele começara a ofuscar seu discernimento. Se pudesse só dormir um pouco e fazer terapia de compras, ficaria bem... Okay, talvez não bem, mas pronta para sair amanhã à noite. Eles precisavam encontrar alguma coisa nesse caso.

CAPÍTULO DOZE

Arrumar-se para parecer que pertencia a um clube de fetiche foi um desafio. Sydney passou uma boa parte da manhã procurando por roupas que dissessem "eu ando com vampiros pervertidos". Ela esperava que fosse se encaixar, pois sabia, mais do que ninguém, que as pessoas tendiam a se manter calados perto de policiais, e o público sobrenatural era ainda mais silencioso quando o assunto era revelar segredos. Eles tinham o seu próprio código de honra e leis.

Xavier a tinha acompanhado na excursão de compras, para ajudá-la a escolher o traje certo. Não era contra deixar Kade pagar por tudo: afinal, era ele quem a tinha arrastado para Nova Orleans. Xavier prometeu não revelar os detalhes de sua fantasia para Kade. Ah, sim, bebê, ela queria chocá-lo. Todos eles precisavam de uma boa risada, ela pensou. Uma garota humana vestida como uma *dominatrix* doida por sexo. Ela estava planejando estalar o chicote, com certeza.

Sidney finalmente conseguiu prender a meia arrastão ⅞. A cinta-liga não era tão fácil de colocar, como parecia, mas precisava admitir, ao se olhar no espelho, que parecia absurdamente atraente. Ela preferiria parecer perigosa, mas hoje estava atuando: sensual, libertina, aberta a usar algemas, chicotes e palmatórias.

Escolhera uma camiseta preta, de rede, e uma cinta-liga e minissaia de couro preto. A camiseta tinha um trançado apertado e era transparente, então mostrava seus mamilos firmes e rosados por baixo. Terminou o traje com um par sensual de botas de couro preto Christian Louboutin, na altura do joelho, adornadas com zíperes prateados desde os calcanhares até a parte de trás de suas coxas. Xavier deu para ela finas estacas de prata, que cabiam facilmente em suas botas. Ninguém as sentiria, mesmo se a revistassem. Ela também escondeu uma pequena faca de prata com corrente, em sua bota direita, para alacançá-la facilmente se precisasse.

Sydney admitiu que não havia muita coisa que pudesse ser feita com seu longo cabelo loiro. Ela não o pintaria de preto ou nenhuma outra porcaria de cor, por somente uma noite. Então, experimentou algumas perucas, mas eram muito quentes. Sendo assim, foi a um salão local e pediu que cacheassem seu longo cabelo. Seus perfeitos cachos dourados caíam agora sobre seus ombros.

Ela manuseou a máscara comprada na *Jackson Square*, e seus brilhos davam um ar enigmático para o *look* sensual de fetiche. Colocou o delicado metal preto no rosto e prendeu a fita atrás do cabelo. Com uma última olhada no espelho, saiu do quarto, desejando estar indo para uma festa de Halloween, mas esta era a sua vida.

Hoje, não existia espaço para jogos ou erros. Ela desempenharia o papel e faria tudo que podia para conseguir informações de onde Simone estava e de quem mais a estava ajudando. Sabia, por experiência, que bares decadentes eram bons lugares para colher informação, desde que você tivesse fontes que, ou estavam com medo, ou confiavam em você: qualquer uma funcionava. Infelizmente, nesta cidade ela não tinha nenhum dos dois casos.

Kade ficou boquiaberto quando Sydney desceu a escada. *Santíssima mãe de Deus. O que ela está vestindo?* Seu pau começou a crescer e os olhos se arregalaram enquanto lutava para se manter composto na frente de seus amigos vampiros. Em toda sua vida, nunca quis tanto uma mulher. Ele imediatamente notou como seus montes firmes e duros pressionavam o trançado de rede, e não pôde acreditar que ela usaria um top transparente em um clube de vampiros. No que ela estava pensando? Todos os sobrenaturais do local a desejariam para si. *Deixe-os tentar*, ele riu para si mesmo. Ela pertencia a ele, e a nenhum outro.

— Então, quem quer levar umas boas palmadas? — Syd perguntou, sedutoramente. Apesar de sua bravata, seu rosto ficou vermelho, consciente de sua seminudez na frente de um grupo de vampiros liberais. — *Mistress* Sydney está aqui para trazer suas fantasias para a realidade.

Todo mundo começou a rir, menos Kade. Ele atravessou a sala, e segurou possessivamente a cintura de Sydney. Puxando-a para nele, capturou sua boca. Foi um beijo duro e dominante, para mostrar a todos que ela era dele. Sua língua forçou a entrada na boca de Sydney, que se abriu para ele, beijando-o de volta, deixando-o saber que ela não seria fácil de dominar. Não, ela também dominaria. Suas mãos subiram pelas costas dele, sentindo o couro macio de sua jaqueta. Ela inspirou o cheiro masculino, se sentindo controlada em seus braços, procurando-o por completo.

Dominique tossiu alto, do outro lado da sala.

— Okay, vocês dois. Querem ir para um quarto foder, ou querem pegar os caras maus? Vamos lá!

Interrompidos, Sydney e Kade quebraram a calorosa conexão.

— Hum... sim, seria "pegar os caras maus" — Sydney respondeu, inebriada com o beijo de Kade.

Sydney olhou de Kade para Dominique. Ela estava usando um bustiê roxo escuro, com uma saia de couro justo, e botas de couro com cadarços frontais, na altura da canela.

— Bela saia. E essas botas.... Precisamos comprar sapatos juntas, um dia desses. Sério — ela sugeriu, tentando criar um relacionamento com a vampira. Dominique sorriu com o elogio.

— Okay, garota, então nós realmente temos alguma coisa em comum, mas vamos ter que deixar para outro dia. Talvez seja legal ter outra garota no meio de toda essa testosterona.

— Escutem, todo mundo — Kade ordenou, e todos olharam para ele. — Antes de entrarmos, Luca vai verificar o local. Sydney, você vai entrar com o segundo grupo. Eu irei até Miguel e te apresentarei como a minha Diretora de Segurança da Filadélfia. Luca e Sydney, fiquem perto um do outro no clube. Vocês devem estar trabalhando juntos. O resto de vocês deve rondar o clube e tentar achar alguma coisa sobre a localização de Simone ou seus cúmplices. A bruxa que a está ajudando também pode ser uma frequentadora do clube. Fiquem atentos, e tentem se enturmar. Não podemos demonstrar que estamos lá investigando, senão as pessoas não falarão. Luca, por favor, explique a parte da segurança.

— Nós temos duas limusines. Eu, Xavier e Dominique vamos na primeira. Entraremos para verificar o clube antes de confirmarmos que está tudo certo. Nós precisamos ter certeza de que a Simone não está no clube. Se ela estiver, Kade vai entrar. *Você* — ele disse, apontando para Sydney — ficará no carro. Sob nenhuma circunstância entrará no clube, caso Simone esteja lá. Estou falando sério, Sydney. O que aconteceu com o vampiro, na Filadélfia, é brincadeira de criança, comparado ao que Simone poderia fazer com você. — Sydney revirou os olhos.

— Quando a liberação for dada, todos nós podemos entrar no clube. Espalhem-se. Como Kade disse, estaremos ali para investigar, mas não podemos dar bandeira. Divirtam-se, alimentem-se, peguem informação. Kade vai dar o sinal quando for a hora de ir embora. Kade e Sydney sairão primeiro.

Kade colocou o braço na cintura de Sydney, apertando-a ao seu lado.

— Ok, pessoal, vamos lá. Sydney, amor, fique perto do Luca ou de mim. E lembre-se: mesmo estando com o meu cheiro no momento, outros vampiros, com toda certeza, tentarão atrair você.

Sydney deu um olhar desafiador para Kade, irritada com suas regras. Ele pode ser o chefe de seus vampiros, mas não era o dela. Ela se comportaria enquanto estivesse no caso, mas nenhum homem, nem mesmo um vampiro sensual pra cacete, ia mandar em sua vida.

KADE

CAPÍTULO TREZE

Depois de Luca liberar todos, Kade entrou no *Sangre Dulce* com Etienne e Sydney ao lado. Um homem alto e magro, com cabelo preto e um cavanhaque, correu para recebê-los. Ele parecia um pirata, com sua calça de couro e blusa branca de linho amassada e aberta no peito.

— Senhor, estou honrado por tê-lo aqui. Nós temos uma mesa VIP especial pronta para você e seus convidados, com uma bela vista para a pista de dança e também para a área de cenas públicas.

Sydney lutou para manter sua boca fechada. Área de cenas públicas? Que porra é essa?

Miguel logo estava acompanhado por uma mulher pequenina e nua, com longo cabelo vermelho brilhante trançado às suas costas. A mulher usava uma pequena corrente no pescoço, que Sydney assumiu ser algum tipo de colar. Ela não sabia muito sobre fetiches, mas presumiu que a mulher era uma submissa. Miguel colocou a mão nas costas da mulher e a empurrou gentilmente na direção de Kade.

— Senhor, essa é a Rhea. Ela irá lhe servir e aos seus convidados, no que desejarem. Ela é humana e concordou em ser uma doadora. Rhea pode achar doadores adicionais, submissas ou *Doms* para o seu grupo, se precisarem do serviço. E claro, será a sua garçonete por esta noite. Ela é nova no *Sangue Dulce*, mas como você verá, nasceu para servir. Ela é uma pequena *sub* obediente, e estou certo de que desfrutará dela.

Estudando Sydney, estendeu a mão. Ela, relutantemente, o deixou pegar a sua, e se encolheu quando ele a beijou. Antes de soltá-la, Miguel virou seu braço e cheirou seu pulso. Sydney puxou o braço e olhou de lado para Kade.

Miguel nem notou.

— Senhor, que humana adorável você trouxe hoje para o meu clube. Devemos esperar uma performance pública dela? Eu, com certeza, gostaria de ver sua pele bronzeada ficando rosada. — Ele lambeu os lábios e sorriu, mostrando as presas para Sydney.

Exibindo quase nenhuma emoção, Kade se aproximou de Miguel, de modo autoritário.

— Miguel, essa é a Senhorita Willows, e é a diretora das minhas operações de segurança na Filadélfia. Está sendo treinada pelo Luca. — Kade apertou os olhos. — A Senhorita Willows é minha funcionária, e não deve ser tocada ou vista por ninguém além de mim. — Ele pausou e piscou para Sydney. — Isto é, a não ser que eu dê permissão para ela ser tocada.

Sydney lutou para se controlar, enquanto seu sangue subia para o rosto. Ela estava quase certa de que Kade estava implicando com ela. Não estava? Ai, meu Deus. *Precisava* finalizar esse caso para poder voltar para sua vida nada excitante na Filadélfia. Que diabos estava errado com esses vampiros? Ela respirou fundo, na tentativa de retomar a compostura, antes que dissesse algo do qual se arrependeria. Então, tentou se lembrar de que estavam somente representando... ela estava aqui em um caso.

— Desculpe, senhor, é que ela é tão bonita, e tão humana. Seu cheiro é encantador. — Miguel abaixou a cabeça. — Por favor, me desculpe.

— Desculpas aceitas. Rhea, por favor, leve meus convidados para nossa mesa. Eu tenho negócios para discutir com Miguel.

Sydney estava quase perdendo a cabeça. O que Kade estava fazendo? Ele não ia mandá-la embora com uma garçonete nua, ia? Etienne gesticulou para Sydney seguir Rhea, e ela seguiu a submissa, relutantemente, para uma área elevada, na qual havia uma larga mesa, de onde, realmente, a vista era excelente. Eles seriam capazes de ver praticamente tudo que estava acontecendo no clube, exceto os quartos privados. Ela se sentou e Etienne tomou assento ao lado dela. Em seguida, o vampiro olhou o *Menu* de vinhos e pediu:

— Por favor, traga três garrafas de *Salon Le Mesnil,* de 1997. Nós estamos esperando outros convidados. — Rhea abaixou a cabeça e saiu correndo.

Sydney se endireitou na cadeira, tentando parecer como se frequentasse regularmente clubes devassos de vampiros BDSM. Tentando não parecer surpresa, notou várias mulheres, que pareciam *dommes,* na mesa em frente à deles. Elas estavam bebendo e rindo enquanto homens nus, com coleiras, ajoelhavam-se aos seus pés. A pista de dança parecia se mover como uma só, no mesmo ritmo, e ondas de corpos em várias formas de vestimenta – de completamente vestidos a completamente nus –, dançavam. Observando o que eles chamavam de área de cenas públicas, ela viu um homem nu, largo e careca, amarrado a uma bancada. Ele se contorcia de prazer e dor com uma mulher mais velha, vestida em couro vermelho, que o espancava sem parar com uma palmatória rosa. Sydney sacudiu a cabeça. Cada um na sua sua, ela pensou. Não que fosse contra umas palmadas, ou a usar cordas de vez em quando, mas ser amarrada a uma bancada, no meio de um clube? Ela imaginava que era preciso muita coisa para a

KADE

adrenalina daquele cara fluir.

Dominique, Luca e Xavier chegaram à mesa e se sentaram para discutir os próximos passos. Kade foi o último a chegar, e se sentou ao lado de Sydney.

— Uma coisa curiosa: nosso amigo Miguel disse que o *barman* que informou sobre o aparecimento de Simone, pediu demissão. Ele se foi. Então, não temos ninguém em específico para questionar. Sydney, quais são as suas impressões?

— Sugiro questionarmos as submissas primeiro. — Sydney olhou pelo ambiente, procurando onde Rhea estava, e a localizou do outro lado do clube, esperando pelas bebidas no bar. — Sei que não podemos agir como se estivéssemos aqui para investigar, mas podemos perguntar por aí para ver com quem eles fizeram cenas. Talvez alguns prefiram *Dommes* e vão se lembrar dela. Se Simone esteve aqui, ela pode ter facilmente procurado por uma vítima. Nós deveríamos também questionar os Doms e descobrir se há alguém novo que tenha a mesma descrição dela. Nós precisamos fazer isso de um modo sutil, para ninguém suspeitar de que estamos investigando. E tenho que dizer: por mais devasso que este lugar seja, só parece que talvez cinquenta por cento das pessoas sejam regulares. É possível que alguns deles sejam turistas? — Sydney observou os clientes que pareciam fora do lugar. Um casal vestido casualmente estava sentado a uma mesa, mexendo nervosamente nos canudos de suas bebidas.

— Sim, tenho certeza de que alguns são, mas há os regulares — Kade concordou. — Vamos precisar nos separar. Etienne e Xavier, comecem questionando os submissos. Vá pedir para que Miguel os coloque em fila e finjam procurar por uma sub. Sejam discretos, não façam isso parecer como se estivéssemos em uma investigação. Dominique, fique com Rhea: algo não parece certo com ela. Miguel disse que ela começou a trabalhar aqui há pouco tempo, mas, mesmo assim, colocou sua garçonete menos experiente para servir um grupo importante? Não faz sentido.

No que os outros vampiros saíram da mesa, Kade, Luca e Sydney se sentaram mais perto, para poderem falar mais facilmente.

— Eu não gosto dessa história do *barman* que desapareceu. Se Simone descobriu que ele contou a alguém que ela esteve aqui, por que não acabaria com Miguel também? Ela esperava ter dado o recado, então, por que matá-lo? — Sydney perguntou.

— Essa é uma boa questão, na verdade – Kade prestou atenção em Miguel, que estava olhando Sydney por muito tempo. — Neste momento, quero que você e o Luca vão dançar. Mas devem parecer íntimos, porque não quero ninguém questionando nossas intenções. Vou me juntar a vocês em alguns minutos, e aí nós iremos para os quartos privados, para investigar.

— Como você desejar... — Luca se levantou e gesticulou para ela segurar sua mão. — Sydney?

Ela sabia que não era a pessoa preferida de Luca, mas ele era educado, precisava admitir. Então se levantou, olhando de Kade para Luca, e finalmente foi até ele. Luca a levou para a pista de dança, e enquanto o seguia, seus olhos nunca deixaram os de Kade. Ela parou de contar quantas vezes por dia queria que Kade fizesse amor com ela, pois nunca tinha se sentido tão conectada com um homem em sua vida, mas precisava admitir para si mesma que essa poderia ser uma oportunidade real de um relacionamento duradouro.

Luca pegou Sydney em seus braços, forçando sua coxa para o meio de seus joelhos. Ela sentiu a força dele contra si, seu corpo musculoso e letal roçando contra o seu. Então, se inclinou em direção a ele e colocou um braço em volta do seu pescoço, se movendo com a música. Quando Luca pressionou seu quadril ao dela, os olhos de Sydney se abriram em surpresa, por sentir sua ereção contra a barriga.

— Então, Luca, você tem uma estaca no bolso, ou só está feliz em me ver? — brincou.

— Sydney, querida, vamos dizer que estou começando a gostar de você, e que esse seu traje é delicioso. Posso ser um vampiro, mas não estou morto. — Luca segurou-lhe a nuca e a puxou em direção a ele, para sussurrar em seu ouvido: — Mesmo que pertença a Kade, isso não me impede de apreciar... você toda.

Vampiros safados, cruzes. Sydney ficara um pouco irritada com a repentina demonstração de sexualidade, para todos no clube verem. Ela se esforçava para lembrar que estavam desempenhando um papel, pelo menos deveriam estar, e isso era fácil de fazer. Ela também estava atraída por Luca, como a maioria das mulheres estaria. Ele era bonito de um jeito rústico, não como um cara bonitão. Apesar de seus comentários avançados, ela sentia, estranhamente, que podia confiar nele. Mas também imaginava qual seria a reação de Kade a outro homem colocar as mãos em seu corpo. No entanto, ele a tinha mandado ficar com Luca: *pareça íntima de Luca.*

Quando estava começando a relaxar, Luca a virou direto para os braços de Kade, e sua respiração ficou presa assim que seus lábios se tocaram. Ela esperou que Luca saísse, mas em vez disso ele a prendeu no meio deles, roçando sua ereção contra sua bunda, e colocando os braços em volta de sua cintura. As mãos dele subiram em direção aos seios de Sydney, enquanto Kade a beijava passionalmente. Os sentidos de Sydney estavam sobrecarregados. *Que porra está acontecendo?* Ela estava deixando dois vampiros monopolizarem seu corpo, e estava amando cada minuto disso. Beijar Kade a levava para um espaço mental para onde ia raramente, de puro prazer. E mesmo assim, estava apavorada por deixar Kade vê-la de um modo tão primal, tão exposto. E pior de tudo, ela sentia um arrepio em todo o corpo, desejando que a situação pudesse ser permanente.

Kade afastou os lábios dos dela, lhe tirando o fôlego. Depois, segurou sua nuca e inclinou-se para falar sensualmente em seu ouvido:

— Você está deslumbrante hoje. Certamente vou achar difícil te largar depois dessa dança. — Ele pressionou os lábios em sua orelha. — Você parece gostar de se divertir com dois homens. Está gostando de nossa dança com o Luca, não está, amor? Mas lembre-se disso: eu não compartilho, e no final desta noite, você será minha.

Minha? Ele não podia acreditar que tinha usado aquela palavra, mas, ao mesmo tempo, não podia negar a absurda necessidade de reivindicá-la como sua. Ele tinha todas as intenções de fazer amor com ela várias vezes, e estava ansioso para ouvi-la gritar seu nome, em êxtase.

Quando a música acabou, Sydney estava aliviada por colocar algum espaço entre ela e os caras. Ela sentia dor entre as pernas, e estava extraordinariamente excitada pela dança. Ansiava pelos longos braços de Kade, e desejava que a levasse embora do clube. Ele disse que hoje à noite, ela seria dele, e Sidney se descobriu querendo que ele tomasse o controle e fizesse amor com ela até o amanhecer. Estava em conflito, sabendo que era uma mulher independente, e ao mesmo tempo não podia negar que queria pertencer a ele.

Enquanto Sydney tentava recuperar a compostura, ela viu Luca deixar a pista de dança. Decidindo controlar a situação, pegou a mão de Kade e entrelaçou seus dedos aos dele.

— Vamos lá, temos que verificar os quartos privativos. Minha opinião é que alguns dos quartos não devem ser tão privativos assim, e que talvez todo mundo do nosso grupo esteja lá com os Subs e Doms. Nós podemos ajudar, ou, pelo menos, procurar por atividades suspeitas e pistas de onde Simone está. Mesmo que este lugar grite "experiência erótica", tenho um pressentimento de que sexo não é a única coisa que acontece neste clube. Se Simone tem espiões aqui, eles estarão nos observando... e talvez cometam um deslize por olharem por tempo demais.

— Vamos fazer nossa ronda e ver quem está interessado na nossa visita. — Kade os levou da pista de dança para a parte traseira do clube.

Sydney se preparou para qualquer visão pervertida que pudessem ver pelo caminho. Ela não era puritana, mas não estava acostumada a ver tantas pessoas nuas, desfilando por aí em coleiras e couro. Assim que se aproximaram da parte traseira do clube, passaram por uma cortina vermelha feita de franjas de miçangas metálicas. Uma música de batida forte e sensual ecoava pelo corredor, vagamente iluminado com luz negra.

Uma mulher estava na entrada de um dos quartos, onde um casal se apresentava. Sydney forçou sua passagem para frente e Kade ficou atrás dela, deixando os braços protetoramente em volta de sua cintura. Uma mulher alta e magra, de aparência gótica, estava de pé, com as mãos presas em algemas de couro em um suporte vertical de madeira, que parecia um X. Mesmo estando vendada e amarrada, ela parecia tremer de euforia enquanto seu parceiro provocava seu traseiro com um chicote azul de couro.

A plateia assistia em silêncio enquanto a mulher implorava a seu parceiro para gozar. Parecia que ela tinha conseguido o prêmio de alguma forma, porque seu parceiro abriu a calça e a penetrou por trás. Ele estava entrando e saindo da mulher amarrada, enquanto ela gritava. Sydney não podia acreditar que estava assistindo a um ato tão íntimo junto a Kade, e sentiu vergonha de sua própria excitação. Preocupada com sua reação, afastou-se um pouco para trás, para poder se virar. Kade apertou o abraço, segurando-a contra ele, forçando-a a assistir. Ela podia sentir seu pau duro como pedra pressionando suas costas, e sabia que ele queria que ela visse aquilo.

Kade escolheu fazer com que Sydney assistisse aos amantes no quarto, para que pudesse experimentar um pouco de seu mundo. Ele não era, de forma alguma, um visitante frequente deste clube, mas esse tipo de atividade não era incomum no mundo sobrenatural. Era uma realidade dura, mas excitante. Se Sydney ficaria com ele, ela precisava se atentar aos perigos e tentações que espreitavam a cidade. Ele podia sentir o cheiro de sua excitação enquanto ela assistia aos estranhos fazendo amor. Seu pau duro forçava contra a calça de couro, implorando para tê-la da mesma maneira. Ele não pôde resistir à oportunidade de provocar sua normalmente serena detetive, então colocou a boca rente ao seu ouvido, tendo certeza de que ela escutava cada palavra.

— Você gosta disso, Sydney? Gostaria que eu amarrasse você e lhe tomasse por trás? Prometo não ser gentil com você, detetive. — Ele sorriu, sabendo que a tirara do sério. — Agora, não minta para mim... eu posso cheirar o seu desejo.

Porra de sentidos vampíricos. Sydney estava mortificada e tinha visto o suficiente do louco show de sexo explícito. Ela saiu do abraço apertado dele, sabendo que Kade tinha escolhido deixá-la sair, pois era hora de voltar aos negócios e não tinha nada suspeito acontecendo naquela área: somente um casal fazendo sexo, e uma dúzia de pessoas excitadas assistindo. No que havia se enfiado, com aquele caso?

Quando adentaram o corredor, Miguel apareceu do nada, chamando por Kade.

— Senhor, achei que poderia ser uma boa ideia você falar com Gia; ela trabalha no bar. Lembrei que ela era amiga do Freddy... você sabe, o cara que pediu demissão. Talvez ela tenha informações sobre a localização da Simone? Por favor, me desculpe. Eu deveria ter pensado nisso mais cedo.

— Sydney, venha comigo. Nós podemos falar juntos com ela.

— Não, você vai. Estou bem. Quero achar Dominique, e talvez *brincar* um pouco com Rhea. — Sydney não tinha intenção de fazer nada com Rhea, mas queria questionar a garçonete. Ela também não confiava em Miguel, então queria que ele pensasse que ela estava ali para se divertir, não para investigar.

— Mas como minha diretora de segurança, você pode achar meu questionamento interessante. Por favor, venha comigo. — Kade apertou os lábios, esperando sua recusa.

— Mas você disse para eu me divertir, não trabalhar. Prometo te encontrar mais tarde. Como você sabe, gosto de me divertir com garotas. Dominique deve estar aqui em algum lugar. Quando tiver terminado, venha me encontrar. Nós podemos brincar mais tarde — ela ronronou, passando as mãos no peito dele.

— Como você desejar, meu amor. Mas saiba que vamos nos divertir mais tarde — ele disse, como um aviso, respirando fundo. — Eu posso sentir tanto Xavier quanto Ettiene naquela área, então grite por eles se tiver algum problema, Okay?

— Eu prometo. Ficarei bem — assegurou, pressionando um beijo em sua bochecha.

— Tome cuidado — ele sussurrou.

Ela piscou para Kade quando Miguel e ele foram em direção a uma parte iluminada, no fim do corredor. Alguma coisa sobre Miguel fazia sua pele se arrepiar. Ele não estava mentindo, mas também não estava exatamente dizendo a verdade, e ela queria que Kade fosse descobrir o que a *barman* sabia. Não podiam deixar nenhuma pedra sem ser revirada, e até agora esta noite tinha sido um fracasso. Além de sexo depravado, nada parecia acontecer no clube.

Ficou sóbria ao pensar no que tinha acontecido com as garotas na Filadélfia, e renovou seu propósito. Então, considerou que Dominique estava com Rhea por um tempo longo demais, e que gostaria de ter a oportunidade de entrevistá-la também. Sydney olhou os corredores, tentando decidir em que direção ir. *Como vou achá-las neste labirinto?* Colocar um pé na frente do outro parecia a única maneira, então continuou andando e olhando em quartos que estavam abertos para apreciação pública. Nada parecia fora do lugar. Ela podia ver uma luz azul saindo de um dos quartos do lado direito, no final do corredor, mas estava tão escuro nessa área que Sidney esperava que não houvesse insetos ou ratos ali, ou surtaria.

A precaução lhe dizia para verificar suas armas, então ela se abaixou e verificou as botas, para ter certeza de que a estaca de prata, a faca e a corrente ainda estavam lá. Contudo, quando olhou para cima novamente, em direção ao fundo do corredor, alguém a jogou contra a parede. Ela mal podia ver a silhueta de um homem barbado, que fedia a cigarros velhos e uísque, que a segurou fortemente contra a parede, com uma mão gorda em cada braço. Ela lutou, mas não conseguiu soltar-se.

— Ei, mocinha, o que você está fazendo sozinha, aqui no escuro? Seu sangue — ele se inclinou e cheirou o pescoço dela —, ah, sim... Cheira tão bem. Que tipo de mestre deixaria sua humana andar aqui atrás, desacompanhada? Você precisa de um mestre verdadeiro, para te colocar na linha. Como eu amaria espancar essa sua linda bundinha e me afogar no seu sangue doce. Vamos lá, isso vai ser divertido.

Sydney se encolheu, para fugir do cheiro pútrido que saía do vampiro. Ela podia ver as finas pontas de seus dentes brilhando na luz negra. Deveria bancar a inocente? Ou fingir que pertencia a ele? Mas Sydney era Sydney, e ela não fazia bem o papel de donzela em perigo. *Foda-se. Esse vampiro fedido ia se dar mal.*

— Escute aqui, amigo, estou te avisando: tire a porra das suas mãos de mim, ou você vai se arrepender. Última chance. — Ela o encarou, desafiadoramente, planejando seu próximo passo.

O vampiro gargalhou em resposta, determinado.

— Atrevida, não é? Será um prazer te chicotear em submissão.

Ele mal falou a última palavra quando Sydney o chutou no saco. É, não importa o quão sobrenatural você seja, testículos sempre são vulneráveis. Testado e comprovado, Sydney adorava como isso sempre funcionava. O vampiro a soltou para poder se segurar, e ela tirou a faca de prata da bota e segurou contra o pescoço dele.

— Desculpe, amigo. Devo admitir que foi divertido... fazer você se submeter e tudo... foi um show. Agora vá para o chão, deite-se de barriga para baixo e coloque as mãos na cabeça, senão você vai comer prata. E no caso de resolver tentar isso novamente, é melhor lembrar que tenho alguns

KADE

amigos vampiros aqui, sem mencionar a estaca de prata na minha bota, que estou doida para experimentar.

O vampiro levantou as mãos e Sydney amarrou seus pulsos com uma fina corrente de prata, imobilizando-o efetivamente.

— Agora escute aqui: seja um bom vampiro e deixarei Miguel saber que você está aqui aguardando para ser solto. Eu sei que vocês, vampiros, possuem leis próprias, então direi a Kade o que fez comigo, e ele pode decidir o que fazer com você.

Enquanto descia o corredor, Sydney parou de repente ao ouvir o grito de uma mulher, vindo de um dos quartos. A voz era familiar e estava com dor. Apesar de várias pessoas adorarem o aspecto da dor em um lugar como este, os pelos em seus braços se arrepiaram quando escutou a mulher gritar novamente. *Dominique*. Sydney começou a correr pelo corredor, gritando o nome da vampira. Ela virou à esquerda e depois à direita, até achar uma porta de metal fechada. Merda, estava trancada e não abria. Ela desejou ter, naquele momento, alguma habilidade de superforça dos vampiros. Como não tinha, se jogou contra a porta e depois tentou chutá-la, mas não conseguiu. *Como vou abrir isso?*

Sydney pegou a fina estaca e a faca. Manipulando ambas devagar, arrombou a fechadura e a porta abriu. No que entrou no quarto, encontrou Dominique algemada, deitada em uma larga mesa acolchoada, e correu para ajudá-la.

— Dominique, o que aconteceu? Achei que vampiros podiam quebrar algemas facilmente. Onde está a chave?

— Sydney, por favor. — Lágrimas escorriam por seu rosto, através de uma venda preta. — Prata. As algemas… estão queimando, me ajude, por favor.

— Tudo vai ficar bem, Dominique. Só respire fundo. Não estou vendo a chave, mas tenho uma faca. Só fique calma.

Sydney finalmente arrombou a fechadura e tirou a última algema de Dominique, horrorizada com o sangramento e as queimaduras de terceiro grau em sua pele. A vampira estava fraca demais para sair da mesa, então Sydney cortou um pedaço de sua saia e começou a secar-lhe o rosto.

— Obrigada. Achei que ninguém me acharia aqui. Aquela vaca, Rhea, fez isso comigo. Eu a estava questionando sobre Simone, quando ela me disse que seu mestre queria fazer uma cena comigo. Eu a deixei me vendar, pensando que era um jogo e eu conseguiria ganhar sua confiança para ela falar. Mas quando ela me algemou com prata, caí na mesa. — Dominique se sentou devagar, inspecionando seus pulsos e tornozelos queimados, ainda sem conseguir se levantar, tonta por causa do efeito da prata. — Merda, isso vai deixar marcas. Escute, Sydney, preciso que um dos caras me traga um doador. Estou sentindo que estão vindo para cá, mas não posso me levantar ainda. Eu preciso de sangue.

— Você vai ficar bem, Dominique, só fique deitada até eles chegarem aqui. Você tem certeza de que a Rhea era a única aqui com você? Ela chamou alguma outra pessoa para o quarto? — Sydney perguntou, determinada a descobrir o que tinha acontecido. Um ruído chamou sua atenção, e ela observou uma porta aberta, que tinha saída para um beco. Mas, mesmo querendo investigar, não deixaria Dominique sozinha.

— Eu não tenho certeza se outra pessoa estava aqui. — Dominique sacudiu a cabeça, em confusão. — Normalmente, podemos sentir esse tipo de coisa, mas a prata não somente queima como um filho da puta, ela enfraquece as nossas habilidades. Eu estava gritando com Rhea, mas podia haver mais alguém. O fato é que Rhea é humana, possivelmente uma bruxa escondendo seu talento, mas definitivamente humana. Ela pode ter sido forçada a fazer isso comigo, mas o vampiro ou mago teria que estar por perto. Só que não senti ninguém quando entrei no quarto em sua companhia.

A conversa com Gia, a *barman*, não resultou em nenhuma pista tangível, a não ser o endereço do funcionário que reportou ter visto Simone. Kade estava ficando frustrado. Simone estava em algum lugar da cidade e esteve neste clube, e eles precisavam encontrá-la antes que ela matasse outra garota. Depois de pegar o endereço, Miguel o enrolou, parecendo falar eternamente sobre nada, então Kade o agradeceu pela ajuda e começou a passar pela multidão, para ir até Sydney. Quando chegou à pista de dança próxima aos fundos do clube, sentiu que alguma coisa estava errada. Então, correu pelo corredor escuro e encontrou um vampiro tentando escapar de uma corrente de prata. Kade podia perceber que algo estava errado com Dominique, mas parou e sentiu o cheiro de Sydney no predador imundo.

— Onde está Sydney? — ele rosnou.

O vampiro se esforçou para olhar para Kade.

— Quem? Você quer dizer aquela cadela humana que me acorrentou? Solte-me! Você realmente precisa ensinar melhores modos para sua escrava. Eu me sentirei honrado em assistir você espancá-la, porque ela precisa aprender uma lição. Olhe o que ela fez comigo!

Kade, furioso além da conta, pegou o vampiro pelo pescoço, batendo sua cabeça na parede.

KADE

— Você tocou nela? Seu novato insolente. Ela é minha. Você vai pagar por suas ações descabidas!

— O quê? Aquela garota humana? Você está brincando, certo? Você pode achar boceta em qualquer lugar desta cidade, e me puniria por ser quem sou? Um vampiro? — ele zombou de Kade.

Com suas emoções alteradas, Kade bateu com ele na parede novamente, segurando-o tão alto na parede, que seu pé não tocava mais o chão.

— Não, eu te punirei por ser um animal que não conhece seu lugar na sociedade. Você nunca mais tocará nela ou em qualquer outra mulher. Seu tempo na Terra acabou, oficialmente. — Num gesto rápido, Kade tirou do bolso traseiro uma pequena estaca de madeira, semelhante a uma pequena antena retrátil. Com precisão, enfiou a estaca no coração do vampiro, e o corredor se encheu de cinzas enquanto Kade corria para procurar Sydney.

Kade entrou correndo no quarto, seguido por Luca e Xavier. Virando Sydney em sua direção, ele a abraçou apertado.

— Sydney, amor, eu saio por dez minutos e você consegue se meter em problemas! Você está bem? Ele te machucou?

— Quem, o vampiro gordo no corredor? — Saindo de seus braços, Sydney riu. — Ele pode ter deixado um hematoma na minha ah-tão-delicada pele, mas, como você provavelmente notou, ele aprendeu a lição. Não se preocupe comigo... Dominique é quem precisa de ajuda. Ela disse que precisa de um doador, e mesmo querendo muito ajudar, sou meio que apegada ao meu sangue.

Sydney e Dominique explicaram o que tinha acontecido com Rhea. Embora um vampiro pudesse ser o responsável pelas ações de Rhea, Kade suspeitava que ela fosse uma bruxa trabalhando com Simone.

— Luca, Xavier, investiguem o beco. Ela provavelmente já foi embora, mas deveríamos verificar de qualquer jeito.

Sydney estava estranhamente comovida ao ver Kade segurar a mão de Dominique. Ele sentia alguma coisa por essa vampira, mas ela não tinha certeza do quê. Amor? Responsabilidade? Ela se questionou, imaginando se deveria estar com ciúmes, mas não estava. Não, o que sentia era admiração por Kade, um líder que tomava conta do que era seu, que confortava Dominique como um pai confortaria uma filha.

Logo Etienne entrou no quarto, com um doador: um rapaz jovem e robusto, com uns vinte anos, pronto e disposto a ajudar; ele parecia ser forte o suficiente para alimentá-la. Kade o chamou para perto e segurou o braço do homem à boca de Dominique; a vampira o mordeu e sugou avidamente.

Sydney olhou para o lado, preocupada em dar privacidade a eles. Afinal, era um ato extremamente íntimo, mas ninguém parecia se importar com sua presença. Naquele momento, imaginou como seria se Kade a mordesse, bebesse de seu sangue. Doeria? Daria prazer a ela? Os rumores eram de que as mulheres achavam isso incrivelmente prazeroso, muitas vezes orgástico, mas ela não era qualquer mulher. E Kade certamente não era qualquer vampiro. Será que ele ansiava mordê-la? Ele tentaria se fizessem amor? Enquanto contemplava o cenário, Sydney percebeu que seus pensamentos eram mais do que curiosidade. Não, ela queria que Kade a mordesse. Quando olhava para Dominique, ainda grudada ao pulso do doador, relanceou seus olhos para cima e notou Kade observando-a sem sorrir, olhando-a de modo sensual, com um olhar sagaz , como se soubesse no que ela estava pensando. Sydney recatadamente desviou o olhar, porque era muita coisa para assimilar.

Quando Dominique estava curada e forte o suficiente para ir embora, o pequeno grupo andou de volta pelo corredor mal iluminado. Então, Sydney parou no quando chutou uma pilha de cinzas para o ar. Onde estava o vampiro acorrentado?

— Ei, pessoal? Hum... alguém viu um vampiro aqui? Preso com algemas de prata? Fedido? — Sem falar outra palavra, Sydney entendeu que o vampiro não escapara. Ele estava morto. Estava chutando suas cinzas, com suas botas. Eca.

Olhou novamente para o chão e depois para Kade. Ele era perigoso, primitivo e inflexível, e a respiração de Sydney falhou quando ele a puxou pela cintura, segurando-a firmemente ao seu lado.

— Ninguém toca no que é meu.

Sydney não recuou enquanto processava suas palavras. Ele havia matado o outro vampiro por atacá-la. A polícia não foi chamada. Num piscar de olhos, o cara não existia mais. Justiça dos vampiros. Ela tremeu, pensando no poder que Kade tinha nesta cidade, e como ele a atraía, como uma mariposa em direção à chama. Ela se endireitou e manteve a cabeça erguida, pois, se estava incomodada ou surpresa pelo que fez com o vampiro, não o deixaria perceber. Sydney deixou Kade, de bom-grado, levá-la para fora do clube e para a limusine. A noite tinha sido um inferno, e ela queria ir embora de lá o mais rápido que pudesse.

CAPÍTULO CATORZE

— Kade, o que está acontecendo? — Sydney perguntou, quando ele fechou a porta do carro. Somente uma limusine tinha retornado para o complexo, e Luca ficou no carro. — Onde está todo mundo? Achei que eles morassem aqui com você.

— Não, amor, eles não moram. Apenas o Luca mora no complexo, mas ele não fica na casa principal. A casa dele é aqui ao lado, mas dentro do complexo, por questões de segurança. — Kade andou atrás de Sydney, apreciando seus belos atributos. Nesta noite, ela seria dele, e este pensamento lhe colocara um sorriso no rosto.

— Nunca há um momento maçante por aqui — ela brincou, entrando na casa. Em seguida, abriu o zíper de suas botas, retirou-as e começou a subir a escada. — Quando você pensa que está morando com um bando de vampiros, descobre que só há realmente um vampiro. Sorte minha.

Kade correu em direção a ela, prendendo-a contra o corrimão. Com a mão em sua cintura, apoiou sua testa à dela, e seus lábios pairaram a centímetros de distância.

— Sydney, só existe um vampiro para você, e só existe uma humana para mim: *você*. Você é uma mulher incrivelmente corajosa, porque lutou contra aquele vampiro e salvou Dominique. Não consigo deixar de admirá-la, mas você me preocupa. — Ele cheirou seu pescoço. — Não consigo aturar o cheiro daquele delinquente na sua pele. Nós dois deveríamos lavar a sujeira desta noite, e descansar para aproveitar amanhã à noite. Um banho quente relaxará bem os seus músculos. Suba. Vou pegar alguma coisa para bebermos, e subirei para massagear o seu pescoço, em alguns minutos.

Kade soltou Sydney, virou-se e andou para a cozinha. Querendo beijá-la, decidiu fazê-la esperar até que desejasse seu toque, que implorasse por clemência.

Pela primeira vez na vida, Sydney estava muda. Seu corpo vibrava de excitação, e ela queria, não, precisava, que Kade fizesse amor com ela, mas ele não o fizera. Onde estava seu vibrador, quando mais precisava dele? Que noite louca, e agora isso! Ela suspirou. Kade estava certo sobre uma coisa: ela precisava relaxar, e com exceção de Kade ou seu amigo à pilha, um banho era a segunda melhor opção. Ela estava enojada com sua experiência com o vampiro, e ainda podia sentir o cheiro de cigarro, sexo, sangue e suor do clube, grudados em sua roupa e cabelos.

Quando Sydney tirou a roupa e entrou no banheiro de hóspedes, admirou ao redor: um banheiro como esse tomaria metade de seu apartamento. O imenso chuveiro de granito contava com várias duchas que soltavam jatos de cima e dos lados. Entrando embaixo do chuveiro, fechou a porta de vidro, e deixou a água quente correr sobre seu corpo e cabelo. Sydney cerrou os olhos, desejando que sua mente e seus músculos relaxassem.

Contudo, os abriu de repente quando escutou a porta do banheiro abrir e fechar. *Kade.* Ele estava aqui com ela? Seu coração acelerou ao saber que estava próximo. Ela entrou ainda mais sob a água quente, antecipando seu toque; seu corpo acordou, formigando ao saber que ele tinha vindo para ela.

Com o rosto virado para a parede, suspirou quando Kade postou-se atrás dela, com a ereção roçando contra suas costas. Assim que as mãos másculas tocaram seu cabelo, sorriu. Ele gentilmente lavou os fios com xampu, deixando as bolhas escorrerem por seu corpo, e ela permitiu que ele a provocasse, aumentando a tensão.

Puta merda. Sydney mal podia aguentar. O cara a tinha finalmente nua, e a estava deixando doida de desejo simplesmente ao lavar seu cabelo. Colocou as mãos espalmadas contra os ladrilhos de granito e rolou a cabeça para trás, dando mais acesso a ele. Sidney não conseguiu evitar alguns gemidos em voz alta quando sentiu suas mãos espalhando as bolhas de sabão em seus ombros e em direção à sua cintura. Ela estava faminta por seu toque, ao sentir as mãos fortes deslizarem por sua pele molhada e trêmula.

— Kade, por favor. Nós já esperamos tanto tempo. Eu só... não posso esperar mais.

— Sydney — ele sussurrou. — Deusa, você é tão macia. Você lembra quando disse que você seria minha hoje? Eu estava falando sério. Você está pronta?

Seu pau ficou bem próximo de sua bunda torneada. Impossibilitado de continuar se abstendo, Kade deslizou as mãos por sua barriga, puxando-a em sua direção até que seu duro comprimento encostou firmemente sobre suas nádegas. As mãos passearam pelos seios macios, acariciando gentilmente e circulando o mamilo entre seus dedos. Ela gemeu de prazer ao sentir seu corpo macio contra o dele.

— Sim, estou mais do que pronta — Sydney respondeu.

— Esperei durante séculos pela mulher certa, e minha escolhida é você. — Ele respirou fundo, tentando resistir a se enterrar profundamente.

— Por favor, Kade, por favor — ela implorava.

Kade massageou seu seio com uma mão, deixando a outra descer entre

KADE

suas pernas. Ela abriu as coxas, dando-lhe melhor acesso, e Sydney gritou seu nome quando ele alcançou seu centro escorregadio, explorando cada centímetro de seu calor. Ele circulou seu clitóris, enfiando um dedo grosso fundo, dentro dela. Ela apoiou a testa contra o ladrilho frio, ofegante de desejo.

— Isso, Sydney, me sinta dentro de você. Libere tudo. Você é uma mulher bonita, maravilhosa, minha mulher. — *A escolhida?* No calor do momento, ela queria acreditar que o que ele dizia era verdade, mas não podia pensar claramente quando seus sentidos estavam sendo tão maravilhosamente atacados. Quando Kade beliscou seus mamilos, todo o sangue de seu corpo correu para o seu clitóris. Ela sofria com a necessidade de ser tocada, e o queria dentro dela, agora.

Assim que Kade adicionou um segundo dedo, ela gritou. O prazer crescia por dentro, e estava prestes a desmoronar. Kade a manipulou, encorajando-a a atingir o clímax.

— Isso, amor. Goze para mim. Isso.

Seus dedos estimulavam os sensíveis nervos dentro dela, que já não podia mais segurar. O orgasmo a atingiu em ondas, enquanto tremia nos braços de Kade. Ela achou que desabaria no boxe, mas Kade a virou e a segurou fortemente.

Ele desligou o chuveiro, e Sydney protestou:

— Não, Kade, não vá embora. Por favor, faça amor comigo agora.

— Eu tenho todas as intenções de fazer isso agora, mas quero que a nossa primeira vez seja especial. Eu planejo demorar, saborear vagarosamente cada parte sua. Venha aqui... comigo. — Enrolou uma toalha quente e macia em volta dela, e depois de secar o corpo de ambos, pegou sua mão e os levou para o quarto.

O coração de Sydney se apertou quando notou pelo menos duas dúzias de velas espalhadas por seu quarto. A coberta tinha sido dobrada, e havia pétalas de rosas no lençol. Seu vampiro era romântico. Ninguém nunca fizera nada semelhante para ela.

— Kade... isso é tão bonito — ela suspirou.

Rindo, Kade colocou os braços em volta de sua cintura, deixando-a grudada nele, para que seus seios ficassem prensados em seu peito.

— Fico feliz que você tenha gostado. Agora, vou te mostrar o quanto é especial para mim, cada centímetro de você — falou, sugestivamente.

Os dois ficaram em pé, em frente à cama. Com desespero, Kade colocou os dedos no cabelo de Sydney, prendendo as mechas em suas mãos, e a beijou. Não foi um beijo suave, mas, sim, forte, dominador, possessivo. Sydney recebeu sua língua, sentindo seu gosto, perdida em seu abraço sombrio.

Kade desejava essa mulher como nenhuma outra. Ele planejava reivindicá-la nesta noite, mas sabia que era ela que estava reivindicando seu coração. Eles caíram juntos na cama, com seus braços entrelaçados, se pegando, se tocando. Lutando por dominância, Kade a prendeu de costas ao colchão. Ele abaixou a cabeça, e sua boca procurou seus lábios rosados. Quando finalmente achou o que estava procurando, lambeu seus montes e os mordeu gentilmente. Sydney gemeu e arqueou as costas, em resposta ao prazer erótico e à pontada de dor.

Kade acariciou seus seios com as mãos e beijou devagar todo o caminho que levava ao seu abdômen. Ela se contorcia na cama, em antecipação, especialmente quando sentiu um beijo em seu quadril, em sua coxa, abaixo de seu umbigo. Ele vagarosamente abriu suas pernas, se deleitando com a visão de sua beleza nua e depilada. Então, passou a mão em sua área púbica e a fez tremer com seu toque. Ele planejava provocá-la novamente e lhe fazer sentir prazer além dos seus sonhos loucos.

Abaixando a cabeça, beijou sua perna, inclusive suas dobras. Sem conseguir resistir mais, ele passou a língua para cima e para baixo nos seus lábios, depois pressionou a boca em seu centro, e chupou o nó macio.

Sydney abriu os braços para os lados da cama e segurou o lençol com força. Sua reação à boca de Kade em sua pele delicada era tão intensa que achou que voaria da cama, já que cores dançavam em sua cabeça enquanto ele lambia e sugava o seu sexo. Começou a implorar novamente, enquanto seu corpo se enchia de sensações arrebatadoras.

— Ah, meu Deus. Isso é tão bom. Eu... eu... por favor.

Kade lentamente enfiou um dedo, e então dois em sua boceta, enquanto continuava a lambê-la, concentrando-se no amontoado macio de nervos. Ele deslizou para dentro e fora dela enquanto bebia sua luxuriosa essência, levando-a cada vez mais perto do orgasmo. Ele amava ouvi-la implorando e queria recompensá-la, então curvou o dedo por dentro, acariciando a fina linha de fibras sensíveis. Enquanto a acariciava, achatou a língua, pressionando fortemente, e depois sugando, provocando-a até seu limite.

Sydney convulsionou em um orgasmo, sentindo os dedos a acariciando enquanto ele continuava a beijar seu sexo. Onda após onda, o clímax desceu sobre ela, fazendo com que gritasse o nome de Kade sem parar. Depois, virou-se para o lado por um minuto, sentindo como se todos os nervos de sua pele estivessem pegando fogo. Ela estava exausta, mas pronta para recebê-lo dentro de si. Sydney precisava dele nos seus braços, fazendo amor com ela.

— Isso foi incrível... ai, meu Deus.

Kade seguia por cima dela, como uma pantera faminta. Ela passou sua mão sobre seus músculos fortes, pois queria lamber cada protuberância de seu abdômen definido. Quando ele se apoiou em seus braços acima do seu corpo, trocaram olhares. O foco de Kade foi para seus lábios macios, e a beijou gentilmente, suas línguas dançando em conjunto. Amando. Acolhendo.

— Sydney, você é espetacular... eu anseio por te saborear por toda a eternidade.

— Por favor, faça amor comigo. Eu não consigo mais aguentar... preciso de você.

— Você tem certeza, amor? Depois dessa noite, não tem como voltar atrás.

Sydney acenou com a cabeça.

Kade pegou seus pulsos com uma mão, colocou seus braços sobre a cabeça e pressionou os lábios aos dela, em um beijo arrebatador. Confiante de que estava pronta para ele, enfiou seu pau em seu centro, de uma só vez. Bombeando dentro dela, entrando e saindo devagar, ele regozijou-se em quão apertada e quente ela era ao redor de seu membro. Kade queria tanto fazer isso durar, mas estava tendo dificuldades em segurar seu orgasmo, pois Sydney finalmente era dele. A resplandecente mulher sob ele provocava um apetite que sequer sonhou existir. Apesar de toda sua força física, ela simplesmente não fazia ideia de quanto poder exercia sobre seu coração.

Sydney alargou-se para acomodar o tamanho de Kade, e quando permitiu que ele segurasse seus braços acima, fez com que aceitasse o desejo carnal de se submeter a ele. Ela arqueou os quadris em direção a ele, com seu clitóris roçando seu ninho de pelos. Tremendo de prazer a cada movimento, Sydney colocou as pernas ao redor de sua cintura, puxando-o para mais perto.

Kade diminuiu o ritmo, com seus olhos fixos no dela.

— Kade, eu preciso de mais. Por favor, por Deus, não pare.

— As coisas não serão mais as mesmas para nenhum de nós, depois de hoje — Kade rosnou, com suas presas se alongando. Ele lambeu a curva do seu pescoço, se perdendo na suculência de sua pele quente. Não tinha como voltar atrás. Ele não podia mais se segurar. — Você. É. Minha. — Ele chegou seus quadris para trás e entrou com força, no mesmo instante em que mordeu a macia pele do seu pescoço.

O sangue doce de Sydney encheu sua boca enquanto continuava a bombear vorazmente em seu corpo, derramando seu sêmen profundamente. Soltando suas mãos, ele rolou para suas costas, puxando-a contra si, a abraçando. Kade fechou os olhos, impressionado com sua reação a ela. Não somente seu corpo e sangue, mas também sua mente. Sem sombra de dúvidas, ele sabia que essa mulher era única, e tinha acabado de reivindicá-la. Para sempre.

CAPÍTULO QUINZE

Sydney acordou ao som do canto de pássaros do lado de fora. Kade estava deitado ao seu lado, perturbadoramente quieto, e ela acariciou as linhas de seu peito, lembrando de sua noite juntos. Ele insistira que ela era dele, mas ainda assim sentia dificuldades de compreender o que essa alegação significava para uma mulher moderna como ela. *Quantas mulheres pertencem a ele?* Ela sabia que ele existia há um bom tempo, mas Kade disse ter amado somente algumas mulheres.

O coração de Sydney se apertou com o pensamento de que poderia existir mais alguém na vida dele. E com isso soube, instantaneamente, que estava com problemas. *Merda. Estou me apaixonando por ele. Não, não e não.* Isso não podia acontecer, mas estava. Ninguém, em toda a sua vida, a fizera se sentir como na noite passada: fantástica, eufórica, amada. Era isso... amada. Ele a amava? Foi isso que quis dizer quando alegou que ela lhe pertencia? Em algum momento, teriam que conversar sobre o que tudo isso significava.

Como ela poderia ter um relacionamento com um vampiro? Primeiro: havia problemas de localidade: Ela morava na Filadélfia, e ele, em Nova Orleans. Ela tinha um trabalho, compromissos. Segundo: ele viveria mais do que ela. Ela seria uma mulher idosa e ele continuaria parecendo ter saído de uma capa de revista. Terceiro... terceiro? Por que estava pensando em tudo isso? Sidney não tinha nem certeza se ele falou sério em relação a ela. Ela só sabia que "ser dele" poderia significar que somente era mais uma de suas várias mulheres. *Um harém? A porra de um harém vampírico. Pare de se preocupar, Syd.*

Precisando clarear a mente, foi silenciosamente da cama para o banheiro, convencida de que um bom banho faria tudo melhorar. Uma dor cresceu em seu peito, quando entrou debaixo da água quente. *Bom trabalho, Sydney. Você está se apaixonando por um vampiro. Um vampiro gostoso, sensual e romântico.* Sacudindo a cabeça, sem acreditar, rapidamente lavou o cabelo, ensaboou a pele, enxaguou, saiu do chuveiro e se secou.

Quando abriu a porta, ficou desapontada: infelizmente, a cama estava vazia. Para onde Kade foi? Sentindo a perda, vestiu-se, evitando olhar para o local onde fizeram amor. Ao ouvir um som familiar, procurou freneticamente por seu telefone. *Por que não podia ser mais organizada?* Após encontrá-lo em uma pilha de roupas, atendeu à chamada.

— Oi — era tudo que conseguia dizer, em meio aos seus pensamentos confusos.

— Oi, para você também — Tristan respondeu. — Cheguei hoje cedo; vou ficar no apartamento do meu irmão, na *Royal Street*. Que tal pegar um táxi e me encontrar para comermos uns *beignets*?

— Agora, isso, sim, é um bom remédio. Você está com as minhas armas? — Sydney se sentiu sufocada no quarto de hóspedes. Um tempinho longe dos vampiros faria bem a ela.

— Com certeza. Guardei todas em uma mochila, para ninguém notar. Agora são mais ou menos quatro horas da tarde. Você consegue me encontrar aqui em quarenta e cinco minutos? — ele perguntou.

— Sim, está ótimo, te encontro lá. Obrigada, Tris. — Sydney suspirou, desligando o celular.

Ela e Kade teriam que conversar mais tarde, mas, por agora, estava de volta à realidade. Precisava desesperadamente de suas armas, especialmente depois do incidente de ontem, com o vampiro, no corredor.

Sydney colocou um vestido roxo provocante e ajustou as alças finas que sustentavam seus seios tamanho quarenta e quatro. Vestiu uma calcinha fio-dental sensual, para o caso de ser surpreendida por Kade mais tarde. Graças a Deus, achara um par de sandálias confortáveis quando fez compras no outro dia, pois conforto era essencial quando se andava pela cidade. Olhando-se no espelho, prendeu o longo cabelo loiro em um rabo de cavalo e passou um *gloss* labial rosa. Já estava quase esquecendo sua faca de prata, e sem nenhum lugar adequado para escondê-la em seu corpo, guardou-a na bolsa enquanto saía do quarto.

Andando pela casa, notou que tudo estava quieto, muito quieto. Nada além de silêncio preenchia o salão principal. Onde estava Kade agora? Endureceu suas emoções, com medo de que ele não tivesse falado sério em relação a ela. Que homem sai da cama de uma mulher enquanto ela está no chuveiro, molhada e nua? Sydney olhou no corredor depois da cozinha e escutou a voz de Kade vindo de um dos cômodos. Mesmo com a porta entreaberta, não quis se intrometer em seus negócios. Mas, de novo, por que não? Ele deixou seu quarto depois da mais fabulosa noite de amor!

Cheia de convicção, Sydney abriu a porta e se apoiou no batente. Com uma mão no quadril, viu Kade enquanto ele se recostava em uma cadeira de couro, com seus pés apoiados em uma mesa antiga, de cerejeira. *Bonita mesa*, pensou... Uma imagem se formou em sua cabeça: ela, inclinada sobre a mesa, com Kade a possuindo por trás. Deu a ele um sorriso malicioso, que sorriu de volta e soprou um beijo, mas continuou a conversa sobre os investimentos da empresa Issacson, enquanto ela ficava ali de pé, esperando-o encerrar a ligação. Deus, aquele homem era sensual pra cacete... mas exasperante. *Ele não vai desligar por minha causa. Sério?* Sydney acenou inocentemente para ele, virou em seus calcanhares e voltou para a cozinha, pois decidiu que já que estava ocupado, deixaria um bilhete.

Ela rapidamente rabiscou uma mensagem, deixando Kade saber que encontraria Tristan e voltaria em algumas horas. Convencida de que ele não desgrudaria do telefone tão cedo, prendeu a nota na parte de dentro da porta de entrada. Paciência não era um dos seus pontos fortes, mas, pelo menos, avisou aonde iria. Sydney amava Nova Orleans e tinha esperanças de ter a chance de olhar as vitrines de antiguidades da *Royal Street*, no caminho de volta. Ela realmente queria voltar para verificar o endereço que conseguiram na noite anterior, mas sabia que os vampiros não estariam com força total até o pôr do sol. E depois da noite anterior, não planejava ir sozinha para o endereço, sem nenhum suporte.

Decidindo não pegar um táxi em um dia fresco de verão, Sydney optou por andar no bonde de *St. Charles*, indo do *Garden District* para o *French Quarter*, e dali pegou o bonde do *Canal* até *Riverfront*, para encontrar Tristan. Ela amava absorver as paisagens da cidade, enquanto andava de bonde. Meia hora depois, chegou a seu ponto e desceu os degraus para o *Café du Monde*.

Tristan já a aguardava, sentado à uma mesa de canto, debaixo da cobertura externa, com um prato grande de *beignets* polvilhados com açúcar de confeiteiro, e um copo de café com leite para ela. Chegando de surpresa por trás dele, o abraçou e deu um beijo casto em sua bochecha.

— Oi, *mon loup*, quer companhia? — ela provocou, sedutoramente.

— Você está tentando me matar aqui em Nova Orleans, Syd? — Tristan riu.

— Do que está falando? Não posso dar um pouco de amor para um lobo? Senti sua falta. Você não sabe o que é estar cercada de vampiros vinta-e-quatro-por-sete. Você tem que ir comigo para a casa de Kade. Temos um endereço para checar assim que o sol se pôr.

Tristan entregou uma caneca para ela, colocando o prato de *beignets* à sua frente.

— Primeiro de tudo: você realmente não entende como a menor demonstração de afeto por mim pode acabar com a minha morte, não é, *mon chaton*? — ele perguntou. — Escute, Kade e eu nos conhecemos há muito tempo; somos próximos. E deixe-me dizer que em todos os anos que o conheço, ele nunca expressou o desejo de reivindicar uma mulher. Posso sentir o cheiro dele em você. Lembra? Superfaro de lobo? E por mais que tenha tentado esconder com maquiagem, posso ver que ele te marcou. Você pode não saber disso, doce Syd, mas você é dele. — Ele sorriu, trazendo a xícara para os lábios.

Sydney quase derrubou seu café, quando bateu com a xícara na mesa.

— Marcada? Reivindicada? Que porra isso significa, Tristan? Como se eu fosse uma propriedade? Estou de saco cheio dessa merda e de toda essa linguagem sobrenatural e suas regras! Regras que não se aplicam a mim, pelo visto, já que todo mundo aqui continua me lembrando que sou humana, como se isso significasse que sou menos. — Ela pegou outro *beignet*, pretendendo enfiá-lo na boca. — Quer saber? Nem explique nada pra mim. Desculpe-me por ter perguntado. Por mais que eu ame *Nova Orleans*, estou mais do que pronta para voltar para a Filadélfia, onde sou apreciada pelas minhas excelentes qualidades humanas. — Ela mordeu o *beignet*, e o açúcar se espalhou pelo prato.

Tristan gargalhou. Pobre Sydney, não tinha ideia do que estava acontecendo entre Kade e ela, e o vampiro parecia não fazer um bom trabalho de explicar tudo. Ele estava cutucando onça com vara curta. Isso ia ser divertido de assistir.

— Escute, Syd, não vim até aqui para te irritar. Olhe só o que o seu Alfa trouxe pra você... uma linda mochila rosa, com todos os tipos de brinquedos legais. — Ele segurou a bolsa e sorriu.

— Agora, é disso que estou falando. Obrigada. — Ela pegou o telefone e olhou a hora. — Por mais que eu queira aproveitar o passeio, é melhor voltarmos para a casa de Kade. O sol vai se pôr em uma hora, mais ou menos, e não quero perder tempo procurando esse bastardo.

Tristan levantou-se e colocou dinheiro na mesa.

— Okay, vamos lá — Tristan sugeriu. Quando saía, a viu andando por entre o labirinto de mesas, sorrindo como se não tivesse nenhuma preocupação. *Ah, sim, isso vai ser divertido, com certeza.*

Kade terminou de falar com o seu contato do outro lado do oceano e suspirou. Por mais que quisesse desligar o telefone e fazer amor com Sydney novamente, precisava tomar conta dos investimentos da Issacson. A *Issacson Security* era uma firma que ele construíra há anos, e atendia sobrenaturais. Kade havia negligenciado seus negócios enquanto estava na Filadélfia, então terminar a ligação era uma necessidade. Era um homem que honrava seus compromissos, e seus clientes confiavam suas finanças a ele.

Quando Kade estava prestes a procurar Sydney, Luca entrou em seu escritório. Sacudindo um pedaço de papel, sentou-se na cadeira em frente à mesa de Kade.

— Então, você escutou alguma coisa da bruxa?

Kade acenou com a cabeça.

— Sim, e é uma notícia interessante: o endereço que ela me deu é o mesmo que pegamos com a *bartender* ontem à noite. Um mago chamado Asgear comprou óleo Van Van há mais ou menos seis meses... se encaixa no nosso prazo. Então talvez tenhamos sorte hoje à noite em nossa busca por Simone. Quando todos chegarão aqui? Nós deveríamos preparar Sydney e os outros.

— Bem, sobre a sua garota... — Luca deu um sorriso arrogante. — Você sabe onde ela está?

— Está aqui em casa; eu a vi alguns minutos atrás, de pé à minha porta. Por que pergunta? — Kade apertou os lábios.

— Bom, você pode estar interessado em saber que ela saiu para encontrar Tristan, no *French Quarter*, sozinha. — Ele jogou a nota através da mesa. — Você deve ter ficado em sua conferência telefônica por mais tempo do que pensou.

Kade leu o bilhete, sentindo o sangue subir para o rosto.

— Merda de mulher teimosa! Eu disse-lhe para não sair sozinha, mas ela não segue instruções — ele resmungou.

— Ou ela simplesmente não deseja seguir, e as ignora de propósito. Sydney está com Tristan, então, com certeza, ele vai protegê-la. — Luca não resistiu cutucar Kade.

— Ela é minha! — Kade gritou.

— Sei — Luca disse, calmamente. — Eu preciso perguntar, Kade: ela entende como você se sente? Por acaso, sabe que foi reivindicada, ou o que isso significa? Que ela é sua? Afinal, é somente uma humana.

— Porra, eu não sei. Você me conhece melhor do que ninguém. Eu tive muitas mulheres pelos séculos passados, mas somente um bocado de amantes, mulheres por quem senti carinho. Mas essa mulher humana, ela... ela me deixa louco. Louco de desejo, frustrado, enfurecido em alguns momentos. Ela não obedece a ordens, se colocando em perigo a torto e a direito. Pior, perigo é parte de seu trabalho, então ela age como se isso fosse perfeitamente normal. E não importa o quão insano me deixe, não consigo resistir a ela. Não existiu ninguém como ela, nunca. — Ele coçou a sobrancelha com uma mão e alongou o pescoço de um lado ao outro. — Eu preciso falar com Sidney quando ela voltar. Essa idiotice tem que parar. E se ela esteve com o Tristan... — Ele não podia pensar naquilo. Kade amava Tristan, mas arrancaria seu coração se ele a tivesse tocado hoje. Ele sabia que tiveram um relacionamento no passado, mas informara Tristan de suas intenções com Sydney, e ele tinha concordado em honrá-las.

— Escute, tenho certeza de que ela voltará a salvo. — Luca levantou-se e deu um tapinha no ombro de Kade. — O dia ainda está claro, e Tristan vai acompanhá-la de volta para cá. Até tenho que admitir que Sydney é uma mulher mais do que capaz. Você sabe que sou, geralmente, contra o envolvimento de humanos em assuntos vampíricos, porque suas fraquezas nos colocam em perigo, mas a mulher, até o momento, estaqueou dois vampiros e resgatou Dominique, então tenho que reconhecer isso. Ainda não estou feliz por ter uma humana trabalhando conosco no caso, mas ela está provando seu valor.

— E sobre Tristan, vocês são amigos. — Luca cruzou o cômodo até a porta, sabendo que precisava de distância para o que estava prestes a falar para Kade: — Ele vai honrar suas intenções com Sydney... como eu também irei.

Kade escutou, já ciente do que Luca estava pensando.

— Ontem à noite, na pista de dança, dançando com Sydney... com você e com ela, foi íntimo. Não dançava com uma mulher há bastante tempo. Ela é... — Ele abaixou os olhos, em submissão. — Ela é muito desejável, mas eu e Tristan somos seus amigos. Mesmo que Sydney não entenda a dimensão dos seus sentimentos, nós temos uma boa ideia. Nenhum de nós irá persegui-la, pois sabemos que ela é sua. Bom, a não ser que você me convide para participar da diversão novamente — ele brincou, tentando quebrar o gelo.

Kade sabia que Luca tinha ficado excitado na noite anterior, mas ele tinha a situação sob controle, pois havia dado permissão a seu amigo. Então, não sentiu ciúmes quando dançou eroticamente com os dois. Não era como se Luca e ele não tivessem compartilhado mulheres no passado, mas não compartilhariam Sydney. Dançar era uma coisa, fazer amor era outra. Kade estava se apaixonando por ela. Syd era dele, e ele precisava fazê-la entender que tinham um futuro, juntos.

Sydney entrou pela porta da frente, se sentindo revigorada. No entanto, Kade estava de pé no hall de entrada, esperando-a, com os braços cruzados e um olhar fulminante tanto para Tristan quanto para ela.

— Escute, cara, eu avisei que você ficaria puto por ela não ter dito aonde estava indo. E antes que venha todo vampiresco pra cima de mim, não, eu não toquei nela. — Tristan voltou alguns passos e levantou as mãos em rendição. — Parece que vocês têm muito o que conversar, então vou pegar alguma coisa para comer.

Kade olhou irritado para o seu amigo, enquanto Tristan acenava, indo em direção à cozinha.

— Escute, Kade, não sei por que você está me perfurando com o olhar, mas saí para comer *beignets* e precisava das minhas armas e... — Sydney começou.

Kade atravessou o cômodo, pegando-a possessivamente pelos braços e colando-a em seu corpo. Sua bolsa caiu aos seus pés. Eles estavam muito perto, peito a peito, rosto a rosto, testa a testa. Ele nunca lhe machucaria um único fio de cabelo, mas Sidney precisava entender a seriedade de andar pela cidade sozinha. Mais importante: ela precisava entender que pertencia a ele, pelo resto dos tempos.

— Sydney, amor, o que você não entende das minhas recomendações? Eu disse para não sair sozinha. Fora desta casa, Simone pode te pegar, a qualquer hora, em qualquer lugar. Você quase me matou de susto — ele rosnou.

— Você disse que eu seria consultora nesse caso, para não seguir pistas sozinhas, e seguir suas orientações... tudo que tenho feito. Além disso, você não decide o que faço no meu tempo livre — ela disse, apontando um dedo em seu peito. Sem mostrar remorso, saiu de seus braços, desafiadoramente. — Eu ficaria mais do que feliz em dizer onde fui hoje, se tivesse ficado na minha cama essa tarde, para descobrir, ou se tivesse tirado um tempo para falar comigo, quando o procurei. Você não fez nenhuma dessas coisas, então deixei um recado. O que, para ser sincera, acho que foi uma alternativa perfeitamente válida, considerando o modo como me tratou.

Essa mulher estava tentando deixá-lo insano. Seus lábios carnudos e luxuriosos chamavam por ele, como faziam os bicos de seus seios, que forçavam contra seu vestido justo. Ela precisava de uma lição, mas seu pau cresceu com uma excitação instantânea, e uma atividade completamente diferente tomou sua mente.

— Você, eu, agora. Meu escritório. — Ele apontou para o corredor e pegou a mão dela, pois não teria essa conversa no meio da casa, onde Tristan e Luca poderiam escutar cada palavra, sem mencionar que os outros logo estariam aqui.

Sydney tremeu quando Kade bateu a porta do escritório, e passou os dedos pelo cabelo. Ele andou de um lado para o outro do escritório, finalmente se posicionando à frente da cadeira onde havia se sentado. Os olhos dela foram direto para sua virilha. *Eu não olhei para lá. Tá bom, olhei.* Desviando os olhos para a mesa, o que também trouxe pensamentos impróprios para sua mente, ela bufou:

— Eu não quis deixá-lo bravo, de propósito, mas você precisa olhar isso pela minha perspectiva. Essa não é minha primeira vez em Nova Orleans. Você estava ocupado. Deixei uma nota e fui direto me encontrar com Tristan. Eu estava perfeitamente segura.

— Sydney, primeiro vamos deixar claro: até que Simone seja pega, você não pode sair sozinha. Nós achamos um mago suspeito, que mora no mesmo endereço informado pela *bartender*. Esse mago não está limitado durante o dia, então, mesmo que tenha pensado que estava segura, poderia ter sido enfeitiçada a qualquer momento.

— Okay, entendido — Sydney disse. *Feitiços? Bruxas? Mago?* A última coisa que precisava era que alguém colocasse uma urucubaca nela, enquanto só queria uns *beignets*. — Prometo que não vou sair sozinha, mas, em minha defesa, deixei um recado. Então, não era como se eu tivesse sumido. — Ela sabia que ele ficaria bravo, mas não tinha esperado a intensidade da sua reação. A policial nela queria ficar brava com ele, mas sua pura força masculina reverberava pelo escritório, fazendo com que ficasse molhada de desejo.

— Você não vai a lugar nenhum sem estar comigo — ele repetiu.

Como um predador, Kade deliberadamente focou em sua presa, enclausurando o corpo feminino. Ele fez com que Sydney fechasse os joelhos juntos, enquanto montava sobre suas pernas, dominando seu espaço pessoal.

A mulher acenou com a cabeça, em concordância. Enquanto ele se elevava sobre ela, podia sentir seu calor, e seu sangue correu para o seu rosto, deixando-a inchada de desejo. O homem era tão sensual, delicioso, e todo dela.

— A noite passada foi elétrica — ele continuou, enrolando uma mecha do cabelo suave. — Fazer amor com você... eu nunca senti por uma mulher o que sinto por você, e precisa entender que estamos conectados. Quando te mordi... — Ele passou o dedo pela marca em seu pescoço. Ela tremeu em antecipação, querendo mais. — Quando te mordi, eu a reivindiquei como minha, como minha mulher. Estou me apaixonando por você, Senhorita Willows, e não tenho intenção de te deixar livre... não depois que esse caso acabar... nunca.

O coração de Sydney explodiu, porque finalmente ela estava escutando-o dizer que queria ficar com ela. Ela olhou em seus olhos penetrantes e sentiu como se ele pudesse enxergar dentro de sua alma.

— Kade, estou me apaixonando por você também. Eu... eu não sei o que tudo isso significa, mas quero explorar isso com você... nossos sentimentos, nosso relacionamento. Não posso acreditar que estou dizendo isso, mas nós... a noite passada... foi maravilhoso. Você me domina. Eu te quero tanto que não consigo pensar direito.

Sydney ansiava por ele, por seu beijo, seu gosto. Percorrendo a musculatura das coxas grossas com as mãos, fez com que suas palmas viajassem em direção à crescente excitação. Arrancando seu cinto em segundos, ela abriu suas calças, liberando sua masculinidade.

— Sim... — ele gemeu quando o pegou em suas mãos.

— Eu preciso sentir o seu gosto agora, não posso esperar. — Acariciando sua pulsante ereção, ela lambeu-a da base até a ponta. Prolongando o prazer, pressionou a glande entre os lábios.

— Sydney, você está me matando. — A cabeça de Kade rolou para trás.

Era exatamente isso que ela estava planejando... deixá-lo de joelhos. Bombeando sua rígida e molhada ereção, gradualmente escorregou seu grosso membro para dentro de sua boca aberta. Ela o massageou, entrando e saindo, sugando e aproveitando cada centímetro rígido, enquanto passava a língua pelo seu comprimento. Colocando a mão abaixo de sua rigidez, ela acariciou suas bolas, cuidadosamente rolando-as em sua mão.

— Sydney, pare, por favor, eu quero fazer amor com você... o que não serei capaz, se você continuar com isso... — Kade inalou bruscamente, impossibilitado de aguentar a doce tortura provocada por sua boca úmida e quente.

Sedutoramente, Sydney o tirou de sua boca, tirando suas calças no processo. Era a sua vez de dominar, de tomar a iniciativa. Deus, ela amava esse homem, e estava sedenta para aproveitar seu magnífico corpo. Ficando de pé, trocou de lugar com ele, e o fez sentar no sofá de couro macio.

— Eu quero aproveitar cada centímetro de você, Senhor Issacson, cada duro centímetro — ronronou. Subindo sobre ele e levantando seu vestido, ela tirou a calcinha e se apoiou nos joelhos, de cada lado de suas coxas, pairando sobre seus estreitos quadris, mas sem ainda tocá-lo. Kade colocou suas mãos fortes ao redor da cintura delgada, permitindo que ela comandasse a brincadeira.

O calor doloroso e profundo no meio de suas pernas ameaçava acelerar sua abordagem, mas ela queria fazer isso durar. Precisando saborear a pele de Kade desesperadamente, desabotoou sua blusa, devagar, e jogou-a para o lado.

Kade colocou as mãos sob seu vestido, para tocá-la, somente para achar sua pele sedosa nua.

— Ah, amor, você é tão, mas tão perversa. Uma garota safada, minha garota safada. Sério, não posso esperar. Venha aqui.

Colocando suas mãos na nuca delicada, puxou-a em sua direção e a beijou intensamente, capturando seus lábios macios, sua língua dando de encontro à dela. Sydney se entregou ao intoxicante beijo, correndo seus dedos pelo cabelo de Kade. Os dedos masculinos pressionaram a pele lisa de sua bunda e massagearam os músculos tonificados.

Deixando sua mão descer, ela esfregou o pau duro em sua dobra molhada e escorregadia, se preparando para ele. Uma explosão de êxtase sacudiu seu corpo enquanto o guiava para dentro, aos poucos, um incrível centímetro por vez. Devagar, desceu completamente sobre ele, envelopando seu comprimento, unindo seus corpos em um.

— Sim! Kade, ah, meu Deus. Você está tão duro, tão grande. Por favor, ah, sim!

Ela arqueou as costas, se movendo para cima e para baixo num movimento rítmico que estimulava ao máximo seu sensível cerne. Sentindo a excitação dela crescer, Kade abaixou as alças de seu vestido, liberando os seios pesados. Inclinando-se para frente, capturou seu mamilo com a boca, sugando e mordendo o bico torturado. Sydney gemeu novamente, abriu os olhos com suas pálpebras pesadas e o observou dominar seu corpo.

A visão dele a empurrou no abismo. Ela começou a montá-lo com força, e ambos se moveram no ritmo dela. Sydney se sentia tonta quando seu corpo começou a tremer intensamente, então ele mordeu seu seio macio, levando-a para um clímax explosivo. Ela gritou seu nome ao tremer, aproveitando a última onda de seu orgasmo.

Kade se afastou dela relutantemente, levantando-a de seu colo. Ele olhou para a mesa e arqueou uma sobrancelha.

— Mesa. Agora — ele ordenou.

— Sim — ela expirou.

Kade a inclinou gentilmente sobre a mesa, colocando suas mãos na superfície lisa. Ela se sentiu quente quando a sua bochecha encostou no couro frio, e ele levantou o vestido para expor a pele de seu traseiro.

— Você está pronta para mim, amor?

— Por favor. Eu preciso de você agora. Dentro de mim. Faça amor comigo — ela implorou, e sua respiração se acelerou em antecipação à sua entrada.

Colocando suas mãos nas nádegas dela, Kade mergulhou em seu centro, preenchendo-a com sua rigidez. Seu interior quente e úmido massageava o seu pau quando bombeava para dentro e para fora. Ele sabia que não duraria muito, então, deixando sua mão deslizar por suas costas, enrolou o longo cabelo no punho, puxando-a em direção a ele. Ela gritou seu nome em êxtase, e o prazer e a dor do momento quase demais para aguentar.

Seus corpos se moviam juntos, como se fossem um só. Enquanto ele metia fundo, ela empurrava em direção à ereção dele. Tanto Kade quando Sydney lutavam para respirar enquanto se aproximavam do clímax, movendo-se em resposta um ao outro. Kade soltou o cabelo dela para segurar firme em sua cintura, metendo cada vez mais forte. Sabendo que ambos estavam perto, ele se inclinou, pressionando seu peito às suas costas.

— Eu te amo. Para sempre, você é minha — ele sussurrou em seu ouvido.

Com essas palavras, ele arremeteu com força, uma última vez, enquanto mordia sua nuca, liberando o sangue divino dela em sua boca.

A picada dos caninos longos a jogou em um orgasmo incontrolável, e ondas pulsantes de prazer ressoaram por cada centímetro quadrado de sua pele. Seu sexo convulsionou em volta do pau de Kade, que gemeu alto, explodindo em seu interior.

Sydney não resistiu quando Kade deslizou para fora, puxando-a em seus braços. Ele beijou o topo de sua cabeça, e Sydney refletiu sobre o que ele acabara de dizer para ela. *Eu te amo.* Ela mal podia acreditar que somente poucos dias após conhecer Kade, teria se apaixonado desse jeito por ele. Um vampiro. Não importa o quão surreal isso fosse, não podia negar o que estava em seu coração.

— Kade? — ela sussurrou.

— Sim, amor?

— Não tenho certeza de como isso aconteceu, ou do tipo de futuro que podemos ter... mas... — ela começou.

— Sim?

— Eu também te amo. — Sydney enterrou o rosto no peito musculoso, surpresa com as palavras que saíram de seus lábios.

O coração de Sydney acelerou quando Kade levantou seu queixo e olhou dentro dos seus olhos. Ele sorriu em resposta, e naquele momento ela soube que o que ele dissera era verdade: ela seria dele para sempre.

CAPÍTULO DEZESSEIS

Deliciosamente dolorida depois de fazer amor com Kade em seu escritório, Sydney suspirou, refletindo sobre a noite que tiveram. Seu peito floresceu com o amor que sentia por esse homem, e mal podia acreditar que confessara que o amava. Não estava certa sobre como isso funcionaria, já que morava na Filadélfia, mas decidiu não focar nos detalhes por enquanto.

Nada estragaria o seu dia, com exceção de Simone. Porra de Vudu, vaca vampira. Sydney ficou séria com o pensamento de que estavam prestes a deter um mago, que poderia colocar suas vidas em perigo com magia negra. O endereço levava até um largo prédio no *Warehouse District;* se fossem à noite, eles teriam uma grande vantagem, já que os vampiros teriam uso total de seus poderes. Sydney, por outro lado, sabia que estaria em perigo, dadas as suas fraquezas humanas, como não poder enxergar no escuro. Luca lhe entregou um par de óculos noturnos com tecnologia de ponta, mas ela ainda não tinha a velocidade e poder dos vampiros.

Depois de prender o cabelo em uma trança embutida, Sydney colocou calças de couro. O tecido áspero ficou justo em seu corpo tonificado e podia estar um pouco calor para usar couro em uma noite quente de verão em Nova Orleans, mas sua pele precisava da proteção, dado o estado de abandono do prédio que planejavam invadir. Ela colocou uma camiseta de algodão preta, de mangas compridas, mas não antes de colocar uma minifaca Karambit escondida em um compartimento de seu sutiã esportivo. Após colocar o colete Kevlar à prova de balas e perfurações por armas brancas, estava quase pronta, apesar de a roupa não ser muito confortável. Sydney adicionou uma leve jaqueta para cobrir tudo, uma com vários bolsos e compartimentos secretos, onde podia guardar munição: estacas, dardos e correntes de prata. Colocou suas *Sigs* nos coldres na cintura e na perna e andou de um lado para o outro do quarto, satisfeita com o peso de suas pistolas mais confiáveis. Antes de amarrar o cadarço de seus coturnos, ajeitou a pequena adaga ao lado do tornozelo. A faca com ponta de flecha era pequena, mas efetiva em combate manual.

Por último, pegou sua *besta* da mochila, verificou e contou os dardos de madeira. Confiante de que tinha tudo em ordem, prendeu a correia no peito, deixando a arma pendurada às costas. Pegando os óculos de visão noturna sobre a cama, respirou fundo, sentindo a coragem fluir por suas veias. Era hora de chutar o traseiro de um mago, e com sorte chegar um passo mais próximo de capturar Simone.

Entrando na sala principal, Sydney se estabilizou, absorvendo a visão dos vampiros muito maiores do que ela. Eles também estavam vestidos com uniformes de combate, prontos para lutar. Na porta de entrada, ficou surpresa por ver um grande lobo preto, com olhos da cor de âmbar, a encarando. Estava tentada a perguntar se alguém tinha trazido um cachorro, mas lembrou-se a tempo que era Tristan. Sydney não achava que ele apreciaria a piada canina, então só acenou com a cabeça para ele, sem saber o que dizer para o seu lobo. Ele ganiu em resposta, e caminhou para o seu lado, roçando em sua perna.

Quando Kade entrou na sala, sua presença dominou o espaço e o ar mudou. O lobo saiu de perto de Sydney, sentindo que ele avançava em sua direção. Seu corpo formigou em resposta à visão poderosa. Vestido com couro preto, ele se aproximou.

Parecendo perigoso e formidável, era um animal em perseguição: gostoso, ameaçador, sedutor.

O pulso de Sydney se acelerou como se Kade e ela fossem as únicas pessoas no cômodo.

Ele se inclinou em sua direção e capturou seus lábios macios. Liberando-a, sussurrou em seu ouvido:

— Você está estonteante com todo esse couro, amor. Isso me faz ter vontade de te levar para o andar de cima e te mostrar o quanto aprecio o seu traje. — Ele a beijou novamente, afirmando a reivindicação sobre sua mulher.

— Sério, pessoal? — Dominique bufou. Ela sacudiu suas unhas pontiagudas longas e vermelhas. — Chega dessa porcaria melosa. É hora de irmos matar alguns caras maus. Estou doida para achar aquela cadela que me prendeu com prata na mesa, e beber seu sangue até deixá-la seca.

— Oi, Dominique, como estão os seus pulsos? Suas unhas estão ótimas, amei a cor. — Sydney riu ao ver uma vampira durona se preocupar com o aspecto de suas unhas, quando estava prestes a entrar em combate.

— Obrigada, Syd. Os pulsos estão ótimos, é incrível o que um pouco de sangue pode fazer. — Ela riu e levantou suas mãos, mostrando as garras pintadas. — A cor é vermelho-sangue. Quero ter certeza de que estou no meu melhor, quando arrebentar aquela Rhea ... se este for realmente seu nome verdadeiro.

— Está bem, bom plano. — Sydney arqueou uma sobrancelha, sorrindo. Ela não gostaria de estar contra aquele lado maléfico de Dominique.

— Não posso dizer que te culpo, depois do que ela fez com você ontem. Com sorte, a encontraremos lá hoje.

Kade se moveu para o centro do grupo, solicitando atenção.

— Então, aqui está o plano. Iremos para o centro da cidade, para o *Warehouse District*. Mesmo que o prédio esteja abandonado, a área é cheia de humanos, então mantenham a discrição. Isto significa: nada de matar na frente dos outros. Mantenham isso em mente. — Seus lábios ficaram rígidos: — Tudo o que sabemos até agora é que Asgear é o mago que comprou o óleo Van Van, então existe uma boa possibilidade de que seja ele quem está ajudando Simone. Asgear pode estar abrigando magia negra, então ninguém entra sozinho... fiquem juntos. Prestem atenção em armadilhas. Nós vamos nos dividir em... Luca e eu, entrando primeiro, depois Xavier e Sydney. Dominique e Etienne, vocês ficam por último. Tristan ficará monitorando o lado de fora, para garantir que não tenhamos nenhuma surpresa enquanto estivermos lá. Se possível, precisamos do mago vivo para conseguir a localização da Simone. Entendido?

Todos acenaram com a cabeça, e Luca tossiu.

— Nós precisaremos ir em duas vans, para termos espaço suficiente para todos nós, quando trouxermos Asgear para o complexo. Sobre os novatos criados por Simone, meu conselho é para estaqueá-los, tirando-os de sua miséria; eles não poderão nos dar nenhuma informação, por causa de seu laço de sangue com Simone. É isso. Todo mundo fique seguro hoje à noite.

— Vamos lá — Kade ordenou. Enquanto o atento grupo saía da casa e entrava nas vans, Kade rezou para que todos voltassem hoje.

O prédio abandonado ficava na periferia do *Warehouse District*. Salpicado com restaurantes, galerias e bares, o '*SoHo* do Sul' ficava lotado nas noites de verão. Felizmente, o endereço estava localizado um pouco fora do caminho mais movimentado, longe o suficiente da maioria das atividades, reduzindo o risco de interferência humana. Pelo lado de fora, o prédio de tijolos de dois andares parecia desolado, com pichações indecifráveis nas paredes. Sydney notou que todas as janelas da frente tinham sido lacradas, algumas com compensado novo, outras com antigo. Talvez um inquilino recente tenha feito consertos?

Assim que circundaram o quarteirão, Kade apontou para a porta da frente, feita de metal com pequenas janelas quadradas pintadas de preto. Havia outra porta mais abaixo, que parecia provavelmente levar para o porão. Dirigindo-se para a parte traseira do prédio, estacionaram as vans. Kade, Luca e os outros saíram silenciosamente, procurando por uma entrada. Sydney imaginou que os vampiros estavam se comunicando telepaticamente, já que pareciam bem sincronizados, rapidamente localizando e forçando a tranca enferrujada da porta de madeira podre do galpão.

Uma onda de ar vicioso atingiu os pulmões de Sydney quando a porta se abriu. Muitos desses prédios foram abandonados no final dos anos 1800, após encerrada a sua utilidade como fábricas ou moinhos. No entanto, esse prédio fedia a sangue velho, corpos decompostos, urina e lixo, cheiros que eram mais do que familiares para ela, que trabalhava nas ruas da Filadélfia. Ela podia não ser um vampiro, mas tinha certeza de que atividades recentes tinham acontecido nesse lugar. Um arrepio percorreu sua espinha quando lembrou-se do vampiro que a tinha atacado em sua casa. Havia outros como ele esperando ali?

Total escuridão os recebeu quando entraram no corredor escuro. Sydney ativou seus óculos de visão noturna, e puxou sua besta para o peito. Olhando para trás, viu Dominique e Etienne se movendo em silêncio, e uma escadaria íngreme e restrita dava para uma porta de metal com segurança de ponta. Virando para olhar para o grupo, Kade sinalizou silenciosamente que pretendia quebrar a porta; vampiros musculosos não teriam a menor dificuldade em quebrá-la. Preparando-se para o impacto, ele levantou os dedos. Um. Dois. Três. Sydney se abaixou quando pó e detritos voaram por toda a escadaria, e tossindo poeira, correu atrás de Kade. Pelo menos vinte vampiros voaram pela porta, com suas presas babando e se movimentando na direção de Kade e Luca. Imediatamente, uma luta começou na área espaçosa, então Sydney se encostou em uma parede dando início à matança de vampiros, sistematicamente, com um dardo de madeira no coração. Ela era boa atiradora, e cinzas voavam à medida que se desintegravam.

— Lembre-me de ser sempre seu amigo, mulher. Você é boa pra cacete com os dardos — Luca comentou, parando ao lado de Sydney na parede. — Kade e eu estamos indo em direção ao porão, e Etienne e Xavier vão cobrir o segundo andar. Agora! Me dê cobertura!

Luca correu pelo cômodo com uma velocidade fora do normal, alcançando Kade, que já estava na entrada do porão. Sydney mirou em um vampiro que ia na direção dele e *pop!* O golpe na perna o retardou, mas Luca estava tendo dificuldades para libertar-se. Ela não queria sair de perto da parede ainda, porém agora, mais dois vampiros os atacavam. *De onde eles estão vindo?*

Torcendo para ser rápida o suficiente, Sydney correu para o outro lado do cômodo, perto de Luca. Numa decisão de última hora, pulou nas costas do vampiro e enterrou uma estaca de prata, fundo em seu coração. Luca ficou em pé novamente, e a levantou junto com ele. Sydney sacudiu as cinzas e se encostou no batente, ao seu lado.

— Trabalhando à moda antiga? — Luca perguntou, com um pequeno sorriso. — Eu aprecio a ajuda, mas não seja impulsiva. Kade vai chutar nossas bundas se algo acontecer com você. Parece que ele já está descendo para o porão. Vamos com ele e fique perto. Eu vou na frente — ele ordenou.

Kade já havia descido mais da metade da escada quando Luca e Sydney o alcançaram. O ar era pesado, uma vibração audível ressoava nas paredes do porão, e nenhuma fonte aparente podia ser vista. Iluminado pela luz de velas, um homem magro e forte, que vestia um roupão rubro brilhante, estava sentado em um pedestal de pedra. *Asgear.*

Kade tentou ir em sua direção, mas bateu contra uma barreira invisível. *Magia negra.* Asgear soltou uma gargalhada perversa.

— Vampiro idiota. Você realmente pensou que seria tão fácil me capturar? Minha mestra antecipou todos os seus passos até agora. E apesar de ter sido muito divertido brincar com você, a hora está chegando. Ela ascenderá, e você não mais reinará.

— Sua mestra, Simone, foi banida há mais de cem anos. Ela não tem o direito de estar aqui, e logo será exterminada como punição por seus crimes. Entregue-se, Asgear. Diga onde ela está, e serei justo em sua sentença — Kade demandou.

— Vampiro arrogante... — Asgear desceu do pedestal, flutuando pelo porão em direção a Kade; seus pés em nenhum momento tocaram o chão. — Você não sabe nada sobre a força da minha magia. Eu tenho aprimorado meu ofício por décadas. Agora, o meu poder está crescendo exponencialmente todo dia, assim como o dela cresce. Logo você implorará de joelhos, em agonia, enquanto ela drena o sangue de sua vagabunda! — Seus olhos fulminavam Sydney.

Luca e Kade batiam os punhos na barreira, procurando por um ponto fraco, mas ela era inabalável. Ao chutar o bloqueio invisível, Sydney o penetrou inesperadamente, caindo de joelhos, e suas mãos se arranharam no chão de concreto, começando a sangrar. Asgear gargalhava como um maníaco, satisfeito pela facilidade de a aranha agarrar a mosca.

— Ah, Sydney. Seja bem-vinda ao meu santuário privado. Nós temos tantos planos pra você! Você servirá a um grande propósito, e temos o ritual aperfeiçoado.

— Você deve ter perdido a porra da sua cabeça, se pensa que serei parte de qualquer plano. Eu vou te derrotar. Há algumas garotas na Filadélfia que têm uma mensagem para você e para aquela cadela que você chama de mestra. Agora, você virá por vontade própria, ou vamos fazer isso do modo mais difícil? Você precisa saber que estou mais do que revoltada, e não podia ligar menos para o modo como tudo vai acontecer — ela xingou. Sydney apontou seu dardo para Asgear, achando que alguns furos podiam soltar sua língua.

— Tsc... Tsc... Por que ser tão vulgar? Você é menos do que nada, uma simples vagabunda, que servirá bem em nosso próximo ritual Vudu. A Mestra quer vingança por você ter tomado o seu marido, e ela consumirá o seu espírito enquanto você se contorce de dor. Ah, sim... sua força vital será muito bem adicionada ao poder dela. Os espíritos a recompensarão sobremaneira pelo ritual. Agora, venha comigo, Sydney. O portal espera... nós teremos prazeres hedonísticos no palácio do Vudu. Os espíritos irão nos abençoar!

Asgear é demente, Sydney pensou. *Um portal? Prazer hedonístico? Sobre que porra ele está falando? Foda-se.* Ela não tinha nenhum plano de ir a algum lugar com o psicopata, ainda mais em algum parque de diversões para pessoas mortas. Ela teve um vislumbre de Luca e Kade, que continuavam batendo contra o inimigo invisível, então Sydney pegou sua besta e atirou duas vezes, acertando o alvo. Os dardos passaram pela perna e ombro de Asgear e ele caiu no chão, gritando obscenidades em sua direção. Ela se aproximou, mas ele se levantou do chão e soltou uma risada maligna, sem ferimento algum.

— Você realmente pensou que alguns dardos iriam me machucar? Sua estúpida, estúpida vagabunda. Cansei de brincar. O jogo acabou! — Ele levantou as mãos no ar, balbuciando encantamentos que Sydney não entendia.

Uma onda de confusão a cobriu e ela começou a se sentir tonta. O que ele estava dizendo? Mais importante: como ele se levantou? Sydney começou a vacilar, querendo desesperadamente voltar para Kade, mas o empuxo do ar rodava em volta dela, imobilizando seus membros. *Merda. Isso não pode ser coisa boa.* Sacudiu os braços e as pernas, lutando contra a corrente de ar, mas não adiantava. O vento rodou e rodou, machucando seu rosto.

— Kade, ajude-me! Não consigo me mexer! Por favor! — gritando para o nada, Sydney tinha esperanças de que Kade pudesse ouvi-la. Mas ela olhou para ele uma última vez, antes de sumir na escuridão.

KADE

Kade e Luca se engasgaram com a poeira velha quando correram em direção a Sydney, mas era tarde demais: ela não estava mais lá.

— Porra! — Kade gritou, ultrajado. — Ela se foi, não está mais aqui. Meu Deus! Asgear a levou. Eles devem ter sido transportados por algum tipo de portal. Nós precisamos achá-la.

Eles procuraram rapidamente pelo porão, mas não encontraram nada.

— Não existe nenhum traço dela ou do Asgear — Luca disse. — Aonde ele a levaria?

— Vamos pensar. Ele estava tagarelando sobre Simone, sobre os planos dela. — Kade enfiou os dedos no cabelo, frustrado. — Vudu. Simone quer usá-la como uma boneca. Alguma coisa sobre usar o seu espírito. Mas o que ela realmente quer é a mim. E poder. Ela não ficará satisfeita matando Sydney. Não, ela quer mais. Tanto Asgear quanto Simone querem mais. Eles querem controlar todos os seres sobrenaturais de Nova Orleans. — Ele começou a andar de um lado ao outro, pensando para onde Asgear poderia ter levado Sydney. — Mas para onde? Essa cidade é um caldeirão de atividade sobrenatural. Eles podiam invocar espíritos literalmente em qualquer lugar.

— Ela quer que nós a achemos, Kade, para poder te pegar. — Luca soltou a respiração, e Tristan, Etienne, Xavier e Dominique se juntaram a eles no porão. — Asgear falou em palácio do Vudu. Um museu Vudu? Talvez ele quisesse dizer o campo onde você queimou o celeiro em que Simone torturava as garotas?

— O cemitério, o *St. Louis Cemetery*. Com uma intensidade feroz, os olhos de Kade encontraram os de Luca. — Marie Leveau. O mausoléu dela. É o lugar em Nova Orleans onde até os humanos vão para oferecer sacrifícios em nome do Vudu. Eles podem estar em qualquer lugar do terreno. Não me pergunte por que ela está usando um cemitério sagrado para reunir espíritos malignos, mas é para onde ela está indo. Eu sei disso.

CAPÍTULO DEZESSETE

Sydney gemeu de dor, percebendo que suas mãos estavam amarradas com algemas enferrujadas, presas a uma corrente a vinte e cinco centímetros de sua cabeça. Seu corpo, sem roupas, estava apoiado em uma parede de aço gelada, e uma onda de pânico correu por suas veias enquanto tentava se lembrar do que tinha acontecido. *Asgear. Portal. Onde caralho estou?* Ela esticou as pernas, agradecida por ainda estar de calcinha e sutiã. Impossibilitada de alcançar o seu tronco, Sydney se sacudiu, tentando sentir se a faca Karambit ainda estava escondida em seu sutiã. *Olá, bebê, ainda aí?* Aliviada por ainda possuir uma arma, respirou fundo, mas quase se engasgou com o fedor de urina e vômito que permeava o ar.

Quando seus olhos se ajustaram ao quarto completamente escuro, sentiu que não estava sozinha. Após escutar um gemido, chamou na escuridão:

— Ei, tem alguém aqui comigo? Quem está aqui?

— Aqui deste lado — uma voz feminina, fraca, respondeu. — Eu sou a Samantha.

— Samantha?

— Por favor, não me machuque — ela implorou.

— Willows. Detetive Sydney Willows. Eu sou da polícia. Escute, está tudo bem, não vou machucá-la. Há quanto tempo você está aqui? Está machucada?

— Estou aqui há alguns dias, mas perdi a conta depois de ser espancada. Acho que consigo andar, só que estou cheia de hematomas. Os cortes estão curando, porém é difícil ver — lamuriou-se.

— Você se lembra de como chegou aqui?

— Eu fui pega quando fui com minhas amigas para o *Sangre Dulce*, para nos divertimos. Eu não sou nem de Nova Orleans, estou na cidade por conta de uma conferência sobre computadores. Era a minha primeira vez naquele tipo de clube, e nós só estávamos dançando. Aí, eu o conheci: James... ele parecia legal, até me comprou uma bebida. Mas não lembro de nada mais, além de estar aqui... dele me espancando. Ai, meu Deus. Eu vou morrer aqui.

Sydney escutou a garota chorar.

— Escute, Samantha, isso não é sua culpa. Há pessoas doentias lá fora, fazendo coisas ruins, mas vou tirar a gente daqui. Se eles me pegarem, só fique calma, está bem? Eu prometo que voltarei para buscar você. — Ela suspirou, sabendo que as coisas piorariam antes de melhorar, e não queria mentir para a jovem mulher. — Serei honesta: não sei como tudo vai acontecer, mas meus colegas estão vindo me salvar. Eu tenho certeza disso. — *Eu espero que eles venham rápido.* — Mas preciso da sua ajuda, Okay? Quem mais está aqui? Quem mais você viu, desde que chegou a este lugar?

— James. Ele me traz biscoitos... água. Eu tentei acertá-lo no primeiro dia, tentei escapar. Então ele me espancou. Não vi mais ninguém, mas acho que deve ter uma mulher, porque ouvi uma voz feminina. Mas eu não sei. Não vi mais ninguém. Eu sinto como se estivesse ficando louca... talvez sonhando. Mesmo que eu escute a voz dela, eu só vi o James.

— Boa garota, Samantha. Escute, será assim que vamos fazer: quando o James vier me pegar, eu vou sem reclamar, porque não quero que ele me use como uma desculpa para machucar você. Você fica quieta, está bem? Só deixe ele me levar, entendeu? — Sydney precisava manter essa garota viva.

— Por favor, não me deixe aqui. Eu preciso sair daqui. Ele vai me matar. Você promete voltar para me buscar?

Sydney não queria assustar a garota, mas achou melhor avisar que havia *outros*, outros sobrenaturais que viriam buscá-la.

— Eu prometo. Agora escute, tenho alguns amigos que são vampiros. Eles não vão te machucar, e também há um lobo preto bem grande. Eles são amigos. Você estará segura. Se eles vierem te pegar... se eu não voltar, você vai com eles, está bem? Eles são os caras bons.

— Tudo bem. — Samantha fungou na escuridão. — Ai, meu Deus. Shhh. Eu estou escutando. As chaves. Você escuta as chaves? É ele. Ele está vindo.

O silêncio reinou na pequena cela enquanto as garotas esperavam por seu captor. Fingindo dormir, Sydney deixou a cabeça cair contra a parede e fechou os olhos, então o som de chaves tilintando foi seguido por uma porta abrindo. *Asgear.*

— Acorde, acorde, pequena vagabunda — ele chamou.

Sydney tremeu quando suas mãos pegajosas grudaram em sua pele. Ele a soltou brevemente da corrente, mas sua esperança de liberdade morreu quando escutou o inconfundível som das algemas se fechando em seus pulsos. Ela tropeçou quando ele a colocou de pé.

— A Mestra está feliz com o meu sucesso. Você vai ser uma bela oferenda. Sua pele lisa... ahhhh... — Ele passou um dedo molhado por seus seios, e ela recuou de seu toque. — Não, não, sua pequena vagabunda.

Você não vai se livrar do meu toque tão facilmente. Se considere sortuda porque não posso ter o seu corpo para meus prazeres carnais antes de entregá-la para a minha mestra. Ela é tão gananciosa... quer você todinha para ela.

Sydney resistiu a mandá-lo ir se foder enquanto ele continuava a passar as mãos por sua barriga, pois precisava conservar energia, para conseguir que a liberasse de suas amarras.

— Vá — Asgear ordenou, indo em direção ao corredor iluminado. — Nada de gracinhas. Eu odiaria ter que marcar essa sua linda pele antes da Mestra ter sua vez.

Indo para a frente, Sydney piscava enquanto seus olhos se ajustavam à claridade. O piso gelado parecia estranhamente limpo, então ela concederia alguns pontos a favor dele, dada sua falta de sapatos. O corredor tinha uns seis metros, o que inicialmente a fez pensar que o espaço era pequeno. Uma friaca gelou o corpo quase nu de Sydney, e ela pensou: *Que lugar é esse? Um porão?* Um pequeno vestíbulo levava a um imenso espaço, feito inteiramente com uma pedra cinza lisa, e largos lenços de seda em tons de preto, roxo e azul cobriam as paredes. Um calafrio de terror subiu pelo pescoço de Sydney quando Asgear a arrastou pelo piso de pedra gelado, e ela viu uma longa mesa de tábuas com cordas presas em suas pernas, e um imenso pentagrama desenhado com giz, embaixo. *Corda feita de cânhamo e cabelo humano?* Na frente da sala havia um tipo de altar onde velas pretas e verdes queimavam claramente, iluminando uma caixa modesta de madeira coberta com um pano preto, um cálice dourado, e uma longa espada de prata.

— Ah, maravilhosa Mestra! — Aesgar sorriu abertamente, como se estivesse drogado. Com grandiosidade, ele falou para o espaço aberto: — Nossa oferenda chegou. Ela irá nos servir bem, para que os espíritos da morte nos concedam seus poderes.

— Delirante, não? — Sydney disse, sem conseguir resistir. Olhando a mesa, ela se recusava a deixar que ele a sacrificasse sem uma boa luta, e se agarrou ao pensamento de que Kade iria achá-la. Ela só precisava de mais tempo. — Asgear, mesmo que consiga conjurar algum espírito do mal, você realmente acha que aquela cadela da sua mestra planeja compartilhar o poder com você... um pequeno mago?? Caia na real! Não vai acontecer.

Ela tentou livrar o braço de seu aperto firme, mas ele enfiou os dedos em sua pele. Irritado por suas ações, Asgear virou Sydney pelos ombros e a acertou no rosto; ela caiu no chão enquanto sangue jorrava de sua boca.

— Agora olhe o que você me obrigou a fazer, sua vagabunda! — ele gritou, violentamente.

Sydney cuspiu em Asgear quando ele a levantou e jogou-a de costas na mesa de madeira, cheia de farpas, e lutou, sem sucesso, quando ele soltou um pulso de cada vez e prendeu cada mão às pernas da mesa. Ela chutou quando ele tentou amarrar seu tornozelo, e acertou um golpe no seu nariz, quebrando seus ossos com o impacto. Sydney puxou seus pulsos, tentando se soltar, mas ele se recuperou rapidamente.

— Fique quieta! — ele gritou e estapeou seu rosto.

Sydney se recusava a se entregar, chutando loucamente, tentando fazer contato outra vez. Em segundos, seu olho começou a inchar, borrando sua visão, e Asgear continuou sua tarefa. Ele passou a corda em volta de seus tornozelos, prendendo-a à mesa até Sidney estar disposta como ele queria.

— Espere até a minha mestra ver o que você me fez fazer! — Ele a olhou com desgosto. — Sua pele está marcada, e ela não ficará feliz.

Sydney continuou a se contorcer na mesa, lutando para liberar suas mãos da corda. Virando-se para o lado, sua adrenalina subiu quando percebeu vários dos vampiros de Simone entrando e se arrumando em um círculo, no perímetro da sala. *Merda. Merda. Merda. Malditos sugadores de sangue.*

Asgear se ajoelhou na frente do altar e começou a entoar ritmicamente. A plateia se aquietou, e Sydney olhou em direção à câmara de entrada. Seu coração acelerou quando uma mulher magra, alta e pálida entrou e se aproximou do altar. *Simone.* Sua fluida saia de seda marfim tocava o chão, enquanto uma cauda de tecido se arrastava uns 30 centímetros atrás dela. Um top de seda combinando sustentava seus seios pequenos e pálidos. O cabelo preto longo estava partido ao meio e preso para trás em um imenso rabo de cavalo cheio de cachos, um estilo de penteado do final do século dezoito. Sydney se encolheu por causa do insuportável perfume de gardênia, que a atingiu quando Simone passou por ela.

— Ei, você! — Sydney gritou para Simone, e sangue pingava de sua boca e olho. — É isso mesmo, estou falando com você... sua branquela, vampira vadia.

Simone andou até o altar, olhando para seu valioso sacrifício.

— Calada, humana! Então, foi você que tentou roubar o meu marido. Você não é nada mais do que uma mera prostituta... uma vagabunda para o prazer dele. Você não é nada. Terei a minha vingança hoje à noite, e a tortura será doce. Os espíritos vão me infiltrar com seus presentes, me darão supremacia. Essa cidade retornará à sua grandeza sob o meu reinado.

— Vá se foder. Esse não é o século dezoito, e o Kade não é seu marido. Ele não te ama. Você é uma cadela má e doentia, que irá se arrepender do dia em que me conheceu.

— Eu disse SILÊNCIO! Chegou a hora da oferenda. Eu sentencio essa humana à morte, em nome de Satanás e todos os espíritos que desejam me conceder seus poderes. Ela é culpada por crimes contra a minha pessoa, sua alteza sacerdotisa vampira. — Ela sacudiu a mão e as chamas das velas tremularam quando uma brisa gelada passou pela sala. Os vampiros que estavam em volta sibilaram para Sydney, com suas presas pingando saliva.

Sydney tentou falar, se mover, mas estava paralisada, com exceção de sua respiração. Seus olhos se abriram completamente, sentindo o frio em sua pele. *Isso não é bom.*

Por sua visão periférica, podia ver Simone preparando algum tipo de mistura no altar. Asgear passou óleo na testa, peito e abdômen de Sydney, enquanto continuava a entoar. Ele se virou, segurando o cálice dourado com as duas mãos, e pairou sobre a cabeça de Sydney. O pânico começou a dominá-la quando Simone encostou a superfície fria e lisa da espada de prata em sua barriga, fazendo uma cruz, e o sangue acumulou-se quando ela desenhou um X na pele macia.

— Seu sangue é meu sangue. Sua força vital é minha força vital. Você me entrega isto livremente como punição por seus crimes. Eu devo beber sua essência em preparação para o sacrifício. Simone falava de uma maneira monótona, enquanto a sala ficava em total silêncio.

— Agora, vagabunda. Eu quero escutar você gritar! — Ela cortou fundo o braço de Sydney, aprofundando-se tanto nos tendões, que o sangue caía livremente. O líquido rubro rapidamente encheu o cálice, até a boca. Asgear assistia, eufórico, enquanto Simone lambia o braço de Sydney, fechando o ferimento.

Liberada momentaneamente da paralisia, Sydney gritou de dor, mas ainda se recusava a se entregar às lágrimas enquanto seu braço era retalhado. Ela lutou contra o vômito que subiu à garganta enquanto assistia a língua ácida de Simone lamber sua pele ensanguentada. Asgear começou a oferecer o cálice para os vampiros beberem, em algum tipo de comunhão sanguinária preparatória, e um a um, eles beberam, passando o cálice para o próximo vampiro.

O medo tomou conta de Sydney enquanto ela espiava o instrumento que suspeitava ter sido usado na segunda vítima assassinada. Simone inspecionou a agulha de trinta centímetros, segurando-a próximo à luz das velas. Ela levantou o instrumento, e tanto Simone quanto Asgear começaram a entoar em línguas estranhas, e vampiros se balançavam em um transe de vocalizações sem sentido. Um forte zumbido começou a vibrar pela sala, e a mesa de madeira tremeu.

No meio do caos, Sydney sentiu sua presença: *Kade*. Ela não tinha certeza de como sabia, mas tinha certeza de que ele estava aqui por ela. *Eu o amo*. Este foi seu último pensamento coerente, antes de Simone gritar e enfiar a agulha toda no tronco de Sydney, penetrando completamente sua barriga, até a mesa.

CAPÍTULO DEZOITO

— Que inferno acabou de acontecer? — Tristan questionou seus amigos, em um tom de acusação. — Caralho! Vocês tinham que mantê-la a salvo! Eu deveria ter ido com vocês, em vez de vigiar o perímetro.

Tristan se sentia culpado, sabendo que ele também tinha planejado essa operação fracassada, junto a Kade e Luca. Mesmo que ela não fosse um lobo, ele a tinha colocado sob sua proteção desde o dia em que se conheceram. Ex-amante, boa amiga, Sydney era o seu único elo com o mundo humano, e confiava nela com sua vida. Agora, por causa dos erros de cálculo deles, ela poderia estar morta. Tristan uivou alto, frustrado com a derrota e a potencial perda de sua amiga.

— Você está certo. Luca e eu a perdemos, mas não podemos focar no fracasso agora. Precisamos planejar como mataremos Simone, salvando Sydney com segurança. Você sabe que a nossa garota não vai cair sem lutar. Ela é forte — Kade a chamou deliberadamente de *nossa garota* tentando focar o grupo na tarefa que precisava ser feita. Eles precisavam achá-la rápido, e matar Simone. Sydney não era de ninguém além dele, e todo mundo sabia disso, mas era um líder e não podia deixá-los pensando no fracasso. Não, ele precisava ter Sydney salva, de volta em seus braços. Ele não tinha vivido por séculos para perder sua chance com ela, seu único e verdadeiro amor.

— Tristan, pegue o celular de Luca e ligue para o seu irmão, Marcel. Deixe-o saber que a situação piorou e que nós precisamos da assistência da sua alcateia como reforço.

Quando chegaram ao cemitério, Kade enrijeceu, sentindo a presença de Sydney.

— Eu a sinto. Ela está aqui.

— Kade, por favor, desculpe a minha pergunta, mas não sinto nenhuma presença humana ou paranormal na área. Você tem certeza de que ela está aqui? — Etienne perguntou.

— Sim. Você esqueceu que eu a reivindiquei? Eu tenho certeza de que ela está aqui. Rápido, procurem pelo terreno. Fiquem em pares — Kade ordenou.

Um uivo agudo emanou pela escuridão: Tristan. Entrelaçados pelo tenebroso labirinto de criptas, Kade e os outros convergiram para um túmulo desinteressante, que ninguém olharia uma segunda vez, comparado a seus vizinhos ornamentados. *Sydney.* Como Tristan, Kade podia sentir o doce cheiro de seu sangue ao redor, como também os odores repugnantes de Asgear e Simone.

— Ela está aqui, mas Asgear e Simone também estão presentes. Então, precisamos nos movimentar com cuidado, pois Simone estará nos esperando — Kade avisou. Ele precisaria confiar em seus amigos para distraí-los, para poder pegar Sydney. — Tristan, vá na frente e desarme o Asgear. Nós não sabemos se ele conjurará uma barreira taumatúrgica, como a que vimos no galpão, então tenha certeza de cobrir toda a área. Se Simone estiver lá, então é possível que todos os vampiros possam passar. Nós não saberemos, com certeza, até entrarmos.

Tristan se transformou de volta em sua forma masculina nua, estendendo suas garras, planejando abrir a porta de pedra. Um coro de lobos uivou à distância.

— Ah, a alcateia do Marcel está aqui. Eles virão atrás da gente e matarão qualquer vampiro que tentar escapar.

— Agora vamos ver o que há neste túmulo. — Tristan passou suas garras para cima e para baixo na pedra dura e lisa, soltando-a um pouco. — Abra para o papai.

— Caia fora, Tristan — Kade ordenou. *Lobos sempre pensam que são tão inteligentes...* — Assista e aprenda, lobo. — Ele sorriu, desdobrando sua faca *Smith & Wesson.* — Em alguns momentos um vampiro é bem-sucedido apelando para a velha escola, e este é um deles.

Enfiando a lateral da faca dentro da emenda empoeirada da pedra, ele a sacudiu para cima, destrancando a trava primitiva, e a pesada porta se abriu revelando uma escadaria de pedra calcária. O túnel era iluminado por velas, que ficavam em pequenas prateleiras na parede. Transformando-se novamente em lobo, Tristan desceu os degraus virando sua cabeça em direção a Kade, aguardando suas ordens à porta situada no final da escada.

Um grito de tirar o fôlego ressoou pela mente de Kade. O grito de Sydney, o sangue dela. Ele chutou a porta agora aberta, deixando Tristan correr primeiro, e o lobo escapou por um triz de ser arranhado por vários vampiros, que convergiram em sua direção. Escapando por entre suas pernas, ele focou em Asgear, que estava segurando um cálice sobre Sydney, amarrada a uma mesa. Dentes afiados rasgaram o ombro e braço direitos de Asgear, enquanto Tristan o prendia ao chão gelado. O lobo o segurou no chão, permitindo que Kade e os outros entrassem na câmara para pegar Simone.

Fluídos escarlate pintavam as paredes conforme Kade, Luca e os outros vampiros dilaceravam os fantoches de Simone. Kade a viu, presa e sangrando, e, furioso, irrompeu pelo mar de vampiros, avançando na direção dela.

— Você morrerá! — cuspiu na direção de Simone, que correu para Tristan, armada com uma faca.

Quando Kade alcançou Sydney, ele cortou a corda, liberando um de seus pulsos. Ela estava sangrando à mesa, e a essência de sua vida se derramava no chão, com a fina lança presa em sua barriga.

— Sydney, estou aqui. Aguente firme... fique comigo. Eu preciso tirar isso de você. Por favor, não me deixe — Kade implorou. Ele gentilmente beijou seus lábios frios e pálidos, e segurou a agulha. Percebendo que ela estava presa à mesa de madeira, Kade a arrancou em um rápido movimento, tentando minimizar a dor. — Desculpe-me, amor.

Sydney arqueou as costas, em agonia, gritando, descontrolada, quando a dor a atingiu novamente. Seus olhos se abriram de repente, e ela olhou para o teto frio de pedras, logo acima. Kade lambeu o pequeno furo, selando o machucado. Isso não estancaria o sangramento interno, mas poderia lhe ganhar tempo. Sabendo que precisava dar a ela seu sangue para uma cura completa, pediu sua permissão:

— Você vai ficar bem, mas, amor... — Ele pausou, sacudindo a cabeça. Estava tudo errado, mas ela precisava do seu sangue para se curar. — Você está sangrando internamente. Eu posso te dar o meu sangue, mas você precisa entender que ficará ligada a mim eternamente, então não farei isso sem o seu consentimento. Eu te amo tanto quanto a minha vida, e não tem ideia do quanto eu quis me dar a você, mas não desse jeito.

— Faça isso — ela murmurou. Os olhos de Sydney piscaram, enquanto lágrimas corriam por suas bochechas. — Eu te amo, Kade. Eu quero viver.

— Você tem certeza?

— Sim. Mas, Kade?

— O que foi, amor?

— Aquela sua mulher, lá de 1800? Ela é uma verdadeira cadela. — Sidney sorriu. — Agora, eu só preciso me sentar. A corda... corte a corda.

No que Kade pegou sua faca para libertá-la, um vampiro o arremessou para o outro lado da sala.

— Não! Não! Não! Isso não vai acabar desse jeito! Tire-me da porra

KADE

desta mesa! — Sydney gritou, em frustração, mas lembrando-se da faca escondida em seu sutiã, procurou a arma. *Obrigada, Jesus. Ainda está aqui.* Sangue jorrou em seu rosto enquanto ela cortava a corda e se soltava da mesa, e lobisomens e vampiros mordiam e cortavam uns aos outros, quando ela desceu suavemente para o chão.

Sidney olhou para o alto e viu Dominique arrancando o coração de um outro vampiro, e silenciosamente torceu por ela. Etienne e Xavier também lutavam, adentrando a horda de vampiros com estacas de madeira. Cinzas começaram a embaçar a sala quando, um por um, eles estaqueavam seus inimigos.

Sydney ficou chocada ao ver Simone lutando com Tristan, contra a parede do outro lado. Ela cortava seu lobo com uma faca, enquanto ele mordia seu outro braço, e a humana lutou para localizar Asgear. *Onde ele está?* Levantando a cabeça, ela viu a espada no altar, mas uma forte dor atingiu todo o seu corpo quando esticou o braço para alcançar o objeto. Procurando às cegas pelo altar, sua mão segurou o punho da espada, então ela desceu a mão devagar, segurando a lâmina gelada contra o peito.

Kade olhou para Sydney, vendo que ela conseguira se libertar. Ele precisava tirá-la da confusão, mas a luta parecia não ter fim, porque os vampiros atacavam de todos os lados. Tristan estava ganindo em agonia: várias facas pequenas estavam presas em seu pelo ensanguentado, e Luca, Dominique e os outros estavam engajados em batalhas.

— Sua pequena vagabunda vai morrer hoje, vampiro. Você não pode nos parar. — Atacando Kade, Asgear o atingiu na cabeça com o pesado cálice de metal.

— Você é quem morrerá hoje. Mesmo a sua magia diminui na hora da guerra. — Kade se virou e chutou o tórax de Asgear, o jogando no chão.

— Ela tentou lutar comigo; acho que ela gosta das coisas brutas. — Asgear engatinhou em direção à Kade, tentando se levantar. — Ela sangrou de um jeito lindo quando a espanquei. Quando você morrer, vou pegá-la para ser minha. Ela vai me servir, de joelhos!

Kade estava farto das palavras venenosas de Asgear, então ficou de pé e chutou o rosto do mago, com força. Uma vez, duas. Sangue jorrou da boca de Asgear, quando ele rolou de costas.

— Esse não é o fim, vampiro! — Asgear chiou.

— Errado novamente. Esse é o fim da linha. — Kade sorriu. — Apodreça no inferno!

Kade o prendeu ao chão, estalando seu pescoço e separando sua cabeça do corpo. Ele expôs suas presas, rasgando a garganta de Asgear até que não havia uma gota de sangue no mago.

Sydney não podia ver Kade, mas o escutou discutindo com Asgear. Então, segurou a ponta da mesa, se levantou e se estabilizou em pé. Quando viu Tristan, gritou, pois Simone esfaqueava o lobo repetidamente.

— Ei, vaca! Aqui! Deixe o lobo livre! Sou eu que você quer — ela provocou.

— Você! Você! Você me distraiu do meu propósito! — Simone se virou e colocou todo o seu foco em Sydney, correndo e segurando seu pescoço com uma mão. — Todo o meu trabalho duro. A morte das garotas... foi tudo por ele. Eu estava praticando. Meu poder estava crescendo. E você tinha que enfiar o nariz nos meus negócios... arruinar meu ritual! — Ela cuspiu na cara de Sydney. — Eu vou fazê-lo assistir enquanto dreno até a última gota do seu sangue de vagabunda. Eu mandarei nesta cidade! Nada vai me impedir! Nada!

Sydney se engasgava e lutava para respirar, sob a pressão dos dedos fortes e ossudos de Simone, e seus olhos foram para Kade, que se aproximava de Simone, silenciosamente.

— Solte-a, Simone. Ela é uma mera humana, e a animosidade é entre mim e você.

Os olhos de Simone focaram em Kade, mas ela não soltou a presa de seu punho mortal. Sydney sentiu que começava a perder a consciência, mas mesmo quando sentiu ambos os braços caindo para o lado, lutou para segurar a espada.

— Eu não te amo, Simone. Nunca amei. — Andando para mais perto da vampira, Kade se recusava a desistir. — Você nunca vai comandar nesta cidade. Você está acabada.

— Você me ama. — Simone jogou Sydney no chão, e correu para ele. — Estou aqui agora. Eu sou sua rainha. Meu poder, vou compartilhá-lo com você. Nós vamos comandar juntos. — Ela colocou uma mão pálida em seu peito. — Essa é a nossa hora. Você é meu.

Segurando na beirada da mesa, Sydney silenciosamente se colocou de pé novamente. Seu abdômen palpitava, e ela se sentia tonta de tanta dor. *Nunca desista.* A espada vibrava sob o calor de seu aperto, e discretamente ela se aproximou de Simone. *Está na hora de a cadela ir embora.* Com um último impulso, Sydney girou a pesada espada sobre sua cabeça. No que a arma chiou, ela cortou o ar salpicado de sangue e o pescoço fino e pálido de Simone. A cabeça desmembrada da vampira voou para o outro lado da sala, enquanto sangue e cinzas jorravam no rosto de Kade. A batida da espada no chão foi seguida por silêncio no ambiente, assim que o feitiço de Simone se quebrou.

Sydney desmaiou. Sua cabeça bateu com força contra o chão, e sua trança loira ficou coberta de sangue. Kade caiu de joelhos, gritando seu nome, então, mordendo seu próprio pulso, pressionando-o em seus lábios imóveis, torcendo para que ela engolisse o fluído precioso.

— Sydney! Você não pode me abandonar! — Ele deitou a cabeça dela em seu colo, alisando seu cabelo, e os lábios inchados de Sydney começaram a sugar seu pulso. — Eu te amo tanto. Por favor, beba. Isso, amor. Não desista.

Kade beijou sua testa, sabendo que ela sobreviveria. Então, levantou seu frágil corpo em seus braços, segurando sua cabeça cuidadosamente contra o peito. Quando subiu as escadas, uma brisa suave encostou em seu rosto e ele suspirou aliviado, pois finalmente saíra da criação de pedra diabólica de Simone. Chamou Dominique para ligar para Ilsbeth, porque qualquer força demoníaca que mantinha aquelas paredes de pé deveria ser desmantelada. O túmulo e seus cômodos precisavam ser destruídos e abençoados para que nada daquela força maligna restasse ali.

Luca se aproximou dele, carregando uma mulher pequena, com longo cabelo vermelho, desmaiada. Kade imediatamente reconheceu a mulher como Rhea.

— Onde a encontrou? — perguntou.

— Ela estava acorrentada à parede. O cômodo era barbárico. — Luca respirou fundo. — Ela foi espancada recentemente, pois marcas sangrentas de chicotadas cobrem seu corpo, seu olho está machucado... trabalho completo. Ela disse que seu nome é Samantha. Kade, alguma coisa estranha está acontecendo aqui... é como se ela não tivesse nenhuma lembrança do clube, ou da noite em que algemou Dominique. Quando soltamos as algemas, ela desmaiou. Talvez seja exaustão?

— Leve-a para o meu complexo — Kade instruiu. Porém, olhou para Sydney em seus braços, preocupado em levá-la para casa o mais rápido possível. — Limpe a garota, tenha certeza de que está se curando, e a tranque no quarto de segurança no andar de baixo, até eu ter uma chance de ler os seus pensamentos. É possível que ela estivesse sob o encanto de Simone, ou que Asgear a enfeitiçou, mas precisamos ter certeza de que não tem culpa de nada, antes de a mandarmos para casa. E o quer que faça, não deixe Dominique vê-la ainda. Ela está procurando por vingança, e só fará perguntas depois. Agora vá.

Luca andou rápido pelo cemitério, levando a humana consigo. Kade procurou pelo local e achou Etienne ajoelhado no chão, segurando um Tristan nu, que bebia de seu pulso.

— Como está o Tristan?

— Simone o esfaqueou por inteiro. Ele vai sobreviver, mas preciso levá-lo de volta para o complexo antes que o irmão venha cheirar por aqui. Ele está mais puto do que você pode imaginar. Marcel é uma boa pessoa, mas Tristan precisa de mais sangue de vampiro para sobreviver. — Etienne se encolheu quando Tristan continuou sugando seu pulso.

Kade viu Dominique e Xavier saindo do túmulo, e gritou:

— Vamos embora. Xavier, ajude Etienne com o Tristan: tire-o daqui agora. Dominique, preciso que você espere Ilsbeth chegar, pois ela precisa limpar essa bagunça. Você sabe o que fazer.

Kade estava cansado e irritado. Como isso pôde ter dado tão errado? Sydney fora espancada e esfaqueada. Ele nunca devia tê-la trazido da Filadélfia, pois era humana, uma humana forte, sim, mas ainda *muito* humana. Ela poderia ter morrido hoje, e seu coração doeu por saber que Syd provavelmente precisaria de vários dias para se recuperar desse tormento. E depois disso, será que ela ainda vai querer ficar com um vampiro? O sangue, a violência, o perigo?

Andou de volta para a van, com sua mente cheia de dúvidas. A única coisa que sabia, com certeza, é que ela era dele, e Kade estava enganando a si próprio ao pensar que seria capaz de deixá-la partir. Não sem uma boa briga. Ele beijou sua testa enquanto dormia pacificamente em seus braços, depois rezou para que sua bela e lutadora guerreira ficasse bem, e que o perdoasse por envolvê-la nessa bagunça.

CAPÍTULO DEZENOVE

Sydney abriu os olhos devagar, e deparou com um quarto iluminado à luz de velas. *O quarto de Kade?* Olhando para o alto, notou os intrincados entalhes no mogno escuro do teto da cama de dossel. Luxuosas cortinas de veludo preto estavam amarradas nos pilares, com estampas elaboradas, presas com amarras de seda vermelha, com franjas. *Bela cama, Kade.* Ela sorriu e virou a cabeça para o lado, vendo-o dormir pesadamente a seu lado, com a mão apoiada com possessividade sobre sua barriga.

Moveu-se para sair da cama, mas Kade a puxou em seus braços, fazendo com que ela recostasse a cabeça em seu peito.

— Agora, para onde exatamente pensa que está indo, amor? — Ele pressionou os lábios em sua cabeça. — Como está se sentindo?

— Eu não sei. É estranho. Tudo que aconteceu... eu me sinto energizada... como se não tivesse sido espancada e esfaqueada em uma mesa de madeira, por uma vampira maluca. — Sydney se lembrava vividamente da última imagem registrada em seu cérebro, antes de desmaiar: sangue jorrando profusamente, enquanto a cabeça de Simone voava pela sala. Ela estremeceu, pensando na tortura que sofrera, mas se sentia rejuvenescida de uma maneira estranha. — Sério, eu me sinto ótima: sem hematomas, sem dores. Acredito que foi porque você me deu o seu sangue. Coisa potente, hein? Ei, eu preciso me preocupar sobre minha possível transformação em um vampiro? — ela provocou e roçou em seu peito, respirando profundamente o aroma masculino.

— Não, você não é um vampiro. Para que isto acontecesse, você teria que perder todo o seu sangue, e então eu teria de substituí-lo com o meu. Mas, Sydney... nós agora estamos ligados, porque bebeu de mim. Eu queria que isso tivesse sido especial, mas agora está feito. — Kade suspirou.

— Eu sei que você perguntou antes de me dar o seu sangue, e eu realmente aprecio isso, afinal já trocamos fluídos corporais e tudo, mas o que você quer dizer exatamente com estarmos ligados? — Sydney questionou.

— Você é minha. Eu sou seu. Quando fizemos amor, eu te mordi, então o seu sangue corre pelas minhas veias. E agora o meu sangue foi introduzido ao seu corpo humano, assim, nós estamos formalmente ligados pela eternidade. Sempre saberei onde você está, e serei capaz de sentir sua presença. Conforme nossa ligação ficar mais forte, seremos capazes de nos comunicar telepaticamente, como faço com alguns dos outros. E enquanto você continuar tomando o meu sangue, não envelhecerá. Nós estamos interligados. — Ele levantou o queixo dela e olhou em seus olhos. — Quero que você fique comigo, Sydney. Aqui, em Nova Orleans. Você pertence a mim agora.

Uma onda de emoções tomou a mente de Sydney. Ela percebeu que podia lidar com o fato de estar interligada a ele, pois nunca havia amado ninguém como o amava. Ele a fazia se sentir feminina, empoderada e erótica, tudo ao mesmo tempo. Kade lutou com a própria vida para salvá-la, nunca desistindo dela, e ele era tudo para Sidney. Depois de tantos anos de sexo fútil e relacionamentos sem sentido, ele preenchia sua alma, cativava sua mente e seu corpo. Mas sementes de dúvida lhe causaram um buraco no estômago. Ele não disse que queria se casar com ela, apenas que queria que se mudasse para a sua casa.

E pela eternidade? E o trabalho dela? Ela trabalhou duro, por anos, para subir vários níveis e chegar onde estava hoje em sua divisão, e agora ele esperava que ela abandonasse tudo de repente e se mudasse para cá? E o centro infantil? Como poderia abandonar as crianças e todo o trabalho que fizera no centro? E o seu apartamento... devia abrir mão dele? Por mais que Sydney quisesse pensar com o coração, sua mente a trazia de volta à realidade.

— Kade, eu sei que te amo, mas tenho compromissos em casa, e meu trabalho e...

— Sim, mas você ficará aqui comigo. — Ele pressionou seus lábios nos dela, suavemente, impedindo qualquer objeção que pudesse fazer. — Todas as coisas que você mencionou são detalhes... nós vamos ajeitar tudo. Agora, venha cá... venha para mim. Deixe-me mostrar o quanto te amo.

— Kade...

— Sydney — ele interrompeu, capturando seus lábios novamente.

Kade passou a mão pela pele lisa e curada de sua barriga, até achar o que queria, então suavemente segurou seu seio. Ele foi deliberadamente gentil, pois estava ciente do trauma que ela sofrera na última semana. Mesmo que suas feridas físicas tenham se curado durante a noite, seria um longo tempo antes que um dos dois esquecesse o mal que enfrentaram e venceram. Quando a beijou, regozijou-se com sua força e beleza. Essa mulher, *sua mulher*, era tudo em sua vida: sua companheira guerreira, sua amiga, sua amante.

KADE

Sydney se contorcia sob ele, aguardando, impaciente, pelo próximo toque. Sua pele formigava em antecipação, sabendo que ele era capaz de prover prazeres imensuráveis. Explorou o peito duro e macio com as mãos, e, afastando a boca da dele, lambeu a reentrância de sua garganta e mordeu a pele de seu ombro.

— Minha garota gosta de morder? — ele rosnou, em êxtase.

Ela riu em resposta, deslizando a língua por seus músculos, lambendo e sugando seu mamilo.

Soltando um de seus seios, Kade deslizou a mão para examinar o calor molhado e escorregadio de seu sexo. Sydney inspirou, surpresa, ao sentir um dedo entrar fundo em sua boceta. Ela se contorcia com a intrusão rítmica, precisando de mais.

— Ai, Deus, isso é tão bom.

Respondendo ao seu erótico desejo, Kade acrescentou outro dedo, enquanto circulava o seu clitóris. Com gemidos acelerados, Sydney arqueou em direção à sua mão e espiralou em desespero pelo orgasmo, se quebrando prazerosamente em milhares de pedaços. Gritando o nome de Kade, Sydney se enrolou ao seu redor, tremendo em seus braços.

— Você é a mulher mais incrível e fascinante que já conheci, em todos esses anos. Tão responsiva, tão macia... Eu te amo tanto! — Kade gentilmente a colocou de costas, montou nela e segurou seus braços com mãos fortes. — Olhe para mim. Observe enquanto a estou amando.

Abaixando a cabeça, capturou um bico rosado e endurecido em sua boca, colocando-o entre os dentes. Ela gemeu enquanto ele, alternadamente, mordeu e lambeu seus montes endurecidos, deixando-a maluca de desejo.

— Eu não aguento mais. Por favor. Eu preciso de você... dentro de mim agora.

Kade sorriu e beijou o bico rosado mais uma vez, antes de se colocar em sua entrada.

— Quero que veja o prazer que você me traz. Quero olhar em sua alma quando nos tornarmos um.

Kade moveu o peso de seu corpo, apoiando suas mãos na cama, e Sydney abriu as coxas, em um convite. Frenética com o desejo, ela levantou os quadris, movendo-se que aceitá-lo em seu interior. Ele gemeu e deleitou-se enquanto deslizava o pau duro para dentro de sua quentura, movendo-se devagar, deixando-a relaxar para acomodá-lo. Sydney olhava profundamente em seus olhos, aceitando seu amor em cada metida.

— Eu te amo — ela sussurrou.

Ele sorriu e continuou a mergulhar dentro e fora, aumentando o ritmo, criando um atrito sexual. O escorregadio calor de seu centro massageava sua ereção sempre que ele se inclinava para beijar os lábios inchados.

Sentindo a aproximação do seu clímax, Sydney rebolava os quadris, estimulando sua mais tenra carne. Ela estava perdendo o controle rapidamente.

— Kade, sim, eu vou gozar. Não pare. Sim, por favor.

— É isso, amor. Goze para mim. Você é linda — ele disse a ela, no instante em que Sidney atingiu o clímax.

Seguindo seu ritmo, o prazer aumentou para o ápice da excitação.

— Caralho. Ai, meu Deus. Estou gozando! Estou gozando! Sim! Sim! — Sydney se mexia freneticamente contra ele, enquanto o orgasmo a atingia.

Quando seu corpo quente convulsionou, fazendo com que fosse impossível se segurar, Kade enfiou as presas na carne macia de seu pescoço. Entrando fundo uma última vez, explodiu dentro de Sidney, enquanto ondas pulsantes de prazer varriam seu corpo. *Minha*.

Kade saiu de Sydney e caiu de volta na cama, aninhando-a contra seu peito. Ele nunca a deixaria ir embora: ela ficaria aqui, e construiria um futuro ao seu lado. Ele sabia que Sydney estava preocupada com sua profissão, mas conseguiria um trabalho para ela aqui, se assim o quisesse. Não pouparia nenhuma despesa para ter certeza de que ela tinha todo o necessário para ficar.

Sydney lutou contra as lágrimas, sobrecarregada com as emoções trazidas pelo ato de fazer amor. Deus, ela o amava. Ele era tudo o que ela poderia querer em um homem: masculino, honrado, sensual e inteligente. Ela nunca havia conhecido um homem como ele em sua vida, e tinha quase certeza de que nunca conheceria outro. Kade a fazia se sentir amada, desejada, estimada. Porra, ele a fazia *sentir*, ponto. Fazia anos desde que ela tinha namorado alguém por mais do que um mês, quanto mais alguém que a fizesse considerar uma mudança para centenas de quilômetros de distância, para viver com ele.

Mas deixar toda a sua vida, por um homem que conheceu há menos de uma semana? Ela poderia realmente trazer todas as suas coisas para cá, sem saber se eles tinham um compromisso real? Era verdade que ela estava ligada a ele, mas como humana, e ainda não tinha certeza do que isso implicava. Mesmo estando tentada a dizer sim, de cara, ela tinha responsabilidades que a esperavam em casa: seu trabalho, o centro, amigos. Tudo bem, não tinha tantos amigos ou família, mas, ainda assim, era sua vida.

Seu peito se apertou quando considerou se o que eles tinham era real. Afinal, ela sabia que trabalhar longas horas com um parceiro, poderia fazer com que os sentimentos muitas vezes se misturassem. Com Kade, isso tinha ido muito mais longe: ela tinha se apaixonado completamente por ele, um vampiro. Não havia como voltar atrás. Se fosse embora de Nova Orleans, optando por um relacionamento de longa distância, ficaria arrasada, então argumentou que precisava de um tempo para pensar sobre isso e como faria tudo funcionar. Ficara presa nesse mundo sombrio, de fantasia, por dias, e sabia que situações de vida ou morte tinham um jeito de deturpar perspectivas. Se pudesse pegar um pouco de ar fresco... talvez um sanduíche de filé com queijo da Filadélfia... voltar para a delegacia... Talvez assim, pudesse ser capaz de tomar decisões difíceis, pois teria a cabeça limpa. Mas o pensamento de deixá-lo, mesmo que só por alguns dias, fazia seu coração quebrar.

— Kade — ela sussurrou —, preciso tomar um banho.

— Okay, amor. Você tem certeza de que não quer que eu me junte a você?

— Eu adoraria, mas realmente preciso tomar um gostoso banho de banheira, bem relaxante. Você sabe... relaxar, depois dos últimos dias.

— Mesmo adorando a ideia de esperar por você, preciso ir lá embaixo, ajudar o Luca. A mulher na cela... precisa ser questionada.

— Samantha? — Sydney perguntou.

— Não temos certeza sobre sua identidade ou se este é seu verdadeiro nome, mas precisamos descobrir antes de soltá-la.

— Eu estava em uma cela com ela. Tudo bem que não podia ler suas expressões faciais, mas a história dela pareceu verdadeira para mim. Eu nem a reconheci como Rhea. Quer dizer, como você saberia a verdade?

— Não deve ser difícil. Vou tentar ler a sua mente, ver se ela mostra algum sinal de falsidade. Também chamei Ilsbeth, para descobrir se ela foi enfeitiçada. É possível que Asgear tenha lhe enfeitiçado, para ser capaz de mentir com tanta maestria, que ela mesmo achasse que aquilo fosse verdade.

— Mas ele está morto— ela rebateu.

— Verdade. Mas a desconhecida lá embaixo ainda pode estar coberta em magia negra. Se Ilsbeth sentir algum resíduo, vai levá-la para o clã, para ser purificada de todos os feitiços. Precisamos ser muito cuidadosos, considerando que Asgear pode ter ensinado seus meios sombrios para outros.

— Outros? — Sydney tremeu com a possibilidade de que o feiticeiro pudesse ter criado outros magos.

— Eu posso sentir o seu medo, Sydney, e adoraria poder dizer para não se preocupar, mas nós dois sabemos a verdade da situação. Tudo o que posso dizer é que às vezes os sobrenaturais não são tão diferentes dos humanos, e que o mal não tem limites. E você e eu... nós dois lutamos por justiça, embora em mundos bem diferentes.

— Sim. O crime está em todo lugar, com toda certeza. — *Há crimes me aguardando na Filadélfia.* — Espero que Samantha esteja bem, pois merece algo muito melhor depois de tudo o que lhe aconteceu. Por favor, Kade... pegue leve com ela.

— Eu vou tentar, mas precisamos nos assegurar. Eu prometo que se ela for inocente, terá sua vida de volta.

— Obrigada — ela respondeu, convencida de que ele trataria a garota com compaixão. Não querendo encerrar o pouco tempo que tinham, pensando em ir embora, beijou Kade, saboreando seu calor mais uma vez. Sidney sabia o que tinha que fazer, e sabia que ele ficaria bravo, provavelmente furioso, mas ela precisava limpar sua cabeça. Sem olhar para trás, lágrimas surgiram em seus olhos enquanto corria para o chuveiro.

CAPÍTULO VINTE

Luca olhou, desesperado, para Kade, quando seu líder entrou na sala segura do porão. A garota estava chorando novamente, e, merda, nenhum homem gostava de lágrimas. Kade sentiu uma pontada de culpa por salvar a garota de Simone somente para torná-la uma prisioneira outra vez, agora em sua casa. Claro, a suíte era larga e confortável, oferecida aos hóspedes, então não se parecia com uma cela de prisão. Não; se parecia alguma coisa, era como um quarto luxuoso de hotel. De qualquer maneira, a garota estava assustada e confusa, encolhida na cama, com os joelhos encostados no peito, e o fulminou com o olhar quando ele se sentou na poltrona. Kade precisava ganhar o controle da situação, e rápido. Respirando fundo, preparou-se para o interrogatório.

— Samantha, o meu nome é Kade. Agora escute: nós não estamos aqui para te machucar. Desculpe-nos por te manter aqui conosco, mas precisamos ter certeza de que está a salvo, para deixá-la voltar para casa. As pessoas que te pegaram eram uma dupla de criminosos obscuros, que aparentemente te usaram em suas façanhas. Você pode não saber, mas atacou uma grande amiga minha, algumas noites atrás, no *Sangre Dulce*. Você tem alguma lembrança dessa atividade?

— Não, eu... eu não sei do que você está falando — a garota fungou. — Onde está a Sydney? Ela disse que voltaria para me buscar.

— Sydney está se recuperando. — Kade olhou para Luca, que passou para ele uma foto de Rhea nua, servindo bebidas no clube. Ele virou a foto, não querendo ainda chocar a garota. — Preciso fazer algumas perguntas, Samantha. Quanto mais rápido fizermos isso, mais rápido você sairá daqui. Você se lembra de ter estado no *Sangre Dulce*?

— Sim, eu falei para Sydney, não sou estúpida. Foi a minha primeira vez lá, e fui com amigas. Eu não vivo aqui em Nova Orleans, mas vim para cá por causa de uma conferência sobre computadores. Tinha esse cara... James... ele parecia tão legal. Eu lembro de tomar uma bebida com ele. Depois... tudo que me lembro é de estar naquela cela... ele me espancou... eu não conseguia fugir. Eu disse isso para Sydney — ela soluçou, e lágrimas escorreram por seu rosto. Não detectando nenhuma mentira em suas palavras, Kade precisava entender o que acontecera, e infelizmente o que estava prestes a acontecer. Ela não iria para casa.

— Está bem, escute, Samantha. O negócio é o seguinte: James, o homem que você mencionou, era um mago poderoso. Seu nome verdadeiro era Asgear, e ele praticava magia negra. Eu sinto muito em dizer que ele te enfeitiçou. Eu tenho alguém que pode ajudar você, mas serei honesto: você precisa saber o que aconteceu. Eu tenho uma foto aqui. — Ele entregou a foto para ela. — Essa é você no *Sangre Dulce*, servindo bebidas e atendendo a outras necessidades. — Ele tossiu, não sabendo o que dizer. — Miguel, o dono, te apresentou como uma submissa. Você sabe o que é isso, certo?

— Sim. — Acenando com a cabeça, Samantha gemeu. — Ai, meu querido Deus. Não, não, eu nunca faria isso. Eu só fui lá com amigos, para me divertir. Ai, meu Deus. Como isso aconteceu comigo? O que eu fiz?

— Naquela noite, você pegou uma de minhas amigas, e a prendeu com algemas de prata em uma mesa. Agora, antes que fique muito chateada, é possível que Asgear tenha feito a maior parte das coisas. Você sabe, minha amiga estava vendada. Mas, em todo caso, você ajudou esse homem. Então nós precisamos ter certeza de que o quer que ele tenha feito contigo, seja removido e purificado, para que você não faça isso novamente.

— O que quer dizer com isso? Eu prometo que não farei nada desse tipo novamente. Posso ir para casa agora? Eu preciso ir para casa. Minha família, meu emprego. — Ela secou as lágrimas.

— Eu adoraria te mandar para casa, Samantha, mas, como eu disse, precisamos ter certeza de que você está livre de magia negra. Uma amiga minha — ele ressaltou —, e de Sydney, é uma bruxa, uma bruxa do bem. O nome dela é Ilsbeth, e ela está vindo aqui para levá-la ao seu clã. Agora, não tenho certeza de quanto tempo isso vai demorar, mas prometo que retornará para casa... o mais breve possível.

Samantha colocou as mãos no rosto, chorando levemente. Levantando o queixo, secou as lágrimas.

— Desculpe-me. Eu quero que saiba que normalmente sou uma pessoa forte, mas essa última semana... eu me sinto estraçalhada no momento. Mas ficarei bem, só preciso ir para casa.

Luca andou pelo quarto, colocou uma mão no ombro dela, e deu a Samantha um lenço. Essa frágil humana mexia com alguma coisa em seu coração sombrio e frio, apesar de, através dos séculos, ter visto inúmeros humanos chorando. Era a dura realidade da vida. Mas essa frágil mulher, com seu longo cabelo vermelho, acendia uma pequena chama solidária dentro dele.

— Samantha, vai dar tudo certo. — Ele passou a mão sobre seu cabelo macio e deu uns tapinhas em seu ombro, tentando confortá-la. — Ilsbeth é uma bruxa poderosa e gentil. Se você foi impregnada com magia, ela vai purificá-la. Tudo ficará bem novamente.

Kade arqueou uma sobrancelha para Luca, imaginando o que estava ocorrendo com seu velho amigo. Luca não lidava com conforto, ou compaixão, ou humanos. Havia uma longa lista de coisas que Luca não fazia, e Kade se perguntou se algum tipo de feitiço estava afetando seu segundo em comando. *Onde diabos estava Ilsbeth?*

Uma forte batida na porta tirou Luca de perto de Samantha. Kade sacudiu a cabeça, confuso com as ações de seu amigo.

— Entre — ele ordenou. Um forte brilho iluminou o quarto, quando Ilsbeth abriu a porta. — Entre, por favor. — Kade gesticulou para ela se sentar na cadeira, mas a bruxa andou até Samantha na cama. — Essa é a Samantha. Ela não se lembra de nada do que fez no clube, na noite em que algemou Dominique. Não detectei nenhuma mentira, mas preciso ter certeza de que ela está segura para ficar perto de outros... e de si mesma.

— Samantha, eu sou Ilsbeth. — Ela passou seus dedos finos e pálidos pela bochecha da garota. — Você entende que esteve em contato com um grande mal, certo?

Samantha acenou com a cabeça, silenciosamente.

— Esse mal fez com que você fizesse coisas, coisas contra a sua vontade, coisas que você não se lembra?

Ela acenou novamente.

— Eu tenho a sua permissão para ler... sua aura? Você vem para mim por vontade própria? — Ilsbeth perguntou, com uma voz suave e cadenciada.

— Sim, estou tão arrependida! Por favor, me ajude — ela implorou.

O ar engrossou quando a bruxa fechou os olhos e levantou as mãos, colocando as palmas sobre o topo da cabeça de Samantha. Ela murmurava uma melodia contínua, ao mesmo tempo em que abaixava as mãos ao lado da garota. Abrindo os olhos, expirou com força.

— Jovem mulher, magia negra mancha as bordas de sua aura. — Uma expressão séria passou por sua face quando Ilsbeth olhou para Kade. — Ela precisa vir comigo para o clã, onde minhas irmãs e eu podemos remover a escuridão e purificar sua alma. — Ela estava escondendo alguma coisa.

Kade sabia que havia algo mais. O que era? Ele prometera à garota que ela poderia voltar para casa.

— Ilsbeth, obrigado pela sua leitura. Como sempre, aprecio seu discernimento e dons, mas sinto que tem alguma outra coisa.

— É a magia. — Ela sacudiu a cabeça, em aversão. — Ela foi infundida.

— O que isso quer dizer? — ele questionou.

— O feitiço foi infundido. Nós podemos purificar sua aura e remover a escuridão, mas a magia permanecerá. Resumindo: Samantha agora é uma bruxa. Ela precisará ficar no clã, aprender o ofício, crescer na luz. — Olhou para Samantha. — Você entende, querida garota? Você agora é uma bruxa.

— Eu sou uma bruxa? — a jovem perguntou, repetindo as palavras de Ilsbeth, como se tudo fosse ficar mais fácil se falasse em voz alta. — Preciso ser honesta com você: não tenho certeza do que isso significa, mas vou tentar, porque quero esse mal fora do meu corpo. Eu prometo fazer o que você disser... só, por favor, me ajude a ter minha vida de volta.

— Tudo ficará bem, Samantha, eu vou ajudá-la. — Ilsbeth a confortou. Ela a abraçou, sabendo que essa seria uma batalha exaustiva. Ser bruxa não era sinônimo de vida fácil, ainda mais ser transformada em uma tão tardiamente na vida. Ser jogada no mundo sobrenatural depois de ter passado sua vida inteira como humana, era difícil de entender.

Samantha saiu dos braços de Ilsbeth e olhou para Kade.

— Senhor, só mais uma coisa, antes de eu ir embora: por favor... eu gostaria de ver a Sydney. Devo minha vida a ela, e só quero agradecer.

— Vá buscá-la — Kade gesticulou para Luca. — Sei que ela vai querer ver a garota antes de ir embora.

Luca acenou com a cabeça e saiu do quarto, olhando uma última vez para Samantha.

— Obrigada novamente, Ilsbeth. Parece que somos bons aliados, não? — Kade tentou melhorar o clima antes de Sydney chegar, pois ela sofrera o suficiente na última semana e não precisava entrar em um quarto cheio de rostos sombrios.

— Ah, sim, isso nós somos. O clã está em dívida com você por erradicar Simone e Asgear. Se escutarmos sobre alguma outra atividade relacionada a Asgear, irei contatá-lo imediatamente.

Em minutos, Luca retornou sem Sydney. Ele olhou seriamente para Kade, sinalizando que precisava falar em particular. Depois olhou para Samantha, que o encarou de volta, com os olhos arregalados.

— Desculpe-me, querida, mas Sydney não está disponível para vir aqui no momento — Luca explicou, em um tom gentil. — Ela prometeu te visitar no clã, o mais rápido possível. Agora, se não se importa, uma situação ocorreu com os vampiros, e Kade e eu precisamos resolver isso. Etienne vai levá-las até a entrada, e depois disso as acompanharei de volta ao clã da Ilsbeth.

Escutando as palavras de Luca, Kade enviou sensores mentais para localizar Sydney na casa. Quando não conseguiu detectar sua presença, sua mandíbula travou de raiva.

— Onde ela está? — demandou.

— Kade, por favor, você precisa entender que ninguém a viu saindo, e não há nenhuma evidência de qualquer delito. Parece que ela somente foi embora. A empregada a viu entrar em um táxi há mais ou menos uma hora, então talvez tenha ido ao centro da cidade, comprar *beignets* novamente? — Luca suspirou.

Não, caralho. Kade sabia que ela não estava fazendo compras ou visitando pontos turísticos. Sua mulher estava fugindo, fugindo de seus sentimentos, fugindo dele. Sydney Willows podia fugir, mas não se esconder, pois ele a acharia em qualquer lugar da face da Terra. O que exatamente a mulher não entendeu sobre estarem ligados?

— Aquela mulher ainda vai me matar. Sério, Luca. Eu a convido para ficar e vir morar comigo, e ela foge? Que porra é essa? Coloque Tristan ao telefone, e depois ligue para o aeroporto e abasteça o jatinho. Nós, meu amigo, estamos indo para a Filadélfia hoje à noite. Ela é minha, e já está mais do que na hora de começar a entender o que isso significa.

CAPÍTULO VINTE E UM

Sydney se sentiu mal assim que entrou no táxi. Ela continuava dizendo para si mesma que só precisava de tempo para pensar, para descobrir como poderia ter um relacionamento com um vampiro, especialmente um que vivia a mil quilômetros de distância. Ela ligaria para Kade assim que chegasse à Filadélfia, para dizer que o amava e que só precisava de espaço. Se ligasse antes de entrar no avião, desistiria e voltaria para ele. Sidney só precisava de algum tempo para tomar uma decisão sem Kade tentando-a com seu maravilhoso apelo sexual, corpo e sua autoconfiança, e aí saberia que estava fazendo a escolha certa. Ela não podia confiar em si mesma para pensar claramente estando perto dele, pois sua libido oficialmente se exacerbara em Nova Orleans. Ela tinha perdido a capacidade de tomar decisões inteligentes com seu cérebro, quando estava pensando com suas entranhas lascivas.

Mas Sydney precisava telefonar para Tristan antes de entrar no avião. Não havia a menor chance de ficar em seu apartamento, depois da tentativa de estupro, pois primeiro seria necessário pintar e redecorar, de qualquer jeito, já que o lugar fora destruído.

— Tristan — ela começou a dizer, quando ele atendeu o telefone. — É a Sydney. Escute, eu preciso falar... Hum... quer dizer, eu preciso de um favor.

— Syd, ah... o que está acontecendo? — Tristan respondeu, com suspeita na voz. — Por que estou escutando ruído de aviões? Cadê o Kade?

— Por favor, Tristan, só me escute. — Sydney suspirou, pesadamente. *Maldito lobo Alfa.* Ela não podia manter segredos dele de jeito nenhum. — Ok, aqui está. Eu fugi da casa de Kade, entrei em um táxi para o aeroporto, e estou quase entrando num voo para a Filadélfia. — Ela se encolheu silenciosamente, adivinhando qual seria a resposta de seu amigo.

— Sydney, querida, me desculpe por dizer isso, mas você está louca? Kade vai surtar quando descobrir que você foi embora sem falar com ele. Inferno, mesmo se eu dissesse para ele, Kade surtaria. Você entende que ele te reivindicou? E tem toda a história de completar a ligação de sangue, sem mencionar que ele fica dizendo para todo mundo que você é dele! Meu Deus, mulher, você perdeu a cabeça?

— Obrigada pelo sermão, pai. E, sim, eu sei que ele vai ficar bravo. Eu entendo tudo... bla, bla, bla... ligação sanguínea. Eu também o amo, mais do que a minha vida, mas preciso de um tempo para pensar. Tenho que voltar para o meu trabalho, para as crianças. As coisas estão muito intensas aqui, e preciso ter certeza de que estou tomando a decisão certa.

— O que tem para pensar? Não, esquece isso. Vocês, mulheres humanas, são irracionais, insensatas... o que seja. Eu só quero que você saiba que quando tudo isso acontecer, eu me reservo no direito de dizer: eu te avisei. Agora, do que você precisa? — Quando as coisas ficavam sérias, Tristan sempre estava lá para ela. Ela era parte de sua alcateia... loba ou não.

— Meu apartamento. O vampiro. Você sabe o que aconteceu. — Ela não queria nem dizer as palavras. — Eu preciso de um tempo para arrumar o lugar. Eu vou vendê-lo... principalmente porque talvez, e esse é um imenso *talvez*, me mude para Nova Orleans. Então, posso ficar na sua casa por um tempo?

— *Mon chaton*, você realmente está tentando me matar, não é? — Ele riu. — Como não tenho vontade de morrer, vou educadamente recusar sua estadia na minha casa, mas tenho várias propriedades que alugo, e tenho uma que vai funcionar. É um apartamento desocupado, mobiliado, e o mais importante, situado numa parte segura da cidade, está bem? Você é bem-vinda a ficar lá. Quando chega? Precisa de uma carona do aeroporto?

— Obrigada, Tris. Você me salvou. E não, não preciso de uma carona, porque o Tony vai me pegar e me levar para o *Hilton*. Se você puder mandar o endereço e as chaves para a delegacia amanhã, serei eternamente grata.

— É melhor mesmo, garota. O Kade vai ficar muito puto quando descobrir que você não está mais lá. Eu a amo como se fosse da minha família, mas não vou mentir quando ele vier perguntar. E ele virá, estou avisando.

— Justo. — Sydney se recostou na cadeira, sabendo que ele estava certo. Tarde demais. Ela já fugiu... agora, era melhor ir até o final. — Ei, também queria agradecer por ter salvado meu traseiro na outra noite.

— E que belo traseiro você tem. Mas você sabe que sou eu quem deveria te agradecer. Se aquela cadela vampira tivesse me esfaqueado mais uma vez, poderia ter sido o último uivo do lobo. Você foi bem durona com aquela espada. Escute, me ligue quando estiver instalada, Okay? Estou preocupado com você.

— Eu ligarei — ela prometeu.

— Posso te dar um pequeno conselho? Você sabe, de um Alfa velho e sábio?

Ela riu levemente.

— Com certeza, Tris.

— Você pensa demais. Abra seu coração para ele, Syd. Você merece o amor. Está me entendendo? Pare de pensar e comece a viver — ele disse. — Cuide-se, e boa viagem.

Ela desligou o telefone, e as palavras de Tristan ressoaram em sua cabeça. *Você merece o amor.* Ela amava Kade com cada célula de seu corpo, e ele a amava. Talvez Tristan estivesse certo. Talvez ela pensasse demais. Assim que entrou no avião, seus olhos se encheram de lágrimas. *Um erro.* Ela não devia ter saído da casa de Kade. Respirando fundo, conteve as emoções. Ela precisava de tempo para colocar sua vida em ordem, e se ainda se sentisse como hoje, então voltaria para Kade: o amor da sua vida.

CAPÍTULO VINTE E DOIS

Tony olhou para Sydney, que observava em silêncio a paisagem de fora da janela, parecendo estar a milhões de quilômetros dali. Alguma coisa estava errada com a sua parceira.

— Estou feliz que está de volta. Os casos estão se acumulando, e, com certeza, será bom ter você aqui. — Sydney continuou olhando pela janela, ignorando suas palavras. — Olá? Sydney Willows? O que está acontecendo, Syd? Você parece completamente aérea. Tem certeza de que está pronta para retornar ao trabalho?

— Desculpe — Sydney suspirou. — Eu estava só... pensando, só isso... sobre o trabalho. Sim, eu quero terminar a papelada do caso da "Boneca Morta", mesmo que isso oficialmente pertença ao P-CAP. Só quero organizar algumas coisas, resolver os assuntos pendentes.

Ela coçou os olhos. *E depois?* Ela deveria clarear a mente, mas os pensamentos em Kade a consumiam.

— Acho que vou tirar alguns dias, depois disso. Meu apartamento está uma bagunça, então tenho que limpar tudo ali. Vou vendê-lo...talvez. Eu não sei. De qualquer jeito, passarei esta noite no hotel, e vou lá durante a manhã para pegar as minhas coisas... arrumar uma mala. Meu amigo Tristan vai me deixar ficar em um de seus apartamentos de aluguel.

Tony revirou os olhos. Ele sabia que ela não estava contando tudo, mas eram parceiros há tempo suficiente para saber quando devia forçar e quando desistir. Ele também sabia que ela estava no limite, e que tinha chorado recentemente. Parando o carro na entrada do hotel, colocou o carro em ponto-morto.

— Syd — ele pausou —, você e eu somos parceiros há muito tempo. Sei que algo está acontecendo, e se você não quer falar sobre isso, tudo bem, mas saiba que basta me ligar e estarei aqui. Você tem certeza de que não quer ficar no meu quarto de hóspedes? Eu meio que me sinto mal por te deixar em um hotel. — Ele colocou a mão no ombro dela, tentando confortá-la.

Sydney colocou a mão na maçaneta do carro, pronta para correr, então se virou para ele.

— Estou bem. Eu juro... só preciso de um tempo para mim. Um monte de coisa aconteceu em Nova Orleans. Agora, pode ir. Eu o verei na delegacia, amanhã à tarde. Obrigada.

Sydney o abraçou rapidamente. Soltando seu parceiro, abriu a porta do carro e entrou no hotel.

Sydney se sentia ainda pior no dia seguinte, pois se achava miserável por ter abandonado Kade. No que ela estava pensando? Ela daria qualquer coisa para acordar nos braços dele nessa manhã. Em vez disso, acordou com vozes estranhas falando através das paredes finas, e um ar-condicionado ruim. Conferiu o celular pela centésima vez, esperando que Kade tivesse ligado ou mandado uma mensagem. Nada.

Que inferno. Ela tinha saído de Nova Orleans para pensar claramente, mas tudo no que podia pensar era em Kade. Sidney quase pegou um táxi para o aeroporto, mas a razão venceu e ela voltou para o seu apartamento. Então, respirou fundo e apoiou a mão na porta.

Memórias da tentativa de estupro invadiram sua mente, e ela soltou um pequeno rosnado, sabendo que vencera no final. Era ela quem estava viva, e aquele vampiro filho da puta não era nada mais do que cinzas. Seus pensamentos retornaram para Kade, pensando em como ele tinha salvado seu traseiro... acordar em um jatinho? *Em que mundo aquele cara vive?* Certamente não o difícil, bem real, onde se recebia salário, no mundo em que ela vivia.

Sidney empurrou a porta, que se abriu com um rangido. Graças a Deus, Luca e Kade pensaram em trancar o lugar quando saíram. Não que ela tivesse muitas coisas valiosas, mas atenção nunca é demais na cidade. Olhando a sala, sentiu-se nauseada ao ver o sangue seco. Ela estava apavorada por ter que limpar essa bagunça. A delegacia tinha oferecido o pagamento para a limpeza da cena do crime, já que o incidente ocorreu enquanto estava trabalhando em um caso, e sem força emocional alguma, para sequer arrumar um vaso no lugar, decidiu, naquele instante, que contrataria um serviço para fazer isso.

Ignorando a mobília revirada e os pedaços de vidro, Sydney desceu o corredor em direção ao quarto de hóspedes, pegando a maior mala que tinha. Esvaziou suas gavetas, colocando roupas de baixo, calças de moletom e camisetas em sua mala. *Nada como resumir minha vida a uma mala.* Em vez de dobrar as roupas que estavam penduradas, pegou-as do cabide e jogou na cama. Escolhendo vários pares de sapato, os jogou de qualquer jeito em uma bolsa.

Procurando em seu baú no quarto de hóspedes, pegou as armas remanescentes que Tristan deixou, e enfiou dentro da mala, no meio das roupas... incluindo as pistolas. A pele de Sydney formigava pelo desconforto de estar no apartamento. *Malditos vampiros.* Se não tivesse insistido em trabalhar nesse caso, nada teria acontecido, e podia ter continuado a sua vida sem saber dos males que existiam no mundo sobrenatural. Mas também não teria conhecido amor... desejo... êxtase... Kade.

Sidney pegou algumas fotos da família e dos amigos, e olhou em volta para ver se tinha mais alguma coisa que quisesse levar. Decidindo que já estava com coisas o suficiente, coletou seus pertences e saiu do apartamento. Depois de descer para o seu carro, ela cuidadosamente depositou as roupas ainda nos cabides no pequeno porta-malas do seu conversível e colocou a bagagem no banco do passageiro. Apertado, mas teria de funcionar. Despedindo-se de sua casa pelos últimos sete anos, em silêncio, dirigiu-se à delegacia.

O estacionamento estava movimentado quando Sidney estacionou, então verificou duas vezes, para ter certeza de que o carro estava trancado, antes de entrar na delegacia. Acenando para seus companheiros policiais, ela se jogou em sua cadeira e ligou o laptop. Seu plano era se enterrar no trabalho pelas próximas horas, porque queria esquecer Nova Orleans por um tempo, esquecer os vampiros maus e feiticeiros diabólicos, e mais do que tudo, esquecer a dor que estava abrindo um buraco em sua barriga, por sentir falta de Kade.

Horas depois, após executar um monte de trabalho burocrático, suspirou de exaustão e se assustou quando Tony jogou um sanduíche de filé com queijo em sua mesa.

— Ei.... E aí? Achei que você poderia aproveitar um desses. Agora eu sei que eles não têm essas maravilhas lá em Nova Orleans. — Ele sorriu.

— Ai. Meu. Deus. — Sua boca se encheu d'água quando o cheiro de cebola frita e queijo provocou suas narinas, e Sidney não podia esperar para atacá-lo. — Obrigada, Tony.

— É, já fui chamado de deus por certas mulheres. E é engraçado você dizer... as mulheres geralmente gostam dos meus vinte e cinco centímetros... só não de um sanduíche de filé. — Ele gargalhou.

Sydney o socou no braço.

— Bem legal, Tony. Você tem uma excelente lábia. — Ela mordeu o sanduíche, deixando o pão macio e gorduroso e o filé seduzirem seus sentidos. — Okay, Tony. Alguma vez eu já disse o quanto te amo? — Ela sorriu, limpando a boca.

— Sim, *baby*. Eu sei que você quer isso aqui. — Ele sorriu, vendo que ela estava começando a voltar ao normal. — Ei, se eu soubesse que tudo que você precisava era um sanduíche de filé, eu teria te alimentado na noite passada. — Ele se ajeitou na cadeira, com uma expressão séria em seu rosto. — Sério, Sydney, se precisar de alguma coisa, estou aqui. Não precisa enfrentar isso sozinha. Todos nós levamos porradas deste trabalho de vez em quando. Você e eu sabemos disso. Não sei tudo que aconteceu em Nova Orleans, mas foi somente um buraco na estrada. Você é forte. Tudo ficará bem.

Sydney evitou a conversa séria, dando um aceno com a cabeça enfiando mais filé e picles em sua boca. Ela desejava que levantar seu espírito fosse tão fácil quanto comer um sanduíche... embora o sanduíche estivesse uma delícia.

— Entrega! — A secretária da delegacia deixou um pequeno envelope da FedEx em sua mesa. *Kade?* Ela abriu o pacote para achar uma chave e um pequeno cartão escrito em relevo. *Tristan. A chave e o endereço da casa alugada.* Empurrando para o lado o crescente desapontamento, dedilhou a chave preta brilhante, que estava presa em um chaveiro do Sino da Liberdade. *Somente na Filadélfia*, riu para si mesma.

O que ela estava pensando... que Kade ligaria para ela? Mandaria uma mensagem? Um cartão? Foi ela que foi embora sem dar tchau... depois de fazer amor, ainda por cima. Ondas de culpa inundaram sua mente. Por que fez isso com ele? Ele disse que a amava, que queria que ela ficasse. Por que isso não foi o suficiente? Mas ele realmente não parecia entender que ela tinha responsabilidades. Sidney se lembrava de Kade dizendo que eles acertariam os detalhes, mas ela foi impaciente pra cacete, como sempre. Ela nem tentou falar com ele. Não, só se apavorou, sobrecarregada de emoções, e correu de volta para a Filadélfia. *Merda*. Precisava ligar para ele hoje à noite e acertar as coisas. Nas últimas vinte e quatro horas, ela pode não ter clareado a mente por completo, mas sabia que uma coisa era verdadeira: Kade era dela. Ela o amava. A cada hora que passava, seu coração gritava por ele, e ansiava por estar em seus braços.

Esfregando a chave, desligou o laptop, decidindo que não poderia es-

KADE

perar mais uma hora para ligar para ele. Quando chegasse na nova casa, ela se sentaria, ligaria e se desculparia por ter ido embora, e possivelmente imploraria por perdão (Okay, somente se fosse necessário) e veria uma maneira de fazer isso funcionar. Talvez pudesse conseguir um trabalho no departamento de polícia de Nova Orleans. Milhares de pensamentos e soluções rodavam em sua cabeça. Antes que perdesse a coragem, precisava sair da delegacia e fazer a ligação.

Cutucando Tony no ombro, não querendo interromper seu telefonema, sussurrou as palavras "muito obrigada" e acenou um tchau. Pulando em seu conversível, abaixou a capota, aumentou o rádio e ajustou o GPS para o endereço no cartão. Seu coração cantou de alegria ao saber que não demoraria muito para escutar o tom amoroso da voz de Kade novamente.

CAPÍTULO VINTE E TRÊS

Sydney suspirou ao ver o prédio recém-construído de frente para o rio, na área do *Penn's Landing*. Chique. Ela não podia acreditar que Tristan a deixaria morar nesse lugar sem pagar aluguel, por uma semana, pelo menos, ainda mais por alguns meses, como planejara de início. Sydney tinha um sentimento de que nunca quereria ir embora, considerando a vista incrível do rio e da cidade. Por que Tristan não morava nessa localidade fabulosa? Ela sabia que ele lidava com imóveis, mas não tinha a mínima ideia de que ele era dono de um imóvel na orla. Ela confirmou o endereço antes de parar o carro no estacionamento.

— Com licença, senhorita. — Um porteiro se aproximou do carro e se inclinou.— Você precisa de auxílio com a sua bagagem?

Sydney tossiu, tentando desesperadamente se recompor, torcendo para estar no lugar certo.

— Ah... sim. Eu tenho umas roupas no bagageiro, algumas malas. Meu amigo, Tristan Livingston, me deixou ficar aqui por um tempo.

— Claro, senhorita, nós estávamos esperando por você. Eu pegarei suas chaves, estacionarei o seu carro e levarei suas coisas em breve. — Sorrindo, ele abriu a porta do carro, gesticulando para ela sair.

Sydney entregou as chaves para ele, andando com confiança em direção à porta, onde outro porteiro esperava por ela.

— Olá... meu nome é Sydney Willows. Eu...

— Saudações, Senhorita Willows. Meu nome é Bernard. Seja bem-vinda ao *Riverfront States*. Como Fred indicou, estávamos à sua espera. Por favor, me siga, eu vou acompanhá-la até seu lar.

Lar? Sydney seguiu Bernard, mas não tinha a mínima ideia de para onde estava indo, pois se lembrou de que Tristan não lhe dera o número do apartamento. Ela não queria parecer que não pertencia ao local, então confiou que descobriria isso por Bernard. Dentro do elevador, notou que os números iam até o quadragésimo andar. Brincando nervosamente com a chave, ela tentava se lembrar do botão que o homem tinha pressionado. O elevador estava se movimentando, mas nenhum número se iluminava.

Quando o elevador parou e as portas se abriram, viu um pequeno vestíbulo que levava para uma solitária porta dupla.

— Seu apartamento, senhorita. Você precisa que eu abra a porta e te mostre o interior? Suas malas subirão em breve pelo elevador de serviço.

— Não, muito obrigada. Por favor, deixe minhas coisas aqui na entrada. Percebo que esse é o único apartamento no andar, então minhas coisas devem ficar seguras por um tempinho. Eu tenho uma ligação a fazer, e é importante que não seja interrompida. Obrigada novamente. — Ela entrou no vestíbulo e colocou a mão na bolsa.

— Obrigado, mas nada de gorjetas, por favor. Esse é o seu lar agora. — Ele acenou quando as portas do elevador se fecharam, silenciosamente.

Finalmente sozinha, ela respirou fundo. Meu Deus, esse lugar era inacreditável! Sidney mal podia esperar para ver a vista do rio. Não sabia em que andar estava, mas sentia que era bem alto. Ela pegou a chave, a enfiou na fechadura e rapidamente abriu a tranca. *Porta segura, muito bom.*

Quando Sydney colocou a mão na maçaneta, ela sentiu: uma sensação quente e de arrepiar correu por sua espinha. *Kade. O que ele estava fazendo aqui?* Depois de tudo que ela tinha passado na última semana, confiava o suficiente em seus instintos para saber que Kade estava atrás daquela porta. Respirando fundo, tentou desesperadamente organizar seus pensamentos. *O que posso dizer para ele? Pegue leve, Sydney... peça desculpas... finja que está no telefone, como você planejou.* Mas ele não estava ao telefone, em Nova Orleans. Não, ele realmente estava na Filadélfia. No apartamento de Tristan. *Merda. Merda. Merda. Respire, Sydney, respire.* Sentindo-se sem fôlego, respirou fundo, virou a maçaneta e abriu a porta.

Do outro lado do salão principal, ela o viu. Kade olhava com atenção para o rio. Sua silhueta, às sombras contra o luar, esculpida de músculos, estava incandescente. A alma de Sydney se retorceu, implorando que fosse até ele, para poder se perder em seu abraço, mas Kade era um predador sombrio e letal, alguém que ela tinha machucado. Ela não teve coragem de ir em busca do que mais queria dele agora. Não, ela iria se aproximar com cautela, com cuidado, porque precisava consertar as coisas.

— Kade, me desculpe. — Mesmo sem dar resposta, como se não a tivesse escutado, Sidney sabia que ele a tinha ouvido. Kade a faria ir até ele, e ela iria por vontade própria.

Aproximou-se com cuidado, entrando em um espaço aberto. A luz do luar brilhava através das soleiras do teto tipo catedral, e iluminava o cômodo todo. Quando passou pela cozinha, os balcões de granito preto e os utilitários de inox brilharam. Sidney andou devagar em direção a Kade, notando que o apartamento não estava mobiliado, com exceção da mobília de um enorme terraço. Um pensamento passou por sua mente quando pensou na razão de Tristan tê-la mandado para um apartamento vazio, mas aquele era um problema ínfimo comparado ao vampiro ameaçador e bravo, parado à sua frente.

Os saltos de Sydney batiam suavemente no piso de madeira. Ela esticou os dedos, deixando-os passear pelos duros músculos de suas costas. Atração nem começava a descrever o intenso desejo que crescia em seu âmago.

— Kade, por favor. O que você está fazendo aqui?

Kade aguardou silenciosamente que ela fosse até ele, sentindo sua presa chegar mais perto. Ele podia sentir o cheiro de seu desejo, e lutou contra a vontade de devastar seu corpo ali mesmo, no chão, de se enterrar em suas quentes profundezas. Mas ele precisava ensinar uma lição que sua mulher teimosa e sensual nunca esqueceria. Ela tinha fugido dele, sem discutir suas emoções, seus medos, suas vidas, juntos. Inaceitável. Não, ela precisava aprender que, sem sombra de dúvidas, eles se pertenciam, para sempre. E que ele a amava mais que tudo, e estava disposto a fazer qualquer coisa para mantê-la em sua vida. Sem olhar para ela, respirou fundo, se fortalecendo para a conversa que mudaria sua vida.

— Ah, Sydney, amor, eu estou aqui… porque aqui é o meu lar… nosso lar. — Ele se virou, puxando-a para ele, dispondo seus corpos de uma maneira que ela também estivesse de frente ao rio. Segurando suas mãos, ele as apoiou na balaustrada do terraço. A vista do rio era magnífica. As luzes dos barcos brilhavam, e a ponte cobria a água, que corria por baixo dela.

— Seu lar? — Sydney perguntou, e sua voz tremia. — Espere… o que você quer dizer com nosso lar? Este apartamento é do Tristan, ele me deu a chave, me deixou ficar aqui. O Tristan disse para você que eu estava aqui?

Colocando a mão em volta da cintura dela, ele a puxou para si, para que seus lados se tocassem. Com esse toque dominante, Kade sentiu Sydney se endireitar, tremendo como se eletricidade estivesse correndo por seu corpo. Cada célula sensual em seu corpo estava completamente acordada, pronta para se unir a ele.

— Exatamente o que eu disse. — Sorrindo em resposta, Kade continuou: — Este é o nosso lar. Comprei esta propriedade ontem à noite, depois que você deixou Nova Orleans tão habilmente. — Ele virou o corpo dela para que ficassem grudados, quadril com quadril, e com seus lábios separados por centímetros. Ela não tentou sair de perto dele, permitindo que Kade a segurasse firmemente em seus braços quentes. Seus olhos azuis penetravam em sua alma, e seus lábios se apertaram com seriedade. — Olha, Sydney, parece que você não entendeu direito o que quis dizer quando falei que você era minha. Achei que nós tínhamos acertado as coisas naquele dia, no meu escritório, mas parece que você precisa de outra lição.

— Kade, eu... eu... eu... — ela gaguejou; as palavras presas em sua garganta.

— Não diga nada, nenhuma palavra. — Ele levou um dedo aos lábios dela, silenciando suas desculpas. — É a minha vez de falar, e a sua de escutar. Eu quero ser claro... *bem* claro... para você nunca mais me entender errado: você é minha, eu sou seu. Nós estamos ligados. Eu te amo, Sydney, não somente neste minuto, não somente hoje, não somente neste ano, eu te amo para sempre. Isto significa que na próxima vez que ficar aborrecida ou confusa, você não fugirá de mim. Você nunca mais fará isso, entendeu? Nós... nós trabalharemos juntos, daqui em diante. Você se apoia em mim. Você compartilha as coisas comigo. Estamos juntos, não mais sozinhos. Sempre juntos, nós vamos desbravar este mundo.

Kade sorriu, enrolando uma mecha de cabelo dela nos dedos.

— Agora, antes que diga alguma coisa ou tente protestar, vou dizer para você como isso vai funcionar. Já que me deixou em Nova Orleans, em vez de trabalhar em conjunto comigo, para acharmos respostas sobre como faríamos para nosso relacionamento funcionar, decidi sozinho o que acontecerá.

— Mas — Sydney começou, ainda tentando tomar o controle da situação, falhando miseravelmente no quesito.

Kade a puxou para mais perto de seu corpo, roçando a dureza de sua masculinidade em sua barriga. Ele se inclinou mais perto, quase tocando os lábios dela com os seus.

— Shhh. Você realmente tem problemas para escutar, não tem, mulher?

Uma pequena risada escapou dos lábios de Sydney, liberando uma energia nervosa.

Dominando seu espaço, ele afastou os joelhos dela com sua coxa. Seu cheiro feminino o chamava, e ele resistiu à necessidade de tomá-la ali mesmo, fodendo-a até perder os sentidos. Mas Kade precisava fazer com que ela aceitasse o futuro deles, antes de ir mais longe.

— Primeiro, sua carreira. Eu nunca pediria para você abandonar o seu trabalho. Você trabalhou duro para chegar onde está, e vou apoiar o que decidir. Dito isso, não vou deixá-la correr como uma idiota para casos sobrenaturais novamente... pelo menos não sem estar comigo. Tomei a liberdade de falar com os poderosos, e o seu departamento de polícia concordou gentilmente em te ceder para as minhas forças de segurança, como consultora, sempre que eu quiser. Assim, você pode trabalhar aqui na Filadélfia por alguns meses, se preferir, e então voltar para Nova Orleans e trabalhar lá pelo tempo que precisarmos ficar. Sua cidade é perto de Nova Iorque e eu sempre tenho negócios por lá, então essa localização é vantajosa para mim também. Nós viveremos em ambos os lugares.

Sydney estava prestes a interromper, mas mastigou o lábio em vez disso. Sentindo sua iminente tentativa de interrupção, Kade arqueou a sobrancelha para ela, desafiando-a a desobedecer a seu pedido anterior, para terminar de falar.

— Segundo, você precisa beber uma pequena quantidade do meu sangue... vezes o suficiente para não envelhecer ou ficar doente. Fazendo isso, podemos ficar juntos pela eternidade. Eu tenho certeza de que vou me preocupar muito com a sua segurança, por causa da natureza do seu trabalho, então certamente não preciso me preocupar se você pode adoecer com patologias humanas. Do mesmo modo, beberei de você sempre que possível, porque não quero nenhuma outra mulher para minha sobrevivência. Eu tenho quase certeza de que vamos concordar nesse ponto, dado que você não vai querer que me alimente de outra fêmea, ainda mais com a natureza erótica e íntima de minha alimentação.

Kade parou de falar por um minuto, absorvendo o silêncio da noite. Afinal, o ponto crucial do seu argumento estava na questão número três. Ele suspirou, esperando dizer as palavras certas para ela finalmente entender o quanto significava para ele.

— Terceiro, e mais importante: eu te amo, Senhorita Willows. Quando a convidei para se mudar para minha casa e ficar em Nova Orleans... vamos somente dizer que... não firmo compromissos levianamente. Eu disse a você que tive pouquíssimas mulheres na minha vida às quais considerei amantes, mas nunca existiu uma mulher que considerei minha alma gêmea. Ou esposa... até agora. — Kade pressionou sua testa à dela. Seu desejo de fazer amor com ela era tão intenso, no entanto, ele queria sua mente livre das agonias da paixão sexual, para que ela nunca duvidasse de suas intenções... ou da resposta que viesse a dar.

Lágrimas correram pelo seu rosto quando Kade pegou uma pequena caixa azul e branca do bolso.

— Você, Sydney... entrou em minha vida, inesperadamente. Você é uma mulher teimosa, e irritante em alguns momentos. Uma mulher possuidora de um coração tão cheio de coragem... bom, o que posso dizer? Mesmo que sinta medo, continua lutando, em nome da justiça, dando tudo o que tem... disposta a dar a sua vida para salvar a dos outros. Sangue, suor, lágrimas. E aí tem o seu lado suave... minha mulher... minha amante: cuidadosa, sensual, bonita. Estou simplesmente encantado por você. O mais importante: eu te amo, e quero estar contigo para sempre. Eu quero que seja a minha esposa. Case comigo, Sydney.

Kade abriu a pequena caixa, oferecendo o presente para a sua futura noiva: um enorme diamante, com corte princesa, brilhou ao luar.

— Sim, eu fico honrada em ser sua esposa. — Sydney chorou.

Quando Kade colocou o anel em seu dedo, uma lágrima correu por sua face. Sentindo-se culpada por ter fugido dele, saiu de seus braços, mas não soltou suas mãos.

— Kade, me desculpe por ter ido embora sem falar com você. Eu estava sobrecarregada. Você precisa entender. Nunca achei que poderia amar alguém, ainda mais do jeito que te amo. Eu estava com medo, preocupada com o meu trabalho e o centro infantil. Então, quando me chamou para morar com você... entrei em pânico. Foi errado, e estou muito, muito arrependida por ter machucado você. Por favor, me perdoe? — ela murmurou.

— Ah, minha amada futura esposa, eu certamente perdoarei você, mas talvez eu deva puni-la primeiro — ele brincou. — Umas palmadas, talvez?

— Acho que poderia concordar com umas palmadas consensuais de vez em quando. — Ela piscou. — Mas você sabe que isso funciona para os dois lados?

— Os dois lados? Não tenho certeza de que posso concordar com esses termos. Vamos dizer que algumas coisas não estão abertas para negociação. Agora, venha para mim, minha doce noiva. Eu planejo fazer amor com você em todos os cômodos desta cobertura.

Sem conseguir controlar seu desejo, Kade se inclinou para frente e pressionou os lábios aos de Sydney. Suas línguas dançaram em delírio, finalmente selando seu futuro. Ele enfiou os dedos no macio cabelo loiro de Sydney, puxando sua cabeça para a dele. Ela tinha o gosto do doce mel em um delicioso dia de verão. Sua amante... em breve, sua esposa.

Sydney gemeu de prazer, afastando seus lábios por um segundo.

— Hum, Kade, considerando que praticamente não temos móveis em nossa casa — ela olhou para o imenso sofá-cama —, talvez devêssemos começar aqui mesmo, na varanda. — Segurou a mão dele, levando-o para a cama macia, e o empurrou, para ele ficar deitado à sua mercê. — Eu planejo me redimir um pouco mais... de novo, e de novo, pelo resto de nossas vidas. — Ela se endireitou, removendo suas roupas sedutoramente até estar totalmente nua, à luz do luar.

— Amor... ah... você é uma mulher tão safada... — Kade gemeu e massageou seu pau duro, por cima de sua calça jeans. — O modo como sua pele brilha, à luz do luar... eu não posso mais resistir, nem por um minuto. Venha cá — ele ordenou.

Sydney se moveu sobre ele, montando em suas pernas. De joelhos, ela se abaixou devagar, beijando-o gentilmente, com seu cabelo macio caindo em seus ombros e rosto. Sem aviso, se levantou, colocando as mãos nos ombros fortes, roçando os seios em seu rosto. Ele gemeu, segurou e sugou seus montes macios, provocando-os até endurecerem de dor.

— Sim, Kade. Ai, meus Deus. Sim... eu quero sentir o seu gosto. Agora — ela implorou.

Escorregando pelo corpo dele, removeu rapidamente suas calças, liberando sua masculinidade. Colocando-o na boca, ela o sugou avidamente, gemendo de prazer ao sentir o gosto de sua essência salgada. Sydney passou os dentes pela ereção dele, provocando-o, tentando fazê-lo implorar. Finalmente, seu vampiro sucumbiu, e sua respiração começou a acelerar, ofegante.

— Eu... eu preciso estar dentro de você. Anda... eu quero gozar dentro de você. Por favor — ele implorou.

Sydney sorriu. Ouvir seu grande e malvado vampiro implorando, era música para os seus ouvidos. Ela engatinhou por cima dele e se abaixou devagar, até que seu sexo encostou completamente no pau dele. O corpo acolhedor de Sydney o recebeu, e suas mãos se apoiaram nos ombros de Kade.

— Isso, amor. Assim. Você é tão gostoso dentro de mim — ela disse, olhando profundamente em seus olhos azuis. — Eu nunca amei outro homem como amo você. Você é tudo para mim.

Conectados em um nível superior, Kade e Sydney se mexeram juntos, como um só, em total harmonia, permitindo que sua excitação os consumisse. Pressionando seu quadril ao dele, aumentou o ritmo gradualmente, e seu clímax cresceu enquanto estimulava sua área mais sensível. Kade moveu suas mãos, segurando a cintura delgada, dando suporte enquanto se movia sobre ele, aceitando cada centímetro de sua pulsante ereção. Jogando a cabeça para trás, ela gemeu de prazer, entregando-se em ondas contra ele, em completo abandono.

— Ah, sim, Kade. Eu te amo! Por favor... eu vou gozar! — ela gritou quando um orgasmo explosivo a dominou, e se despedaçou em glorioso êxtase, tremendo sobre ele.

Em um rápido movimento, sem sair de seu corpo, Kade a trouxe para ele, para ficarem face a face, deitados de lado. Ele jogou a perna sobre a dela, possessivo, os interligando, e em um frenesi delirante, os dois se beijavam passionalmente, enquanto ele continuava metendo nela, sem parar. Sydney se entregou ao ritmo dele, se perdendo em seu cheiro rico e intoxicante. Ela amava esse homem, com todo o seu coração. Kade diminuiu o ritmo de seus movimentos, relutantemente separando seus lábios, depois pressionou sua testa à dela novamente, olhando em seus olhos.

— Você é tudo para mim. Meu futuro, meu amor, minha esposa. Eu te amo.

Sydney mostrou sua garganta por vontade própria, oferecendo seu sangue, antecipando sua mordida erótica. Seu presente de submissão acendeu um instinto primitivo dentro dele, que rosnou possessivamente e arremeteu com mais força, ao mesmo tempo em que perfurava sua carne macia com suas presas. Ela enfiou os dedos no cabelo de Kade, pressionando a boca dele em seu pescoço, e gritou em completo êxtase quando o orgasmo a despedaçou, simultaneamente com o dele. Ele matou sua sede, perdendo o controle quando derramou seu sêmen dentro dela.

Eles ficaram deitados nos braços um do outro, abraçados, não querendo que o momento acabasse. Sydney estava estática, sabendo que ele não somente a tinha perdoado por ter ido embora, mas que estava comprometido, de todas as formas. Ela nunca pensou, em um milhão de anos, que seria o tipo de mulher que se apaixonaria tão perdidamente, mas acontecera. E agora, nunca deixaria seu vampiro ir embora.

— Humm... isso foi maravilhoso. Você é maravilhoso, sabia?

Kade riu baixinho.

— Ah... meu amor, é você que é maravilhosa. Não sei como sobrevivi a todos esses séculos sem você.

— Kade — Sydney sorriu, percebendo que eles tinham acabado de fazer amor na varanda —, por mais que eu ame ficar nua em seus braços no terraço, o sol vai nascer em breve, e as pessoas poderiam nos ver aqui fora. Onde vamos dormir?

— Uma coisa engraçada, já que eu tinha pouco tempo...— Kade riu — Eu só comprei o necessário para a cobertura. Ao fazer isso, percebi o quanto a maioria dos móveis é valorizada demais. Mas uma cama, meu amor, é, com certeza, um item de primeira necessidade, quando se trata de nós dois. E como planejei fazer amor com você a noite toda e boa parte da manhã, comprei duas camas: uma para a área externa, para eu poder fazer amor com você sob as estrelas, e outra para o quarto principal. Se estiver pronta, podemos testar a outra cama agora. Devemos nos recolher para a noite?

— Eu adoraria — Sydney concordou, e ele a beijou mais uma vez. Sentindo-se leve como uma pena, deixou Kade levá-la em seus braços por seu novo lar.

EPÍLOGO

Sydney acordou se sentindo otimista, aguardando com expectativa seu futuro com Kade. Ela olhou para o teto absurdamente branco, imaginando como decoraria seu novo lar. A ampla cobertura era um grande contraste com a mansão histórica no *Garden District,* de Nova Orleans, e ela imaginava como ele se adaptaria às ruas frias e duras da Filadélfia, mas achava que ele podia se garantir sozinho. Ela pensava em como seria viver em ambas as cidades, em ambas as casas.

Sidney riu para si mesma, pensando no quanto ela realmente gostava de pertencer a Kade, e vice-versa. Ela se moveu para deitar-se em seu peito liso, e ouvir seu coração vampiro batendo em seu ouvido.

Deixando os pensamentos voltarem para Nova Orleans, imaginou como Samantha estava. Deixara a mansão antes de ter a chance de se encontrar com a garota, e na confusão de voltar para a Filadélfia, se esqueceu de perguntá-lo sobre seu estado.

Kade olhou para Sydney, pois estava acordado há mais de uma hora. Sem dúvida, sabia que era a única pessoa que ela realmente tinha amado, e amaria. Estava eufórico por ela ter aceitado sua proposta, e sonhava com seu futuro, juntos. Syd era a mulher dos seus sonhos, e a abraçou mais apertado, beijando-lhe o topo da cabeça.

— No que está pensando tanto, nesta manhã? Eu ainda não sou capaz de ler os seus pensamentos com clareza, mas posso sentir que está pensando... bem alto. Alguma coisa errada?

— Só pensando na Samantha, nada demais. É difícil acreditar que a garota que estava na cela comigo era a mesma do *Sangre Dulce*. A garota parecia inocente e com medo, mas não de um modo submisso. Ela era uma lutadora, sem sombra de dúvidas.

— Não se preocupe — ele suspirou. — Eu prometo que Ilsbeth vai tomar conta dela. Mas os seus instintos estão corretos: ela não era a pessoa que estava naquele clube. Não por vontade própria, de qualquer forma. Ilsbeth detectou magia negra na aura da garota, e mesmo que o clã elimine a escuridão, a magia está infundida dentro dela. Ela será uma bruxa para sempre. — Sacudiu a cabeça, se sentindo frustrado sobre como tinha deixado as coisas com Luca. — Mas há uma coisa me incomodando. Antes de você ir embora, Luca parecia estranho. Eu não sei se a magia negra que emanava de Samantha o estava afetando, ou o quê, mas ele parecia... eu não sei... atencioso?

— Atencioso?

— Sim, ele parecia querer cuidar da jovem mulher.

— O que há de errado nisso? Quer dizer, Samantha passou por muitas coisas. Asgear... você viu o que ele fez com ela? Qualquer um mostraria sentimentos, depois de ver o que aconteceu com ela.

— Eu sei. Não é a atenção que é o problema. É que... conheço o Luca há quase dois séculos. Além de Tristan, ele é o meu melhor amigo. Luca tem várias qualidades boas: ele é leal, respeitoso, honesto, um valioso guerreiro, mas ter cuidado com os sentimentos de uma mulher humana chorosa? Não é algo que ele faça. Não, ele não daria a mínima. Sem chance. Isso não é seu estilo. Honestamente, nunca o vi amar uma mulher, em todo o nosso tempo junto. Sexo com uma mulher, sim, mas nunca amor. Quando estávamos com Samantha, ele a confortou. É estranho... para ele, pelo menos. Eu não sei. Provavelmente não é nada.

Sydney virou o corpo nu sob os lençóis, pressionando sua pele macia no peito de Kade. Ele se inclinou e beijou seus lábios mornos, abrindo-os com sua língua. Ficando cada vez mais quente de desejo, ela explorou a crescente evidência de sua excitação, mas foram interrompidos quando o celular de Kade tocou, alto.

— Maldito telefone. Eu atendo depois. Não pare.

— Tem certeza? — Ela sorriu. — Talvez você deva atendê-lo só desta vez, e depois desligar a campainha para fazermos amor em paz.

Ele relutantemente saiu dos braços dela e procurou no chão por suas roupas. Ele olhou para o telefone. *Ilsbeth?* Por que ela estava ligando? Ele não deveria receber notícias dela tão rápido. Atendendo, sentiu que algo estava terrivelmente errado. Eles foram atacados no caminho para o clã. Ilsbeth e a garota chegaram lá, a salvo, mas Luca estava desaparecido.

AGRADECIMENTOS

Eu sou muito agradecida àqueles que me ajudaram a criar este livro:
— Meu marido, por me encorajar a escrever e me apoiar em tudo que faço.
— Julie Roberts, por revisar e editar.
— Minhas leitoras *beta*, Barb e Sandra, por se oferecerem para ler meu primeiro livro e me darem um valioso *feedback*.
— Polgarus Studio, pela formatação de Kade's Dark Embrace.
— Gayle Latreille, minha administradora, que é uma das minhas maiores torcedoras e me ajuda a manter meu *Street Team*. Eu sou muito agradecida por toda sua ajuda!
— Meu maravilhoso *Street Team*, por me ajudar a espalhar as notícias sobre a série Imortais de Nova Orleans. Seu apoio é mais apreciado do que vocês poderiam imaginar! Vocês são demais!

SOBRE A AUTORA

Kym Grosso é a autora best-seller do *New York Times* e do *USA Today* de uma série de romance erótico paranormal, *The Immortals of New Orleans*, e de uma série de suspense erótico, *Club Altura*. Juntamente aos livros de romance, Kym escreveu e publicou vários artigos sobre autismo, e é autoridade na sensibilização do autismo. Ela também é colaboradora do *Chicken Soup for the Soul: Raising Kids on the Spectrum*.

Em 2012, Kym publicou seu primeiro romance, e hoje é uma autora em tempo integral. Ela vive no subúrbio da Pensilvânia e tem um desejo não tão secreto de se mudar para a praia, no sul da Califórnia, onde poderá escrever enquanto escuta o barulho do oceano.

Inscreva-se na *newsletter* de Kym para receber atualizações e notícias sobre novos lançamentos: http://www.kymgrosso.com/members-only

Links de mídia social:

Website: http://www.KymGrosso.com
Facebook: http://www.facebook.com/KymGrossoBooks
Twitter: https://twitter.com/KymGrosso
Instagram: https://www.instagram.com/kymgrosso/
Pinterest: http://www.pinterest.com/kymgrosso/

A The Gift Box é uma editora brasileira, com publicações de autores nacionais e internacionais, que surgiu no mercado em janeiro de 2018. Nossos livros estão sempre entre os mais vendidos da Amazon e já receberam diversos destaques em blogs literários e na própria Amazon.

Somos uma empresa jovem, cheia de energia e paixão pela literatura de romance e queremos incentivar cada vez mais a leitura e o crescimento de nossos autores e parceiros.

Acompanhe a The Gift Box nas redes sociais para ficar por dentro de todas as novidades.

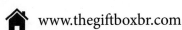 www.thegiftboxbr.com

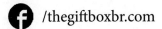 /thegiftboxbr.com

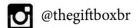 @thegiftboxbr

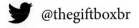 @thegiftboxbr

 bit.ly/TheGiftBoxEditora_Skoob

Impressão e acabamento